네 번째 책상 서랍 속의
타자기와 회전목마에 관하여

네 번째 책상 서랍 속의
타자기와 회전목마에 관하여

세계를 담은 한 권의 책이 있다면

김운하 지음

P 필로소픽

넌 소원의 길을 따라갔고 그 길은 결코 똑바로 나 있지 않단다.
넌 멀리 돌아갔지만 그게 너의 길이었어. 왜 그런지 아니?
넌 생명의 물이 솟는 샘을 찾아야만 돌아갈 수 있는
부류에 속하기 때문이란다.
그 샘은 환상 세계에서 가장 은밀한 장소란다.
거기로 가는 건 쉽지 않아.
거기로 이끄는 길은 어떤 것이나 결국엔 옳은 길이란다.

미하엘 엔데 《끝없는 이야기》

●

책은 없다.
고안된 단어들을 매개로 독서가 책을 창조한다.
인간에 의해 다시 시작된 세상에 대한 해석이
바로 이 세상인 것과 마찬가지로.

에드몽 자베스 《질문의 서》

차례

제1부 나쁜 책, 스토커, 그리고 독자

제2부 사형수, 도둑, 선원, 알코올중독자 그리고 작가

제3부 네 번째 책상 서랍, 타자기, 그리고 회전목마

결코 읽기를
끝낼 수 없는 책이 있다

책과 인연을 맺는 방식이나 스스로 책을 찾아 읽는 목적은 사람마다
다를 것이다. 어린 시절, 나에게 책은 만화책을 뜻했다. 초등학교 들
어가기 전부터 만화책에 맛을 들였고, 초등학교에 들어가서도 툭하
면 온갖 핑계를 대고선 학교 대신 만화방에 틀어박히곤 했었다. 소풍
가는 날에도 나는 도시락을 들고 학교 대신 만화방으로 향했고, 심지
어 부모님께 받은 수업료까지 만화방에 갖다 바치던 끝에 담임선생
님께 그 사실이 들통나 곤죽이 되게 맞기도 했을 정도로.
　　만화의 영향 때문인지 나는 미래의 직업으로 화가나 만화가가
되기를 꿈꾸었다. 중고등학교 시절엔 내내 미술반 생활을 하느라
수업까지 거의 빼먹다시피 할 정도로 그림에 광적으로 몰두했다.

고등학생 시절에 한번은 수업이 지루해 선생님 몰래 공책에다 야시시한 그림을 그렸는데 친구 녀석들이 그걸 돌려보는 바람에 선생님께 들켜 버린 적도 있었다. (이후 무슨 일이 일어났을지는 독자들의 상상에 맡긴다.)

그래도 너무 어린 시절부터 어린이용 만화에서 19금 성인만화까지 몰래 두루 섭렵했던 탓에 나는 풍부한 상상력과 어휘력을 가진 조숙한 아이가 되었고, 덕분에 국어 실력만큼은 그 누구에게도 뒤지지 않았다.

아쉽게도 고등학교 3학년 가을과 이듬해 가을, 연달아 부모님 상을 치르고 세상에 홀로 남겨졌을 때, 내 인생의 꽃 시절은 끝장나 버렸다. 삶이 두렵고 가차 없는 것이라는 사실을 처음으로 깨달았다. 미술대학 시험은커녕, 당장 생계를 위해 삽과 곡괭이를 손에 쥐어야만 했다. 나는 매일매일 쓰디쓴 현실을 독한 술처럼 들이켜야만 했다.

나는 고작 19살이었다. 그런데 벌써 인생 막장에 도달해버린 것만 같았다. 생은 너무 불가해했고, 불확실한 삶에 대한 공포에 사로잡힌 나는 극단적인 상상까지 하곤 했다. 부모님이 그토록 열심히 믿던 신을 원망했고, 또 의심했다. 그땐 철학의 철자도 몰랐지만 고통으로 가득 찬 인생의 가치에 대해, 죽지 않고 살아가야 할 이유에 대해 고민했다.

살아가야 할 이유를 발견하지 못한 채 방황하던 어느 순간, 우연히 한 권의 책을 만났다. 내가 입시를 준비하던 고향 소도시의 문화원 서가에서 발견한 알베르 카뮈의 책 《시지프의 신화》였다. 카뮈라는 이름과 그 책의 제목을 주워들었던 적이 있어서 호기심에 들춰봤는데, 첫 문장이 완전히 나를 사로잡아버렸다.

참으로 진지한 철학적 문제는 오직 하나뿐이다. 그것은 자살이다. 인생이 살만한 가치가 있느냐 없느냐를 판단하는 것, 이것이 곧 철학의 근본 문제에 대답하는 것이다.

나는 얼른 그 책을 대출해 밤을 새워 읽었다. 순진하게도 그 책이 당시 내가 고민하던 삶의 의미에 대한 답을 내려줄 것으로 믿었던 것이다. 새벽빛이 희부옇게 떠오를 때에야 책을 덮고 혼자 속으로 이렇게 외쳤다.

"도대체 뭔 소리 하는지 하나도 못 알아먹겠네!"

사지선다형 문제에 익숙하던 내가 난해한 문장들로 가득 찬 철학책을 해결할 수 있을 리 없었다. 그래도 어렴풋하게나마 책 속에 어떤 답이 있을지도 모른다는 생각을 처음으로 하게 되었다. 이 책이 생에 대한 나의 지적 탐구욕을 일깨웠던 것이다. 그때부터 나는 문화원 서가에 꽂힌 철학, 문학, 사회과학, 역사 관련 책들을 미친 듯이 읽어나가기 시작했다. 그렇게 만화광이던 한 소년은 열렬한 독서광으로 다시 태어나게 되었다.

내가 처음으로 책과 관계를 맺은 것은 나 자신의 존재와 삶, 그리고 이 세계를 둘러싼 온갖 의혹을 풀어보고 싶은 강렬한 호기심 때문이었다. 나는 나 자신이 누구인지 알기 위해 책을 읽었던 것이다.

네 번째 책상 서랍 속의 타자기와 회전목마에 관하여

하지만 지금은 독서 행위 자체가 주는 재미와 기쁨, 그리고 행복을 위해 책을 읽는다. 최초엔 앎에 대한 의지가 나를 책과 철학으로 이끌었지만, 차츰 그 무엇에도 비할 바 없는 책 자체의 아름다움과 재미를 발견하게 되었던 것이다.

특히 언어예술인 문학작품은 작품의 주제나 이야기뿐 아니라, 작품의 구성과 형식, 언어적 표현의 아름다움을 담고 있어 한층 더 큰 즐거움을 준다. 그리고 부수적으로 독자들은 무수한 다른 삶의 이야기들을 통해 자신의 존재 의미까지 발견하게 된다.

물론 세상엔 재미있는 일들이 너무 많다. 그걸 부정하고 싶진 않다. 다른 이들이 흔히 그러하듯 나 역시 음악과 SF 영화와 우주에 관한 다큐멘터리를 좋아하고, 축구나 달리기 같은 운동과 커피, 여행도 좋아한다. 맛있는 것, 데이트나 쇼핑, 달콤한 잠, 한밤중의 빗소리, 총천연색으로 물든 가을 산, 석양 아래서 붉게 빛나는 바다, 이 모든 것 역시 사랑한다.

다만 나는 그것들만큼이나 책들이 어지럽게 쌓여 있는 헌책방의 좁고 구불구불한 서가들 사이를 헤집다가 잔뜩 손에 묻히곤 하는 먼지들, 헌책방 주인이 내미는 인스턴트커피 한잔의 맛, 사랑하는 누군가가 나를 위해 책을 읽어주는 목소리, 책을 읽다 불면의 밤을 보낼때 창을 통해 들어오는 새벽빛, 이런 것들 역시 사랑할 뿐이다.

책과 관련된 모든 경험은 다른 즐겁고 재미있는 경험들과 마찬가지로 삶이 줄 수 있는 기쁨과 행복을 더 풍부하게 해 준다. 더욱이 책은 다른 것들과 비교해 상대적으로 훨씬 돈이 적게 든다! 헌책방에서 좋은 책 한 권을 우연히 발견하게 될 때는 비싼 경비를 들여 떠난 해외여행에서 맛보는 즐거움에 결코 뒤지지 않는 큰 기쁨을 얻기도 하는 것이다!

무엇보다 나는 이미 알고 있는 것을 다시 확인하기 위해서가 아니라, 아직도 무엇을 '모르고' 있는지를 발견하는 경이로움과 전율을 찾아 책을 읽어왔다. 책과 함께 우리는 내면의 여행가, 탐험가가 된다. 한 권의 책은 우리가 방문하고 싶어 하는 먼 나라의 낯선 도시들이고, 또는 모험을 하듯 힘들게 탐험해야 하는 거친 환경의 오지이며, 북극 오로라의 풍경처럼 우리를 압도하며 황홀하게 만드는 경이로운 장소다.

책이 베푼 이런 경이와 아름다움을 알기에, 나는 책에 진정으로 감사한다. 그 어떤 직업이나 이름을 가진 것보다 그저 책을 사랑하는 한 사람의 '독서인'이라는 사실에 가장 큰 기쁨과 자부심을 느낀다.

이 책은 책과 독서에 대한 나의 애정고백서다. 내 경우에는 예기치 못한 타격이 책과 인연을 맺게 해주었지만, 그런 방식보다는 유쾌하고 행복한 방식으로 책과 사랑에 빠질 수 있는 길이 많다고 나는 믿는다. 그리고 책에 대해서 공부나 지식이라는 딱딱한 이미지를 갖게 하고 결국은 독자들로 하여금 책에서 점점 더 멀어지게 만드는 모든 방식의 독서론은 크게 잘못된 것이라고 확신한다.

특히 책의 존재 이유를 지식-공부와 연결하는 일본의 독서가 다치바나 다카시류 독서론에 대해서도 나는 커다란 반감을 갖고 있다. 책을 지식-공부로 읽는 것이 가뜩이나 공부에 진력내며 사는 한국인에게 좋겠는가. 세상의 모든 책을 안드로메다 성운으로 날려버리고픈 욕망만 불러일으킬 뿐이다.

나만 하더라도 입시 공부를 하면서 책과 공부가 정말로 끔찍하게 재미없고 지겨웠다. 그래서 대학만 들어가면 책이나 공부와는 담쌓고 실컷 놀고 말리라고 굳게 결심까지 했었다.(한국의 입시지옥은 자연스럽게 청소년들에게 그런 깜찍한 욕망을 심어주지 않는가?)

그러나 대학 입학을 앞둔 겨울에 독서의 재미를 발견해버린 탓에 대학 시절엔 오히려 입시 공부를 할 때보다 더 열심히, 정말 미친 듯이 책을 읽게 되었다. 그것도 순전히 자발적으로! 밥값, 담뱃값, 술값, 심지어 데이트 비용조차 아까워 차라리 데이트 대신 서점으로 달려가면서 책을 사서 읽고 또 읽어댔다.

어느새 나는 자연스럽게 한 명의 애서가가 되었고, 책 중독자가 되었고, 심지어 희귀본 수집가로 나섰다가 곤혹스러운 지경에 처해보기도 했다. 한때는 내가 책의 저주에 걸린 게 아닌가 싶기도 했지만 지금은 그 모든 것이 즐거운 추억으로 남아 있다.

나 자신의 경험에 비추어봐도 그렇지만, 나는 자신의 고민과 관심이 책과 맺는 관계의 중심이라고 믿는다. 남들이 정해준 고전 독서 리스트나 필독서 리스트 따위는 잊어도 좋다. 즐거움을 위해서건 공부를 위해서건 혹은 위안과 휴식을 위해서건 간에, 자신이 독서 경험의 중심에 서야 한다.

내가 이 책에서 반고전주의적 독서에 대해 쓴 것도, 고전 읽기조차 일시적인 유행이나 지침에 따르는 수동적인 독서로 전락하게 되지 않을까, 하는 우려가 크기 때문이다. 우리는 고전의 권위나 고전 독서에 대한 강박 따위는 떨쳐버리고 책과 함께 흥겨운 춤을 출 수 있어야 한다.

또 궁극적으로 우리가 책을 읽는 일차적인 목적은 몽테뉴나 보르헤스의 생각처럼 삶에서 즐거움과 행복을 누리기 위해서라고 믿는다. 그런 의미에서 나는 책과 독서에 관한 한, 확고한 쾌락주의자이다. 그렇기 때문에 나는 이 책도 독자들에게 웃음과 재미, 행복을 주었으면 하고 바란다.

여기에는 그동안 이런저런 지면에 실은 글들을 수정 보완한 것과 이 책을 위해 새롭게 쓴 글들이 함께 섞여 있다. 나의 책 중독, 독서 편력에 대한 이야기도 들어 있고, 책과 작가와 독서에 얽힌 재미있는 이야기와 독서론에 해당되는 글도 포함되어 있다. 그리고 독자들과 놀이를 즐기는 한 방식으로 쓴, 책에 관한 환상적이고 유희적인 에세이들도 들어 있다. 그러나 그 에세이들엔 세상을 바라보는 나의 형이상학적인 관점도 어느 정도 반영되어 있다. 특히 뒤편에 실린 〈네 번째 책상 서랍 속의 타자기와 회전목마에 관하여〉와 〈프로스페로의 서재와 제임스 본드에 관한 짧은 농담〉 같은 꼭지가 그런 것들이다.

나는 책을 읽을 때마다 그 책에서 인용하거나 소개하는 낯선 작품이나 작가에 관한 호기심에 이끌려 찾아서 읽곤 했다. 아마도 내가 지금까지 읽어온 책들의 태반이 그런 식으로 찾아 읽은 책들일 것이다. 이 책을 읽는 독자들도 책 읽는 즐거움과 함께 독자들의 호기심을 끄는 책들을 발견할 수 있으면 정말 좋겠다.

세상에서 가장 즐거운 책을 쓰던 작가 중 한 명이었던 찰스 부코스키는 소설 《우체국》 발문에서 이렇게 썼다.

"이 작품은 허구이며 아무에게도 바치지 않는다."

이 서문의 마무리로 나는 이렇게 말하고 싶다.

이 작품은 적어도 절반은 진실이며, 책을 끔찍하게 싫어하는 모든 사람을 포함하여 아무에게나 바친다. 그리고 내가 주인처럼 모시고 사는 고양이 체셔에게도. (체셔, 너의 얼굴을 공개한 것에 대해선 너그럽게 용서해주기를.)

제1부

나쁜 책, 스토커,
그리고 독자

어떤 책이 좋은 책이고 나쁜 책인가? 어떻게 한 명의 평범한 독자는 매혹적인 스토커가 되는가? 우리가 책을 읽는 이유는 무엇보다 기쁨과 행복을 위해서이다. 실컷 웃고 즐거워하기 위해서다. 또 책은 우리에게 마음의 위안과 치유를 준다. 책과 행복한 만남을 즐길 줄 안다면, 그 누구라도 멋진 애서가가 될 것이다. 공부를 위한 독서는 전체 독서 경험에서 아주 작은 일부를 차지할 뿐이다.

그 때문에 나는 고전에 대한 맹목적 우상숭배를 반대한다. 숭배해 마땅한 고전 같은 건 없다. 또 독서인 혹은 교양인 행세를 하기 위해 반드시 읽어야 할 고전 목록 같은 것도 없다. 고전 독서는 그 자체를 위해서가 아니라, 어디까지나 독자 자신이 '지금 현재' 상황에서 맞닥뜨리고 있는 개인적인 관심과 문제의식에서 비롯되어야 한다. 일차적으로 '나'의 관심과 고민에서 시작해야 한다.

우리는 실컷 웃기 위해 책을 읽는다,
웃기고 황당하고 환상적인 책들의 목록

/
인류는 스스로를 너무 진지하게 생각한다.
그것이 이 세상이 지은 원죄다.
원시인들이 웃을 줄만 알았더라도,
역사는 지금과 달라졌을 것이다.
오스카 와일드 《도리언 그레이의 초상》

미겔 데 세르반테스가 1605년에 발표한 소설 《돈 키호테》는 '무려' 고전에 속한다. "누구나 다 알지만 아무도 읽지는 않는 책"이라는 고전에 대한 농담처럼, 불행히도 이 책은 어릴 때 동화로 축약된 것만 읽고는 마치 다 읽은 척할 뿐, 실제로 제대로 읽어본 사람은 적은 그런 책에 속한다. 솔직히 고백하면, 나도 소설가가 되기 전엔 이 작품을 읽지 않았다. 줄거리는 웬만큼 다 알고 있는 데다, 왠지 지루할 것만 같아 '케케묵은 고전 소설 아냐?' 하는 생각으로 밀쳐놓고 있었던 것이다.

그러나 웬걸, 뒤늦게 손에 잡고 읽기 시작하니 재미가 여간 쏠쏠하지 않다. 그제야 세상 거의 모든 소설가들이 왜 이 작품을 소설 역사상 최고의 작품이라고 서슴없이 손에 꼽는가를 깨닫게 되었다. 소설이 줄 수 있는 재미, 웃음, 그리고 패러디를 비롯한 온갖 소설적 마법들이 이 한 권에 다 들어 있는 것이었다!

"이렇게 웃기고 재미있다는 걸 왜 아무도 이야기해주지 않은 거야!"

나는 그때 깨달았다. 인간은 매사에 너무 진지한 게 탈이라는 오스카 와일드의 말이 맞다는 걸. 우리는 책마저 너무 진지하고 무겁게 대하는 경향이 있는데, 심지어 소설책을 읽을 때조차도 그렇지 않은가? 마치 입시생이 학습참고서에 매달리듯이. 그러나 우리가 전두엽에 힘을 빼고 책을 대하기만 한다면, 세상엔 정말 재미있고 웃기고 발랄한 책들이 너무 많다는 걸 발견하게 될 것이다.

여기, '고전'이라는 편견에 짓눌려 있지만, 알고 보면 〈코미디 빅리그〉만큼이나 재미있는 책들이 있다. 《돈키호테》는 시작일 뿐이다.

● 무려 고전이지만,
　 엽기 발랄한 책들

세르반테스가 《돈키호테》를 발표한 시대, 그 시대의 독자들은 이 소설을 '코믹 소설'로 읽었다. 돈키호테의 개그질에 독자들은 정신줄을 놓을 정도로 깔깔대며 웃어댔고, 덕분에 그 소설은 당대 최고의 베스트셀러가 되었다.

예를 들어 소설의 한 장면을 살펴보자. 소설의 제1부 25장이다. 돈키호테가 멋대로 공주라 칭하며 사랑하기로 한 시골처녀 둘시네아, 우리의 주인공 돈키호테 씨는 그녀에게 피 끓는 사랑의 열정을 입증하는 고행을 하기로 결심한다. 그런데 돈키호테가 연출하는 이 '고행'이란 게 엉뚱하기 짝이 없다.

돈키호테는 산초 판자 앞에서 바지를 홀러덩 벗어 던지고 재주넘기를 시도한다. 돈키호테는 두 번이나 두 손으로 머리를 짚고 두 발을 번쩍 하늘로 들어 올리는 원맨쇼를 하는데, 그때마다 두 다리 사이의 볼썽사나운 '거시기'가 덜렁거리는 것이 아닌가! 그 황당 엽기적인 쇼를 본 산초는 웃지도 울지도 못하는 멘붕 상태가 되어 더 이상 견디지 못하고 로시난테를 타고 똥줄 빠지도록 달아난다. 미치광이가 미치광이를 흉내 내는 이 엽기 쇼를 읽고 그 상황을 상상하면서 당대의 독자들은 웃다가 다 쓰러졌다.

《돈키호테》는 바로 이런 소설이다. 선입견을 버리고 읽으면 세상의 그 어떤 소설보다 재미있고 웃긴다. 사실 이 소설의 정식 제목은 《재기발랄한 향사鄕士 돈키호테 데 라 만차El Ingenioso Hidalgo Don Quixote de la Mancha》이다. 제목에서부터 벌써 개그끼가 느껴진다. 한마디로 '희극 소설'인 것이다.

세르반테스는 원래 이 작품을 "당시의 항간에 풍미했던 기사도 이야기의 권위와 인기를 타도하기 위해서" 썼다고 했다. 그는 당시 스페인에서 크게 유행했던 기사도 소설의 '패러디'를 쓰려고 했다. 패러디라는 장르가 원래 그렇듯, 풍자와 유머를 빼놓을 수 없다. 세르반테스는 돈키호테와 산초 판사라는 전례 없는 인물을 창조했고, 그렇게 해서 의도와는 다르게 근대 소설의 위대한 창시자가 되었다.

재미있고, 웃기고, 황당하기로는 《돈키호테》보다 한 발 더 앞서는 '무려 고전' 소설이 된 희극 소설이 있다. 프랑수아 라블레François

Rabelais 1483~1553의 《가르강튀아 팡타그뤼엘》이라는 소설이다.

이 소설은 1532년경에 처음 발표되었는데, 오늘날 소설 문학사를 연구하는 이들은 라블레를 서구 근대 소설문학의 아버지라고 주저 없이 손꼽기도 한다. 이 소설은 외설스럽고, 음탕하고, 그로테스크하면서도 탁월한 언어유희와 농담들, 무엇보다 쾌활한 유머와 발랄한 이야기들의 종합선물세트다. 나는 지금까지 이 소설만큼 유쾌하고 재미있는 책은 별로 만나보지 못했다.

이 책은 작가 서문부터 이미 남다르다.

"고명한 술꾼, 그리고 고귀한 매독 환자 여러분, (내 글은 다른 사람들이 아니라 바로 당신들에게 바치는 것이다.)" 그러고선, 개가 가장 철학적인 동물이라거나, 자기 책에 관해 거지 같은 놈 하나가 "똥이나 처먹어라"고 했다는 둥 잡설을 늘어놓는다. 급기야 마지막 문장에서는 이 책에 대해 악담을 늘어놓는 못된 도덕군자들을 겨냥한 듯 이렇게 마무리한다.

"그리고 너희들, 당나귀 좆같은 놈들아, 다리에 종양이 생겨 절름발이나 되어버려라!"

이 작품의 주인공은 거인 가르강튀아와 그의 아들 팡타그뤼엘이다. 가르강튀아는 탄생부터 이미 심하게 독창적이다. 가르강튀아의 어머니 가르가멜은 임신 당시 내장요리를 즐겨 먹었는데, 가르강튀아를 낳을 때 아랫배에 힘을 주자 내장 요리를 너무 먹은 탓에 직장이 늘어나 항문이 빠져버리는가 하면, 산파가 강력한 수렴제를 투여하자 이번엔 모든 괄약근이 수축해서 닫혀버렸다. 이 사고로 아기는 위쪽으로 솟아올라 결국 어머니의 왼쪽 귀로 태어나게 된다. 가르강

19세기 화가 오노레 도미에가 그린 풍자화 가르강튀아

튀아는 태어나자마자 다른 아이들처럼 "응애, 응애" 하고 울지 않고 "마실 것! 마실 것! 마실 것!" 하며 큰소리로 외쳐댄다.

시작부터 이런 식이다. 이야기는 점점 더 음탕한 농담과 엽기적인 이야기로 점철되어간다. 소제목들도 발랄하기 그지없다. 〈그랑구지에는 어떻게 밑 닦는 법의 발명에서 가르강튀아의 놀라운 지적 능력을 알게 되었는가〉, 〈가르강튀아는 어떻게 머리를 빗다가 머리카락에서 대포알들을 떨어뜨렸는가〉 등. 이 책을 읽는 독자들이 이 세상에서 상상할 수 있는 모든 종류의 '불알'들의 목록을 읽는 동안 터져 나오는 웃음을 참기란 여간 어렵지 않다.

이 책은 현재 제5서까지 전해지고 있지만 한국어판은 제4서까지만 번역되어 나와 있다. 제2서까지 들어 있는 문학과지성사판《가르강튀아 팡타그뤼엘》과 한길사판《팡타그뤼엘 제3서》와《팡타그뤼엘 제4서》가 바로 그것이다. 제5서가 위작일 가능성이 있어 한국어판 번역에서 제외되어버렸다는 사실이 참으로 안타깝다. 제4서에서 팡타그뤼엘과 그의 친구 파뉘르주는 성스러운 병瓶의 신탁을 얻기 위해 중국으로 여행을 떠났다가 제5서에서 그들은 마침내 성스러운 병을 모신 신전을 찾게 되고, 거기서 이런 위대한 신탁을 받게 된다.

"마셔라!"

● 웃기고, 황당하고, 엽기적이고, 재미있는 책들의 목록

이 글의 주제와 관련하여 내가 주목하는 부분은 《가르강튀아 팡타그뤼엘》의 제7장 〈팡타그뤼엘이 어떻게 파리로 왔는가, 그리고 생 빅토르 도서관의 훌륭한 장서에 관해서〉이다. 여기에서 팡타그뤼엘이 생 빅토르 도서관에서 찾은 훌륭한 책들의 목록을 장장 아홉 페이지에 걸쳐 보여주는데, 라블레의 장난기와 유머감각이 그야말로 유감없이 발휘되는 부분이다. 그 가운데 일부만 소개하면 이렇다.

- 구원의 막대기
- 법률의 앞주머니
- 튀르뤼팽이 쓴 설교자들의 깃털 먼지떨이
- 숫처녀들의 교태

- 과부들의 껍질 까진 엉덩이
- 통풍 환자와 매독 환자들을 위한 항구적 연감
- 성가신 자들의 양면적 의미에 관한 토론
- 방탕한 수도사들의 유희
- 소르본 신학자들의 박사모에 대한 윤리적 해석
- 똥싸개들의 밑 뚫린 반바지
- 양심 문제의 몽상가
- 재판장들의 뚱뚱한 배
- 신부들의 당나귀 자지
- 의사들의 변소
- 외과적 관장술
- 점성술의 굴뚝 소제부

⋮

라블레가 그려 보여준 생 빅토르 수도원의 도서관이라는 이 상상의 도서관에 소장된 재기발랄한 책의 목록은 수많은 작가에게 끝없는 영감의 원천이 되었다. 20세기의 가장 위대한 문학연구가이자 사상가인 미하일 바흐친Mikhail Bakhtin은 라블레의 '전복적 웃음'을 연구하면서 그 유명한 카니발 이론의 기초를 마련했다. 나 역시 라블레의 목록을 읽으며 나만의 상상의 도서관에 소장할 책들의 목록을 구상해보곤 하였다.

그런데 실제 현실 세계에서, 즉 오늘날의 도서관이나 서점에서도 마치 라블레의 상상의 도서관에서 툭 튀어나온 듯한 황당하고 재미

있는 책들이 존재한다!

예를 들어 《연필 깎기의 정석》이라는 책이 번역되어 나와 화제가 된 적이 있다. 연필 깎기의 정석이라니? 푸핫. 하지만 이 책의 저자인 데이비드 리스는 매우 진지하다. 그는 자칭 만화가이자 소위 '연필 깎기의 장인'이다. 그는 이 일을 업으로 삼고 있으며 연필 한 자루 깎는 데 무려 35달러를 받는다고 한다! 정말로 이 책에 실린 글과 사진들을 보면 이 연필 깎기라는 것도 하나의 장인적인 기예이며 예술이 될 수 있다는 사실을 감히 누구도 반박하기 어려울 것이다. 그리고 이 책의 성공에 자극을 받은 출판계는 소위 소수의 덕후(?)들을 겨냥한 이런 비슷한 종류의 감각적이고 발랄한 책들을 많이 쏟아내고 있다. 제목만 한 번 훑어보아도 절로 웃음이 나오고 구미가 당기지 않는가? 《좀비사전》,《문신유희》,《공포영화 서바이벌 핸드북》,《세상을 여행하는 초심자를 위한 안내서》,《회사 가기 싫은 날》 등등.

나는 세상에 재미있는 책들이 얼마나 많은지 새삼 온몸으로 실감하게 되었고, 기왕에 나와 있는 국내외의 다른 책들도 찾아보기도 했다. 희한하고 재미있고, 황당하고, 엽기적이기도 한 책들의 리스트는 이렇다.

- 차라투스트라는 이렇게 먹었다
- 코 파기의 즐거움
- 엉덩이의 재발견
- 시체를 부위별로 팝니다

그리고 아래는 안타깝게도 아직 한국어판으로는 번역되어 출판되진 않았지만 실제로 아마존에서 살 수 있는 책들이다.

◦ 그리고 엉덩이는 천사를 보았다 And the Ass Saw the Angel
◦ 숲에서 똥 싸는 방법 How to Shit in the Woods
◦ 시냇물에 똥 싸는 법 Up Shit Creek
◦ 레즈비언 머리카락의 역사 The History of Lesbian Hair
◦ 책 쓰는 방법에 관해 책 쓰는 법 How to Write about How to Write a Book
◦ 돈 내놔! Show Me The Money!
◦ 달콤하게 매혹적이고 야성적으로 열광적이며, 과감한 삶을 원하는
  소녀들을 위한 가이드 북 The Girl's Guide to Living a Deliciously Dazzling, Wildly
  Effervescent, Kick-Ass Life

그러나 웃기지도, 재미있지도 않은, 그저 엽기적이기만 한 책들은 따로 있다. 서점에 가면 쉽게 발견할 수 있는 이런 책들은 아마도 대한민국에서만 만날 수 있는 책들일지도 모른다. (불쌍한 국민들!)

◦ 10대 꿈을 위해 공부에 미쳐라
◦ 20대 공부에 미쳐라
◦ 30대, 다시 공부에 미쳐라
◦ 40대 공부 다시 시작하라
◦ 완벽한 공부법
◦ 승자의 공부

◦ 공부는 내 인생에 대한 예의다

◦ 공부하다 죽어라

나는 이런 책들을 보면 딱 이런 말을 해주고 싶다.
"제발 그만! 뇌가 폭발할 것 같아!"

● ### 치유와 전복의
   ### 힘을 가진 웃음의 힘

　　프랑수아 라블레의 작품에 심취한 미하일 바흐친은 라블레의 웃음이 무엇을 의미하는지 깊이 연구한 후 이런 말을 남겼다.

웃음에는 심오한 철학적 의미가 있다. 웃음은 세계 전체에 관한, 그리고 역사와 인간에 관한, 진리의 본질적인 형식들 가운데 하나이다. 웃음은 세계와 관계하는 특수한 관점이다. 세계는 엄숙함의 관점에서 본 것 못지않게, 아니 아마도 훨씬 더 심오하고 새롭게 보인다. 그러므로 웃음은 엄숙함과 마찬가지로 보편적 문제들을 제기하는 위대한 문학 속에 수용될 수 있다. 세계의 어떤 본질적 측면들은 오직 웃음을 통하여 접근할 수 있다.

라블레의 작품도 그렇지만, 세르반테스의 작품도 유쾌하고 웃기는 개그 소설처럼 보이기도 한다. 그렇다고 그 책들이 그저 웃기기만 한 작품들은 결코 아니다. (괜히 그 책들이 소위 ‘고전’이 되었겠는가.) 특히 라블레의 작품에서 웃음이 가지는 의미는 그저 한 번 웃자고 던진 농담 꾸러미가 아니다. 라블레의 유머와 웃음은 중세 봉건 사회의 위선과 해악들을 폭로하고 비판하는 전복적이고 파괴적인 기능을 수행했고, 나아가 그러한 전복적인 웃음을 통해 새로운 사회를 꿈꾸었던 것이다.

그러나 나는 문학 작품에 나오는 웃음과 유머에 반드시 무슨 심오한 철학적이고 정치적인 무언가가 들어 있어야 한다고 생각하지는 않는다. 삶은 너무 자주 우리에게 관대하지 않고, 잔혹하고 심지어 무자비하기도 하다. 인간의 삶은 고뇌와 불안, 고통을 벗어나기 어렵다. 삶은 너무 무거운 무게로 느껴진다. 성경에서 예수가 "수고하고 무거운 짐 진 자들아 다 내게로 오라"고 외친 것도, 문학에서 비극이라는 장르가 발명된 이유도 거기에 있을 것이다.

비극은 장엄하고 엄숙하며 비장미가 넘쳐난다. 비극의 영웅들은 모두 예측불가능한 운명의 힘에 휘둘리며 파멸한다. 가혹한 삶과 운명에 휘둘릴지언정, 거기에 비장하게 맞서는 인간의 이야기는 인간성의 위대함에 대한 탁월한 증거가 된다. 그래서 아리스토텔레스는 《시학》에서 비극을 고상한 장르로, 희극을 그보다 못한 비천한 장르로 구분하였던 것이다. 아리스토텔레스의 영향 때문인지, 아니면 도덕군자들의 까탈스러운 도덕주의 때문인지는 몰라도, 소설사에서 소위 훌륭한 작품들은 대개 엄숙하고 비극적이다. 희극적인 작품들은 왠지 가볍고 경박하게 느껴지는 탓이다.

한국 사회도 예외는 아니다. 온갖 수난들로 점철된 역사, 천근만근한 삶의 무게, 도덕을 강조하는 유교적이고 가부장적인 문화가 웃음을 천시하고 엄숙주의를 강요해왔다. 그럼에도 라블레가 중세봉건사회의 엄숙주의에 웃음으로 대항했듯, 우리 조상들의 민중 문화 속에서는 질펀한 해학들이 끊임없이 솟구쳤다. 판소리나 민요, 민화 등에서 쉽사리 발견하게 되는 해학적 웃음들이 바로 그것이다. 민중들은 그들이 겪는 삶의 고통을 그런 해학적 웃음으로 해소하고 치유하고 저항도 해왔던 것이다.

사실 웃음과 유머야말로 인간의 실존적 조건인 고뇌와 불안을 치유하고 해독하는 가장 탁월한 요소다. 철학자 니체가 말하지 않았던가. "세상에서 가장 큰 고통을 당하는 동물이 웃음을 발명했다." 진짜로 니체의 책 속에는 통렬한 웃음이 가득하다. 한때 나는 기분이 울적할 때면 니체의 그 통렬한 문장들을 읽으며 한바탕 깔깔대며 웃고는 다시 아무렇지도 않게 기운을 차리곤 했었다.

우리가 '고전' 혹은 '고전급'이라고 부르는 문학 작품들 가운데도 해학과 풍자, 웃음이 가득한 책들이 많다. 독자들을 위해 여기서 그 목록의 일부를 언급하고 싶다.

세르반테스와 라블레의 작품들 외에도 로렌스 스턴의 《트리스트럼 샌디》, 비톨트 곰브로비치의 《페르디두르케》, 프란츠 카프카의 《소송》, 책으로 읽기보다 연극으로 봐야 제맛을 알 수 있는 사무엘 베케트의 《고도를 기다리며》, 가브리엘 가르시아 마르케스의 《백년의 고독》, 미하일 불가코프의 《거장과 마르가리타》, 살만 루시디의 《악마의 시》, 그리고 《솔라리스》라는 위대한 SF 작품을 쓴 스타니스와프 렘의

요절복통 창조주들의 우주 여행담인 《사이버리아드》 같은 작품들이 바로 그런 책들이다. 미국 소설가 찰스 부코스키의 《우체국》이나 《팩토텀》 같은 노골적이고 통렬한 소설들도 빼놓을 수 없을 것이다.

이런 책들을 읽을 땐 먼저 긴장을 풀고 마음 놓고 실컷 웃을 마음의 준비를 해야 한다. 우리가 개그 프로를 볼 때 그러듯이. 그래, 개그 소설을 읽는다는 마음으로 읽기 시작하면, 그 작품들은 독자에게 시원하고 통쾌한 웃음을 듬뿍 선물할 것이다.

물론 여기에 밀란 쿤데라의 《참을 수 없는 존재의 가벼움》이나 《이별의 왈츠》, 그리고 《불멸》 같은 작품들에서 보여주는 신랄하고 쌉싸름한 유머도 빼놓을 수 없을 것이다. 밀란 쿤데라야말로 현대 작가들 중 누구보다도 삶의 근원적인 희극성과 예술의 희극적인 가치를 깊이 천착해온 작가가 아니던가?

위대한 희극 배우 찰리 채플린은 이런 멋진 명언을 남겼다. "인생은 가까이서 보면 비극이지만 멀리서 보면 희극이다." 이 말이 진리다.

밀란 쿤데라가 세상과 인간, 삶을 바라보는 관점도 바로 그런 것이다. 그가 보는 삶의 진실은 우스꽝스러움이다. 삶은 참을 수 없는 가벼움이고, 그래서 우스꽝스럽고 희극적이다. 한동안 나는 신의 관점에서 인간 세상의 우스꽝스러움을 냉소적으로 비웃는 듯한 쿤데라의 어조를 못마땅하게 여겼다. 그러나 삶이 가져다주는 온갖 산전수전 공중전을 치러오면서, 밀란 쿤데라가 옳았다는 것을 인정할 수밖에 없었다. 나는 그에게서 비로소 예술에 없어서는 안 될 유머의 참된 가치와 기쁨을 배웠다.

솔직히 우리가 책을 읽는 가장 큰 이유 중 하나가 실컷 깔깔대며 웃기 위함이 아닐까. 오쿠다 히데오의《공중그네》에서는 뾰족한 물건만 보면 오금을 못 펴는 야쿠자와 장인의 가발을 벗기려는 의사 이야기를 읽으며 깔깔 웃고, 요네하라 마리의《러시아 통신》에 나오는 러시아 변소와 똥 이야기를 읽으며 배꼽을 잡는다. 우리에겐 이미 위트와 유머의 대가인 성석제가 있었지만, 박민규 소설의 달콤쌉싸름한 웃음도 있고, 최근엔 박형서라는 찐한 농담꾼이 나타나 한바탕 순수한 웃음의 퍼레이드를 벌이고 있다. 바람직한 일이다. 문학예술이란, 근본적으로 뼈 있는 농담이 아닌가? 나도 죽기 전에 독자들의 배꼽을 완벽하게 훔쳐낼 수 있는 그런 작품을 하나 써보는 게 소망이다.

만일 내가 다시 프랑수아 라블레의 제5서를 다시 쓴다면 그 결론을 이렇게 쓰리라.

"실컷 웃자!"

사람들은 자꾸만 고전을 읽으라고 하지만

/

고전 작품이 존재한다고,
그리고 그것이 영원할 것이라고 정의하는 일은 위험하다.
호르헤 루이스 보르헤스 《만리장성과 책들》

최근에 누군가가 "고전부터 먼저 읽는 게 좋을까요" 하고 물어왔다. 그러면서 "고전은 지루하고 재미없던데…." 하면서 말꼬리를 흐렸다. 나는 그분이 은근히 고전 독서 스트레스를 받고 있다는 걸 눈치챘다. 나는 단호하게 대답했다.

"우리가 반드시 읽어야 할 고전은 없습니다. 고전 목록 따위는 머릿속에서 지워버리고 읽고 싶은 책을 마음껏 읽으십시오."

언젠가 고전 독서 문제를 숙고하면서 지나온 내 독서편력을 곰곰이 돌이켜본 적이 있다. 그러다 불현듯 '고전을 읽기 위해 고전을 찾아 읽었던' 적이 거의 없었다는 사실을 깨닫고 적잖은 당혹감에 빠졌다. 그렇다면 내 서재를 가득 채우고 있는 저 고전들은 다 무엇이란 말인가? 내가 가장 사랑하고 아끼는 책들은 거의 소위 '고전'에 속하는 책들이 아니던가?

내 서재에서 고전 독서에 관한 책은 오직 단 한 권, 이탈로 칼비노Italo Calvino, 1923~1985가 쓴《왜 고전을 읽는가》밖에 없었다. 그러나 그 책을 산 이유는 책의 저자가 내가 무척 사랑하는 문학 작품들 가운데 하나인《보이지 않는 도시들》의 작가이기 때문이고, 또 훌륭한 작가들이 쓴 비평적 에세이를 좋아하기 때문이었다. 다른 꼭지에서 다시 이야기하겠지만, 책에 관한 책 장르를 즐겨 읽는 것은 독서쾌락주의자인 내가 가진 못 말리는 취향이기도 한 것이다.

나는 칼비노의 책에서 〈왜 고전을 읽는가〉라는 글을 다시 찾아 읽어 보았다. 아리스토텔레스는 무언가를 정의할 때 본질에 따른 정의와 속성에 따른 정의를 구분한 바 있다. 거기에서 칼비노는 속성에 따른 정의를 추구하고 있는데, 고전의 속성에 해당하는 부수적인 성질을 자그마치 열네 가지나 열거하고 있었다!

- 고전이란 그것을 읽고 좋아하게 된 독자들에게는 소중한 경험을 선사하는 책이다.
- 고전이란 특별한 영향을 미치는 책들이다.
- 고전이란 다시 읽을 때마다 처음 읽는 것처럼 무언가를 발견한다는 느낌을 갖게 해주는 책이다.
- 고전이란 우리가 처음 읽을 때조차 이전에 읽은 것 같은, '다시 읽는' 느낌을 주는 책이다.
- 고전이란 현실을 다루는 모든 글을 배경 소음(잡음)으로 물러나게 만드는 책이다. 그렇다고 해서 고전이 이 소음을 없앨 수 있는 것은 아니다.

⋮

네 번째 책상 서랍 속의 타자기와 회전목마에 관하여

여기서 열네 가지 모두를 다 언급할 필요는 없을 것이다. 고전의 정의를 구성하는 성질들은 사실 군이 열네 가지가 아니라 100가지라도 더 나열할 수 있을 것이다. 예를 들어 "고전이란 누구나 다 알지만 아무도 읽지 않는 책이다"라는 성질 같은 것도.

　칼비노도 이를 의식했는지 자신이 '고전'이란 단어를 예스러운 것이거나 어떠한 양식, 혹은 그것이 지닌 권위에 따라 구별하지 않으며, 자신의 기준은 "문화적 연속체 속에서 고유의 자리를 확보하고 있는 작품, 옛날 책이든 현시대의 책이든 상관없이, 바로 그 작품이 우리에게 미치는 반향의 효과뿐이다"라고 쓰고 있다.

　도대체 이게 무슨 의뭉스러운 담화인가? 차라리 《나의 고전 읽기》라는 책을 쓴 배병삼 선생의 말처럼 "나의 정강이를 쳐서 무릎 꿇게 하는 책만이 고전이다"라는 정의가 차라리 더 옹골차 보인다. 안타깝게도 나의 칼비노는 지극히 타당한 말들을 열거하는 가운데 가뜩이나 혼란스러운 고전 개념에 또 하나의 혼란을 더하고 있다. 칼비노는 고전을 이루는 근본적인 두 속성인 규범성(가치)과 역사성(시간) 가운데 역사성을 제거하는 것처럼 보이기 때문이다. 그래서 그는 "이제 우리가 할 수 있는 일은 각자 자신이 생각하는 고전으로 채운 서가를 만드는 것뿐이다"라는 타당하지만 참신하지는 않은 결론밖에 내리지 못하는 것이다. 물론, 고전은 어쨌거나 안 읽는 것보단 읽는 편이 낫다고 덧붙이며. (이 아름다운 책에서 유일하게 나를 실망시킨 글이 하필이면 이 텍스트라니!)

고전이라고 해서 꼭 대단한
장점을 가진 것은 아니다

나는 여기서 고전이란 단어의 시시콜콜한 어원사나 그 개념을 둘러싼 복잡하게 얽힌 논쟁의 거미줄을 일일이 풀어 보일 생각은 없다. 고전Classic이란 단어가 고대 로마 시대에 함대clasis를 사서 기부할 수 있을 정도로 돈이 많았던 최상층 재벌급 부자들classicus과 관련이 있다는 둥의 이야기는 백과사전에서도 쉽게 찾을 수 있는 사실이기 때문이다. 다만 그 많은 입장들 속에서도 일반적으로 인정되는 '표준적인' 견해는 존재한다. 고전에 해당하는 책이 어떤 것이냐고 할 때, 우리 국립국어원이 제공하는 정의만으로도 충분할 것이다. '고전은 옛날 법식, 또는 오랜 시대를 거치며 많은 사람들에게 널리 가치를 인정받아 전범을 이룬 작품을 말한다.'

대한민국에서 제일 똑똑한(?) 네이버 지식인에게 물어보아도 특별히 다른 견해는 없는 듯하다.

모든 것을 풍화시키는 무자비한 시간을 견뎌냄으로써 자신의 가치를 입증한 책을 고전이라고 부르자는 데 손을 번쩍 들어 반대할 생각은 추호도 없다. 다만 책 자체는 혀도 입도 없는 까닭에 누군가가 추천하거나 결정해주어야 하는데, 그 선정 기준이 여전히 모호하다는 것이다. 도대체 얼마나 오랜 시간의 북풍한설을 견뎌야 당대를 벗어나 고전의 대열에 합류할 수 있는 것일까?

지난 2005년 서울대에서 선정한 대학생들을 위한 권장 도서 고전 100선을 보면 그 책들의 연대가 호랑이 담배 피울 적부터 20세기 중후반까지 두루 걸쳐 있음을 본다. 또 하버드 대학 총장이 19세기까지를 기준으로 20세기 내내 하버드 대학 고전 교육 교재로 썼던 책들을 소개한 《하버드 인문학 서재》의 목록에 올라 있는 약 200여 권의 책 제목들을 일별하니 입이 쩍 벌어졌다.

- 2년 동안의 선원 생활
- 어린이와 가정을 위한 옛날이야기
- 산욕열의 전염성
- 외과수술의 소독법에 대하여
  　　⋮

나는 이런 책들이 21세기 대한민국 독자들에게 읽힐 만한 가치가 있다고 판단하여 책을 번역한 출판사에 진심으로 경의를 표한다. 또한 20세기 내내 그 책들로 고전 공부를 했을지도 모를 하버드대 학생들에게는 심심한 위로를 드리는 바이다.

이런 사례들을 보면서 나는 나이 일흔에 이미 시력까지 잃은 보르헤스Jorge Luis Borges, 1899~1986가 작심하고 〈고전에 관하여〉라는 짧은 에세이로 고전에 시비를 걸고자 했던 마음이 절로 이해가 갔다. 《만리장성과 책들》이라는 제목으로 나온 한국어판 책에 실린 이 에세이에서 보르헤스는 고전에 대해 이렇게 쓰고 있다.

고전은 한 국가나 몇몇 국가, 또는 오랜 세월이 마치 그 책 속에 담긴 것은 하나 같이 사려 깊고, 운명적이며, 우주처럼 심오하고 무한한 해석이 가능하기라도 하다는 듯이 읽기로 결정한 그런 책이다.

문제는 "읽기로 결정한"이란 대목이다. 보르헤스는 언제든지 그런 "선호는 얼마든지 미신이 될 수 있는 것이다"라고 주장한다. 하버드대에서는 《2년 동안의 선원 생활》이나 《산욕열의 전염성》 같은 책을 고전으로 보는지 모르겠지만, 지금 대한민국의 그 어떤 대학에서도 그 책들이 고전 대접을 받는다는 소식은 듣지 못했다.

보르헤스는 한때 아름다움이 소수 작가의 특권이라고 믿었지만, 이제는 "아름다움이 모두의 것이며 우연히 뒤적이던 책 어느 페이지나 길거리에서 나누는 대화 속에도 숨어 있다는 것을 알게 되었다"고 말했다. 그는 자신의 과거를 회고하면서 아래와 같은 문장으로 글을 마친다.

고전은 무슨 대단한 장점을 지닌 책이 아니다. 그것은 각 세대의 사람들이 온갖 이유 때문에 넘치는 열의와 알 수 없는 공경심을 가지고 읽게 되는 그런 책이다.

● **책을 해석하기보다**
　 책에서 자신의 고민을 발견하기

생각해보니 두세 해 전에 독서에 관한 자기계발서로 대중적인 인기를 얻은 한 작가가 자기 책 속에 10년 치 인문 고전

목록을 제시한 걸 보고 식겁한 적이 있었다. 아니, 솔직히 말하자면 말 그대로 '격분'했다. 그 10년 치 인문 고전 목록을 보니, 나름대로는 이십 수년 동안 열심히 책을 읽어온 나도 안 읽은 책이 절반이 넘는다! 이런, 인생 헛살았네. 더 놀라운 건 1년 차 추천 도서에 플라비우스 베게티우스 레나투스의 《군사학 논고》며 유향의 《전국책》, 태공망과 황석공의 《육도삼략》 같은 책들이 들어 있다는 사실이었다! 나의 20년 훨씬 넘은 독서 경력이 트럭에 깔린 애호박 신세가 된 순간이었다.

1년 차 독서 초보들이 《군사학 논고》를 읽고 어디에 쓰라는 걸까? 《전국책》은? 한 번 웃자고 농담한 것이 아니라면, 이 살벌한 자본주의 생존 전쟁에서 승자가 되기 위해서는 먼저 뛰어난 책략가가 되어야 한다는 메시지일까? 역시 사는 건 전쟁이지. 그래서 나는 지금까지 세상에서 성공하지 못한 거야, 하는 자괴감이 온몸과 마음을 강타하였다.

아무리 좋게 생각해도 이건 정말 아니다. 이런 추천 목록은 순진한 독자들에게 무시무시한 고전 독서 압박감과 스트레스를 안겨주는 주범이다. 독자들을 무거운 고전의 짐을 짊어진 수동적인 낙타처럼 만들어버리는 행태이다. 혹은 유명한 고전을 읽었다는 지적 허영심만을 뱃속 가득 채우기 위해서이거나.

나는 고전에 대한 이런 식의 맹목적 우상숭배를 반대한다. 우리가 숭배해 마땅한 고전 같은 건 없다. 또 독서인 혹은 교양인 행세를 하기 위해 반드시 읽어야 할 고전 목록 같은 것도 없다. 오스카 와일드는 이렇게 말했다.

"도덕적이나 부도덕한 책은 없다. 잘 쓴 책, 혹은 잘 쓰지 못한 책, 이 둘 중 하나다."

덧붙이자면, '내가 좋아할 만한 책과 그렇지 않은 책, 내게 지금 필요한 책과 그렇지 않은 책만 있을 뿐이다.' 더욱이 한가롭게 고전만 파고들 경우, 당대의 과제들에 대한 문제의식을 놓쳐버릴 수도 있다.

고전 독서는 그 자체를 위해서가 아니라, 어디까지나 독자 자신이 '지금 현재' 상황에서 맞닥뜨리고 있는 개인적인 관심과 문제의식, 나아가 당대가 제기하는 문제와 대결하기 위한 사유의 연장에서 자신에게 필요할 때 찾아 읽어야 한다. 취향이 너무나 고전적이라 고전이 자신의 영혼에 딱 맞는 옷이라면 고전만 찾아 읽어도 된다. 그게 아니라면, 결코 고전이라는 권위나 고전 목록에 휘둘릴 이유가 없다.

영국 경험주의 철학을 완성한 데이비드 흄은 결코 고전주의자가 아니었다. 그는 로크와 버클리 등 당시 영국 철학계에 선풍을 몰고 온 새로운 철학을 통해 자신의 문제의식과 사유를 치열하게 가다듬었고, 그 결과 20대 후반의 젊은 나이에 서양 철학사를 뒤흔든 획기적인 저서들을 내놓을 수 있었다.

이마누엘 칸트는 어떤가? 1711년생인 데이비드 흄보다 고작 13살 어린 1724년생인 칸트는 흄의 책을 찾아 읽었다. 물론 당시 흄의 책은 고전이기는커녕, 신간들 가운데서도 흄 자신이 "인쇄되는 순간부터 사산되어버렸다"고 할 만큼 당대 독자들의 철저한 외면을 받았던 책이다. 하지만 칸트는 그 책을 읽고 "흄이 자신을 독단의 잠에서 깨어나게 했다"고 할 만큼 정신적인 충격을 받았다. 칸트의 그 위대한 책《순수이성비판》은 흄의 그 '신간'이 아니었으면 결코 세상에 나올 수 없었다.

또한 칸트는 장 자크 루소를 읽었다. 시계처럼 정확한 일상의 주기를 지켰던 칸트가 루소의《에밀》을 읽다가 너무 감동받은 나머지 그 날의 산책 시간을 어겼다는 일화는 유명하다.《에밀》은 1762년에 초판이 나온 책이었고, 더욱이 나오자마자 불온한 '금서'로 지정되어 루소가 스위스로 피신을 가게 했던 책이었다. 당대의 금서와 고전 사이의 거리는 얼마나 먼가!

이 두 철학자가 고전 맹목주의자였다면, 기껏 고전 철학자들에 대한 훌륭한 해설가에 그치고 말았을지도 모른다.

또 20세기의 철학자 비트겐슈타인조차 많은 독서를 하지 않은 것으로 유명하다. 그는 과거 철학사에 별 관심이 없었고, 모든 철학 고전들을 다 읽어야 한다는 강박관념도 없었다. 게다가 그는 철학을 전공하지도 않았고 제트 엔진을 설계하기도 한 항공공학도였다.

어쩌다 만난 한 권의 책이 비트겐슈타인의 인생을 완전히 바꾸어 놓았다. 바로 버트런드 러셀이 당시에 내놓은《수학 원리》라는 책이었다. 그 책을 읽고 비트겐슈타인은 러셀에게로 달려갔고, 철학자가 되었다. 비트겐슈타인의 철학적 생애는 오직 사유, 사유하는 것이었다. 그의 공식적인 저작은 사실 현대 영미철학의 흐름을 바꾸어 놓은 《논리철학논고》단 한 권 뿐이다.《철학적 탐구》를 비롯한 나머지 책들은 노트와 메모, 일기를 그의 사후에 제자들이 편집하여 출판한 것이다. 그는 고전이나 철학책들을 맹목적으로 읽어대는 대신 끊임없이 스스로 질문을 던지며 사유했다. 너무 치열하게 사유한 나머지 심신이 지칠 때는 그저 재미 삼아 당대의 미국판 하드보일드 추리소설을 열심히 읽었다.

내 경우를 말하자면, 지금까지 책을 읽어 오면서 옛날 책과 당대의 책을 구분하지 않았다. 따라서 고전과 비고전을 구분하는 것은 아무 의미가 없다. 나의 문제의식과 사유 속에서는 아리스토텔레스의 《윤리학》과 피터 싱어의 《실천 윤리학》이 동시대적인 것으로 느껴지고, 프랑수아 라블레의 《가르강티아 팡타그뤼엘》이 최신 발매되는 그 어떤 소설보다 더 현대적으로, 심지어 더 포스트모던하게 느껴진다.

진심으로 나는 플라톤의 《국가》를 읽으면서 그 속의 어떤 요소들에서 칼 포퍼의 《열린 사회와 그 적들》이나 존 롤스의 《정의론》보다 더 급진적이고 진취적인 면을 발견하곤 한다. 플라톤은 통치계급이 부패하고 타락하는 근본 원인을 꿰뚫어 보고 있었다. 바로 부와 일부일처제 아래의 처자식들 때문에 결국 부정과 부패가 생기고, 권력과 부의 사적인 세습이 공동체를 파멸시킨다는 것을. 요즘 세계적으로 명성을 날리고 있는 토마 피케티의 《21세기 자본론》이 바로 그런 세습자본주의에 대한 비판서가 아닌가?

지금 여기서 내가 감히 고전무용론을 주장하려는 것이 아니다. 고전이건 아니건 한 권의 책 자체가 유용하거나 무용한 것은 아니다. 그걸 결정하는 건 어디까지나 독자의 몫이다. 100권이건 1천 권이건, 한 생이 죽기 전에 꼭 읽지 않으면 안 되는 고전이라는 건 없다는 걸 말하고 싶은 것이다.

고전이라는 타이틀과 고전 독서의 유행을 좇기보다 자기 자신의 관심과 고민이 어디에 있는지부터 먼저 살피고 생각해야 한다. 자신이 책을 읽는 이유와 목적, 지금 자신이 고민하는 문제들, 알고 싶은 것들, 즐기고 싶은 것들을 먼저 생각해야 한다. 우리는 독서로 즐거움을 얻고자 하지만, 궁극적으로는 거기서 한 걸음 더 나아가 자기 자신이 더 나은 존재로 '변화'하기를 원한다.

즉 '자기 자신에 대한 진지한 관심'이야말로 모든 독서의 진정한 출발점이다. 자기 자신이 누구인지, 왜 사는지, 어떻게 살아야 하는지에 대해 관심을 두지 않는 사람은 없다. 우리가 책을 읽는 이유는 독서가 주는 순수한 기쁨과 재미 때문이다. 그러나 그런 기쁨이 자기 자신과 삶, 세계를 더 잘 이해하게 해주는 인식의 쾌락과 연결될 때 우리는 더 큰 기쁨을 얻는다. 독서에서 재미와 인식은 분리 불가능한 동전의 양면과도 같다.

나는 어디까지나 동서고금을 가리지 않고 모든 책에서, 나의 사고와 문제의식에 필요한 관점과 인식을 발견하고자 노력할 뿐이다.

만일 당신이 한 권의 책에서 자신의 실존적인 삶과 관련된 무언가를 얻고 싶다면, 책을 '해석'하는 것보다 그 책에서 당신이 무슨 '고민'을 발견하느냐가 더 중요하다. 작가의 고민과 작품의 고민, 그리고 당신이 책 속에서 발견한 고민들을 연결시키며 깊이 생각해보라. 즉 해석하지 말고 고민을 발견하라. 그러면 한 권의 책은 당신에게 다른 방식으로 말을 걸어올 것이며, 색다른 전율과 기쁨을 만나게 될 것이다.

응, 뭐라고?
독자가 스토커라고?

/
독자는 여행객이다.
남의 땅을 이곳저곳 돌아다니고,
자기가 일구지 않은 들판을 가로질러 다니며 밀렵하고,
이집트의 재산을 약탈하여 향유하는 유목민이다.
미셸 드 세르토

프란츠 카프카는 절친한 친구이자 비평가이던 막스 브로트에게 원고를 없애버리라는 유언을 남겼다. 물론 막스 브로트는 그 유언을 지키지 않았다. 그가 '의리'를 지키지 않았던 덕분에 오늘날 독자들은 20세기 천재작가 카프카의 작품들을 마음껏 누릴 수 있는 행운을 얻었다. 내 생각엔 죽은 카프카라도 오늘날 자신이 누리고 있는 문학적 명성을 알게 된다면 자기의 유언이 지켜지지 않은 사실에 대해 크게 분노하진 않을 것 같다.

그러나 작품이 아니라, 자신의 은밀한 사생활, 스스로 생각하기에 부끄러운 치부나 영원히 간직하고픈 개인적인 비밀까지 만천하에 노출되고 폭로된 것을 보면 어떻게 생각할까?

카프카가 펠리체 바우어라는 여성과 두 번 약혼했다 두 번 파혼했다는 건 유명한 이야기다. 문제는 카프카가 펠리체 바우어에게 보

프란츠 카프카와 약혼녀 펠리체 바우어

낸 수백 통의 편지가 고스란히 세상에 공개되어 버렸다는 사실이다. 카프카와 펠리체 바우어는 1912년에 막스 브로트의 집에서 처음 만나 1917년에 완전히 결별했다. 카프카는 그녀에게 5년 동안 무려 500통이 넘는 연애편지와 엽서를 보냈다. 카프카와 파혼한 후에 펠리체 바우어는 베를린의 부유한 상인과 결혼하였고 나중엔 미국으로 이주했다. 그녀는 미국으로 이주할 때도 애틋한 옛사랑의 추억이 담긴 편지들을 트렁크에 넣어 갔는데, 훗날 그녀 덕분에 카프카의 연애편지가 세상에 공개되었다.

카프카가 쓴 편지와 엽서들은 한국어판 카프카 전집에도 포함되어 나와 있다. 《카프카의 편지: 약혼녀 펠리체 바우어에게》라는 제목이다. 편지가 수백 통이나 되다 보니 책 두께도 990페이지나 된다. 카프카의 또 다른 애인이었던 밀레나 예젠스카에게 보내는 편지도 《밀레나에게 보낸 편지》라는 제목으로 나와 있다. 이뿐만 아니라 평생 사이가 좋지 않았던 아버지에게 쓴 편지도 《아버지에게 보내는 편지》라는 책으로 나와 있다. 막스 브로트를 비롯한 친구들에게 보낸 편지는 물론 두말할 것도 없다.

이처럼 최근까지 나온 카프카 관련 책들의 목록을 훑어보면 지난 반세기 동안 카프카가 유명세를 타면 탈수록 연구자들의 게걸스러운 탐욕도 급증하였다. 이젠 더 이상 파헤칠 게 없을 정도로 온갖 시시콜콜한 사생활까지도 모두 민낯으로 공개되어버렸다. 카프카가 연인들에게 보낸 편지들에는 요즘 말로 '손발이 오글거리는' 낯 뜨거운 표현들도 많이 등장한다. 예를 들면 펠리체 바우어에게 보낸 연애편지 속의 이런 문장들:

사랑을 얻기 위한 그 어떤 동화 속의 싸움도 내 안의 그대를 얻기 위해 내가 겪은 싸움보다 더 격렬하고 더 절실하지는 못합니다. 처음부터 언제나 새롭게 그리고 아마도 영원히….

역시 작가는 작가다. 여성 독자들은 이런 연애편지를 수백 통이나 받은 펠리체 바우어가 못내 부러울지도 모르겠다. 사랑을 얻기 위해 분투하는 남성 독자들은 반대로 저런 멋들어진 표현력이 마냥 부럽기만 할 터이고.

그런데 은밀하게 썼던 연애편지까지 만천하에 공개되고 만 사실에 대해 카프카 자신은 뭐라고 생각할까? 심지어 일기에다 여성과 섹스에 대해서 기이한 콤플렉스를 갖고 있으며, 그래서 "섹스는 함께 보내는 시간의 행복에 대한 형벌"이라고 쓴 것, 프라하의 사창가를 자주 드나들었던 것, 평생 불면증, 변비, 류머티즘, 종기, 피부 부스럼, 탈모, 약간 기형적인 발가락, 만성 피로에 시달렸을 뿐만 아니라 그래서인지 자신을 점령했을지도 모를 온갖 질병들을 상상하면서 그에 대한 푸념을 늘어놓곤 했다는 사실까지도 모조리 까발려진 걸 알면 어떤 기분이 들까? 부끄러움과 수치심에 차라리 한 번 더 죽고 싶어 하지 않을까?

카프카만큼, 아니 카프카 이상으로 무지막지한 사후 신상털기에 시달린 작가가 있다. 바로 헤밍웨이다. 헤밍웨이는 《위대한 개츠비》의 작가 스콧 피츠제럴드와 함께 미국 현대 문학의 개척자라고 할 수 있다. 절친한 친구였던 이 두 작가는 끊임없이 대중적인 구설수를 만들어내는 '스캔들 메이커'였던 탓에 살아생전부터 파파라치나 다름없는 미국 대중 언론의 손쉬운 먹잇감이 되곤 했다.

오늘날 전 세계에 쏟아져나와 있는 헤밍웨이의 전기류만 하더라도 수백 종도 더 될 것이다. 이제 그의 생애는 어항 속의 금붕어처럼 투명해져 버린 것 같다. 헤밍웨이가 마초인 척했던 것은 그가 어린 시절 어머니가 여자아이 옷을 입히고 머리도 여자처럼 자르고 다니게 했던 데서 생긴 트라우마 때문이라는 이야기며, 그가 못 말리는 허풍쟁이에다 오만하기 짝이 없었고, 여자들을 사랑할 줄 모르는 남자였으며, 어느 비평가의 입을 찢어 놓았다는 등 온갖 사실과 억측의 대상이 되고 말았으니. 가엾은 헤밍웨이!

대중들에게 알려진 정도는 다르지만, 웬만큼 이름이 남은 작가들은 광적인 독자 팬들과 스스로 일급독자임을 자부하는 비평가들의 추적과 해부를 피할 도리가 없다. 심지어 어떤 작가들은 바로 그런 사생활 폭로로 자신의 전문성을 과시하려 들기까지 하는 것이다. 내 서가에 있는 《위대한 작가들의 은밀한 사생활》 같은 책이 바로 그런 종류의 책이다. 물론 나는 한 명의 독자로서 사랑하는 작가들의 은밀한 사생활을 엿보고 싶은 마음에 이 책을 샀다. 나 역시 독자인 탓에, 그런 유혹을 뿌리치기 어렵다. 내가 숭배하는 보르헤스에 관해 더 많이, 아니 모든 것을 다 알고 싶은 탐욕에 그와 관계된 책이라면 모조리 사서 읽었고, 그의 사생활에 관한 이야기가 나오면 나도 모르게 눈이 반짝반짝하지 않았던가!

사랑하는 이에 관해 속속들이 알고 싶은 것은 자연스러운 본능이다. 아이돌 가수들에 대한 열렬한 사랑 때문에 농성을 하듯 진을 치고 사는 광팬들의 심정을 나는 충분히 이해한다. 그게 바로 열정 아닌가? 화산처럼 터져 나오는 뜨거운 사랑에서 비롯되는 그런 열정 자체를 비난할 순 없다. 다만 열정도 지나치면 집착이 되고 파괴적이 되듯, 사랑이 아닌 비난을 목적으로 이루어지는 신상털기나 사생활 폭로라면, 그건 문제가 전혀 다르다. 악의적인 비난이나 재미와 만족을 위해, 혹은 그런 폭로로 악명을 떨치려는 유혹에 빠진 위장 속의 헬리코박터균 같은 사람들이 빚어내는 나쁜 결과는 굳이 언급할 필요조차 없을 것이다.

밀란 쿤데라는 《불멸》이라는 소설에서 인간의 불멸에 대한 갈망을 탐구한다. 거기서 불멸이라는 '영원한 소송'에 시달리는 괴테와 헤밍웨이를 등장시켜 '신상털기'를 당한 작가들의 노이로제를 유쾌하게 풍자한다. 거기서 쿤데라는 마치 죽은 헤밍웨이의 심경을 대변하듯 헤밍웨이로 하여금 이렇게 투덜거리도록 만든다.

사람은 자신의 삶에 마침표를 찍을 수 있어요. 하지만 자신의 불멸에 대해서는 속수무책입니다. 일단 불멸의 배에 오르고 나면 영원히 내릴 수가 없지요. 나처럼 두개골을 권총으로 쏘아버려도 자살한 모습 그대로 그 배 위에 머무릅니다. 끔찍한 일이에요. 요한. 정말 끔찍해요. 죽어서 갑판 위에 누워 있을 때, 나를 에워싼 여편네 네 명을 보았지요. 다들 쪼그리고 앉아, 나에 대해 아는 모든 걸 끼적거리고 있더군요. 그 뒤에서는 아들놈도 뭔가 써 대고, 늙은 마녀 거트루드 스타인도 거기서 뭘 쓰고, 나의 모든 친구들 역시 거기서 나에 대한 온갖 뒷공론과 중상을 떠들어댔지요. 게다가 기자 수백 명이 마이크를 들이대며 앞을 다투어 그들을 뒤쫓았고, 미국의 모든 대학에서는 교수 군단이 그 모든 이야기들을 분류하고 분석하고 발전시켜, 수없이 많은 논문과 수백 권의 책을 펴냈답니다.

평생 불멸의 명성을 떨칠 기회가 별로 없는 평범한 이들에게는 저런 말이 오히려 겸손을 가장한 오만한 엄살로 비칠지도 모르겠다. 노이즈 마케팅을 해서라도 유명인사의 반열에 오르고 싶어 하는 무명작가들이나 무명연예인들에겐 더욱. 한 예술가의 지명도가 위대함과 비례한다고 쉽게 착각하는 대중이 문화 권력을 장악하고 있는 이 시대엔 더더욱. 트위터나 페이스북 같은 SNS를 활용해 자신의 성가를 높이려 애쓰고 팬들을 관리하는 이들이 얼마나 많은가! 헤밍웨이도 구설수에 대한 인내심이 한계에 도달하기 전까지 그런 유명세를 은근히 즐기지 않았던가?

피에르 메나르,
위대한 독자

　　모든 작가의 꿈은 자신이 쓴 책이 인류의 정신 속에서 불멸의 성좌로 남는 것이다. 하지만 그 누구도 크리스마스트리에 달린 장식들처럼 시시콜콜하고 너저분한 사생활들까지 주렁주렁 매단 채로 영원에 못 박히고 싶어 하진 않을 것이다.

　　그들도 인간인 한, 이런저런 흠결과 치부, 수치스러운 일면들이 없을 순 없다. 무분별한 사생활 폭로는 작가에 대한 인간적 실망 때문에 독자들이 작품으로부터 멀어지게 만들 위험이 있다. 한 작가의 작품에 대한 평가를 작가의 인격과 삶의 형식으로부터 유추해내는 것은 위험하고 어리석은 일이다.

　　한 권의 책이 세상에 나오는 순간부터 책은 자신만의 생애와 운명을 갖는다. 책은 그 순간부터 작가를 망각한다. 그 순간부터 한 권의 책은 작가가 아닌 독자의 책이 된다. 모든 책이 한 권의 책으로서 궁극적으로 완성되는 것은 바로 독자의 정신 속에서이다. 한 권의 책은 그것을 읽는 독자에 따라, 그리고 시대에 따라 각기 다른 의미와 가치를 갖는다.

　　보르헤스는 〈피에르 메나르, 돈키호테의 저자〉라는 단편소설로 작품의 그런 운명을 보여준다. 우리는 그 유명한 소설 《돈키호테》의 저자가 당연히 스페인의 세르반테스라고 알고 있다. 보르헤스는 바로 그런 상식에 도전한다. 단편 제목이 암시하듯 보르헤스는 또 다른 저자가 있음을 넌지시 보여준다. 소설 속에서 피에르 메나르는 세르반테스의 《돈키호테》를 글자 한 자까지 완벽하게 다시 베껴 쓴다. 그럼에도 보르헤스에게 이것은 새로운 《돈키호테》다. 텍스트의 차원에서는 동일하지만, 그것을 쓰는 시대의 맥락과 상황에 따라 작품은 다른 의미를 창조한다. 전혀 다른 시대의 독자, 아니 작가인 피에르 메나르가 베껴 쓴 《돈키호테》는 과거에 세르반테스가 썼던 그 작품과 동일한 것이 아니다. 보르헤스는 이렇게 쓴다.

> 피에르 메나르의 작품은 세르반테스의 작품보다 거의 무한할 정도로 풍요롭다. 그를 비방하는 사람들은 더 '모호'하다고 말할 것이다. 그러나 모호성은 풍요로움이다.

보르헤스의 이 작품은 20세기 후반 지성계에 수용 미학과 다시 쓰기의 미학을 일깨웠다. 무엇보다 이 작품은 가장 위대한 '독자어천가'이다. 하지만 달리 보면 피에르 메나르는 잔혹한 스토커 같지 않은가? 세르반테스 스토커.

세상에, 그 두꺼운 세르반테스의 소설을 완전히 다시 베껴 쓰려면 도대체 얼마나 큰 사랑의 열정이 필요할까? 그야말로 모든 작가가 꿈꾸는 이상적인 독자가 아닐까? 한 작가를 깊이 사랑한 나머지 그가 쓴 책을 베껴 쓸 정도라면, 그런 독자를 둔 작가는 얼마나 행복할까? 페에르 메나르는 소설 속에 등장하는 허구의 인물일 뿐이지만, 아마도 보르헤스 자신도 그를 위대한 독자, 나아가 독자가 아닌 작가라는 이름으로 불려 마땅할 진정한 독자라고 생각했을 것이다.

그런 의미에서 모든 열렬 독자는 일종의 아름다운 스토커다. 깊은 사랑에 빠진 열정의 스토커다. 다만 그 열정이 작품을 향할 때, 그 사랑은 진정한 빛을 발한다. 그 독자는 피에르 메나르가 된다. 하지만 열정이 작품 대신 작가를 향하고, 작가의 사생활 일체에 대해 마치 범죄자를 쫓는 악착같은 형사처럼 굴 때, 독자는 잔혹한 스토커가 된다. '독자'라는 아름답고 명예로운 이름을 훼손하는 잔혹한 스토커가 된다. 오늘날처럼 책 읽는 독자들이 점점 더 희귀해져 가고 있는 시대에는, 열정적인 독자는 물론이고 잔혹한 독자마저도 사라져가고 있는 게 아닌지 그것이 더 우려스럽긴 하지만.

●   **신비와 비밀 속에**
                    은둔하는 작가들도 있다

        요즘은 대중들과 매스컴의 관심과 주목을 대놓고 즐기거나 심지어 추구하기까지 하는 작가들도 꽤 많다. 정반대로 자신의 사생활을 철저하게 비밀에 부치는, 희귀한 '은둔' 작가들도 있다는 사실을 무시할 순 없다. 이런 은둔 작가들은 바로 그 은둔 때문에 역설적으로 유명세를 치르기도 한다.

        은둔 작가들 가운데 대중적으로 가장 널리 알려진 작가는 물론 《호밀밭의 파수꾼》을 쓴 샐린저Jerome David Salinger, 1919~2010일 것이다. "위선은 허영이며, 허영의 실체는 허무이다. 그리고 허무는 인간의 존재 그 자체이다"라는 문장으로 내 기억 속에 강하게 남아 있는 그 소설은 이미 미국 문학의 고전이 되었지만, 샐린저라는 작가에 관해서는 알려진 것이 거의 없다. 그의 얼굴 사진은 《호밀밭의 파수꾼》이 처음 출간되었을 때 뒤표지에 커다랗게 실렸었다. 그러나 3쇄부터는 그 사진마저 샐린저의 강력한 요구로 빠져버렸다.

샐린저는 그 작품으로 유명해졌고, 또 철두철미한 은둔으로 더 유명해졌다. 수많은 전기 작가들과 언론들이 그를 캐내기 위해 달려들었지만, 결코 인터뷰나 취재에 응한 적도, 공식 석상에 모습을 드러낸 적도 없다. 심지어 자신의 전기가 출간되지 못하도록 법원에 금지 신청을 하기까지 했다. 그가 작가 생활을 처음 시작할 순간부터 은둔하기로 결심한 것은 물론 아니었다. 자신의 책이 나온 후부터 겪은 일련의 불쾌한 사건들과 미국의 상업주의, 가짜가 횡행하는 현실에 환멸을 느끼고서 그때부터 사회에서 멀어져가기 시작한 것이다.

《호밀밭의 파수꾼》에서 샐린저는 홀든 콜필드의 입을 빌려, 이렇게 말한다. "정말로 내가 감동하는 책은 말이야. 다 읽고 난 뒤에 그걸 쓴 작가와 친구가 되어, 언제라도 전화를 걸 수 있으면 얼마나 좋을까 하는 기분을 느끼게 하는 책이란다. 하지만 그런 기분을 주는 책은 좀처럼 없지." 하지만 생전에 이미 미국 문학계의 전설이 될 정도로 저명해진 샐린저가 죽는 그 순간까지 어떤 애독자와 친구가 되어 마음껏 전화를 주고받았다는 이야기는 없었다.

딱 한 명 예외가 있었던 것 같다. 조이스 메이너드라는 여성이었다. 그녀는 1972년 《뉴욕 타임스》에 한 편의 에세이를 실었는데, 그 에세이를 읽고 수백 명이 편지를 보냈다. 그 편지들 가운데는 놀랍게도 샐린저의 편지도 있었다. 그 편지가 인연이 되어 두 사람은 부지런히 편지를 주고받았다. 이윽고 35년이라는 나이 차에도 불구하고 그녀는 다니던 학교까지 그만두고 그 전설적인 작가와 동거를 하는 단계까지 발전했다. 하지만 두 사람의 인연은 그리 오래가지 못했다.

문제는 세월이 제법 흐른 후인 1988년에 터졌다. 조이스 메이너드가 그들의 은밀한 연애담을 책으로 써버린 것이다. 한국에서는 《호밀밭의 파수꾼을 떠나며At Home in the World》라는 제목으로 출간되었다. 그 책을 재빨리 읽어보았지만—나도 결국 잔혹한 스토커 기질을 버리지 못했던 것이다!—책을 읽는 내내 기분이 좀 언짢았던 것도 사실이다. 미국에서도 샐린저의 동의도 없이 함부로 은밀한 사생활을 까발린 그녀에 대한 비난의 목소리도 높았다. 불쌍한 샐린저. 결국 그는 완벽한 은둔 작가로 남는 데 실패하고 말았다.

1919년생인 샐린저는 지난 2010년 91세의 나이로 세상을 떠났다. 그렇다면 그가 죽은 지 몇 년이 지난 지금까지도 그는 여전히 비밀과 침묵의 베일에 둘러싸인 채로 남아 있을까? 그게 궁금하면 2014년 초에 한국어판으로 나온 《샐린저 평전》을 읽어보시라. 이 책의 저자인 케니스 슬라웬스키는 《뉴욕타임스》가 선정한 최고의 샐린저 웹사이트deadcaulfields.com 운영자로 알려져 있을 정도로 샐린저에 대한 열정적인 독자였다. 케니스 슬라웬스키가 7년간에 걸친 집필을 통해 내놓은 이 평전을 읽으면 샐린저가 왜 은둔을 선택했는지에 대한 답을 얻게 될지도 모른다.

은둔의 베일 너머에
머무는 작가들은 왜?

　　은둔형 작가 얘기를 하자면 꼭 언급해야만 하는 작가들이 있다. 토머스 핀천Thomas Pynchon, 1937~과 쥘리앵 그라크Julien Gracq, 1910~2007, 모리스 블랑쇼Maurice Blanchot, 1907~2003가 바로 그들이다. 이들은 샐린저만큼 대중적으로 잘 알려지진 않았지만, 20세기의 가장 위대한 작가군에 속한다.

　　먼저 토머스 핀천부터 이야기하고 싶다. 왜냐하면 그동안 한국에서는《49호 품목의 경매》와《V》정도만 번역되어 있었는데 그의 전설적인 대표작《중력의 무지개》가 드디어! 지난 2012년 한국에서 번역 출판되었기 때문이다. 이 소설은 두 권으로 나뉘어 출간되었는데, 두 권 합쳐 자그마치 1456페이지나 된다! 그런데도 놀라우리만치 재미있고 심지어 '외설적'이기도 하면서 날카로운 비판적 지성이 번득이는 이야기를 만들어낼 줄 아는 핀천의 천재성이 잘 드러나 있는 책이다. 그리고 2014년, 그의 유일한 단편 작품집인《느리게 배우는 사람》도 한국 독자를 만나게 되었다.

　　토머스 핀천은 천재성만큼이나 장난기 가득한 엉뚱한 작가로 유명하다. 때때로 세상을 화들짝 놀라게 하는 장난을 벌이곤 하는 것이다.《중력의 무지개》옮긴이 후기에서도 소개되어 있지만, 그를 둘러싼 재미있는 에피소드들도 제법 있다. 이 소설은 1974년도 미국 내셔널 북 어워드 수상작으로 선정되었다. 마침내 베일에 싸여 있던 작가가 언론에 모습을 드러낼 것이라고 기대하던 순간, 정작 수상식 자리에 나타난 건 그가 아니었다. 황당하게도 산발한 머리에 미치광이 같은 모습을 한 어윈 코리 '교수'라는 이름의 한 무명 코미디언이 나타난 것이다. 게다가 그 남자는 "핀천을 대신하여 이 용돈을 잘 받겠습니다"는 등 횡설수설 몇 마디를 늘어놓다간 순식간에 사라져버렸다. 이후 수상식장에서 어떤 소동이 일어났을지는 독자들의 상상에 맡긴다.

토머스 핀천은 만화영화 〈심슨 가족〉의 열렬한 팬이었는데, 여기에도 재미있는 일화가 있다. 2004년 만화영화 〈심슨 가족〉에 목소리 출연을 한 것이다. 그때도 사람들의 기대를 저버리고 검정 비닐봉지를 덮어쓰고 나타났다고 하니, 그의 괴짜성은 과거 그 어떤 작가도 도달하지 못한 경지에 이른 것 같다. 하지만 그는 미국의 저명한 문학 평론가 헤럴드 블룸이 필립 로스, 코맥 매카시, 돈 드릴로와 함께 미국의 4대 현대문학 작가로 꼽을 만큼 현대 미국의 대표적인 작가이기도 하고, 매년 노벨 문학상 후보에도 이름을 올리고 있다.

많은 독자들이 궁금해한다. 만일 토머스 핀천이 노벨 문학상 수상자로 선정되면 수상식 자리에 나타날까? 내 생각은 이렇다. 핀천이 과거에 저지른 만행(?)이 그 엄숙한 노벨 문학상 수상식 자리에서도 재연될까봐 노벨 문학상 위원회는 결코 그에게 노벨 문학상을 수여하지 못할 것이라고.

프랑스에서도 토머스 핀천 못지않은 비밀과 침묵, 은둔의 베일 뒤에 감추어져 있는 작가들이 있다. 쥘리앵 그라크라는 프랑스 소설가다. 그는 1910년 프랑스 중서부의 소도시 생 플로랑 르 비에이에서 태어났고 프랑스의 최고 명문 파리 고등사범학교를 졸업했다.

1938년 첫 소설《아르골 성에서》를 발표하여 격찬을 받았고 대학교수의 길을 포기하고 고등학교에서 평생 지리와 역사를 가르쳤다.

1951년 드디어《시르트의 바닷가》라는 소설이 프랑스에서 제일 유명한 문학상인 공쿠르상 수상작으로 선정되었다. 하지만 그는 모두가 선망하는 그 영예로운 수상을 거부했을 뿐 아니라, 오히려 프랑스 문단 전체를 비판하는 글을 발표해 프랑스 사회를 경악게 했다.

더 놀라운 사실은 그의 소설이 공쿠르상 수상작으로 발표될 때 학교에 있는 동료나 학생들이 그가 바로 쥘리앵 그라크라는 사실을 아무도 몰랐다는 것이다. 그는 교사직이라는 생업과 작가 생활을 철저하게 분리하여 자신의 글쓰기가 상업주의나 기타 문학 외적인 것들에 감염되는 걸 극도로 경계했다.

모리스 블랑쇼라는 프랑스 작가도 마찬가지다. 사망 당시 96세였던 모리스 블랑쇼는 쥘리앵 그라크 이상으로 은둔 작가였다. 그런데도 그는 소설가이자 탁월한 문학비평가, 무엇보다 독창적인 사상가로서 미셸 푸코를 비롯한 20세기 후반의 지성계에 큰 영향을 미쳤다. 한국에서도 몇 년 전부터 그린비 출판사에서 전집이 출간되고 있다. 문학관 자체가 작품의 익명성을 강조한 작가였고, 그런 사상의 연장선에서 자신의 작품 외에는 한 개인으로서 자신을 드러내는 것을 철저하게 거부했다. 사생활에 관해선 알려진 것이 거의 없고, 사진도 어느 파파라치가 몰래 찍은 것 외엔 공개된 것이 아무것도 없다.

슬프게도, 내가 쥘리앵 그라크와 모리스 블랑쇼의 소설들을 처음 만난 것도 헌책방을 순례하며 다니던 때였다. 어느 헌책방에서 발견한 1984년도 범한출판사판《현대 세계문학전집》에 쥘리앵 그라크의 대표작《시르트의 바닷가》와 모리스 블랑쇼의《아미나다브》가 같이 수록되어 있었다.

그 책을 발견한 순간, 나는 나도 모르게 "아!" 하고 비명을 질렀다. 번역이나 편집은 형편없었지만, 그 두 권의 작품은 깊은 인상과 충격을 안겨주었다. 다행히도 쥘리앵 그라크의 그 소설은 이후에 민음사판 세계문학전집 중 한 권으로 다시 번역되어 나와 눈 밝은 독자들을 기다리고 있다. 모리스 블랑쇼의 전집이 출간된다는 소식을 듣고 남몰래 얼마나 기뻐했는지 모른다. 이젠 누구나 쉽게 서점에서 그의 위대한 저서들인《문학의 공간》이나《도래할 책》,《카프카에서 카프카로》등을 만날 수 있게 된 것이다. 다행히 쥘리앵 그라크의《숲속의 발코니》같은 작품도 몇 년 전에 번역되어 나왔다.

토머스 핀천이나 쥘리앵 그라크, 모리스 블랑쇼 같은 작가들은 자신의 문학에 관해서는 철저하게 비타협적인 작가들이다. 작품의 시장성이나 대중 독자들의 관심이 아니라 오직 영원과 시간, 문학 자체의 완전한 아름다움을 추구하는 글을 쓰는 작가들. 그 때문에 아무리 잔혹한 스토커 같은 독자들도 그들에겐 접근이 거의 불가능하다.

그런데, 이들 작가는 왜 그토록 대중들의 시선으로부터 자기 자신을 완벽하게 차단하려 하는 것일까? 그들만의 내밀한 동기를 전부 추측할 순 없겠지만, 그들의 작품으로부터 유추할 수 있는 결론은 한 가지다. 예술은 예술가가 아닌 작품으로 말해야 한다는 것. 작품이 완성되는 순간, 작가는 작품과 무관한 존재가 되고, 작품은 독자에게 내맡겨진 존재가 된다는 것.

은둔의 대가 모리스 블랑쇼는《문학의 공간》이란 책에서 자신의

네 번째 책상 서랍 속의 타자기와 회전목마에 관하여

철학을 이렇게 말한다.

작품은 그것을 만드는 자에게서 벗어나 그것을 만드는 자를 멀리 밀쳐냄으로써 완성되어야 하는 것이다. 이러한 '밀쳐냄'은 결정적으로 그를 해방시켜 준다. 작품은 이 '밀쳐냄' 속에서 완성되어야 한다. 이때 이 밀쳐냄은 바로 독서라는 형태를 취하게 되는 것이다.

사실 예술가가 작품보다 앞에 나와 마치 연예인처럼 자신을 전시하고 드러내는 것은 예술에 대한 모독일 수 있다. 예술가 개인의 인간적인 삶의 흔적들로 작품이 오염되는 것을 철저하게 차단하고, 독자가 오직 작품과 직접 대면하며 대화하는 것이 옳다는 것. 그런 탓에 헤밍웨이나 스콧 피츠제럴드만큼 대중적인 스포트라이트를 받지 못하지만, 그럼에도 그들의 작품은 불멸의 작품으로 남아 있다. 그 사실만이 중요하고, 그게 전부다.

나 또한 이 은둔 작가들의 생각이나 처신에 매우 격하게 동감한다. 그러나 대중매체가 작가의 평판과 인지도를 좌우하는 오늘날, 특히 '좋은 책이 아니라 유명한 사람의 책이 잘 팔린다'는 이상한 법칙이 통용되는 한국 출판 시장에서 과연 이런 '극단적 은둔주의'가 잘 먹힐지는 의문이다. 유명한 작가라야 광고가 붙고, 광고가 붙는 만큼 책이 더 잘 팔린다. 좋은 책이라도 무명작가라면 어떤 출판사도 선불리 책 광고에 나서기 힘들 것이다. 아쉽게도 21세기 출판 시장에선, 이런 극단적 은둔주의는 이젠 신화나 전설에 더 가까운 일이 될 것 같다.

분명한 사실은 문학적 성취로만 볼 때 그들은 이미 오래전에 노벨 문학상을 받고도 남을 작가들이라는 것이다. 이에 대해선 그 어떤 문학 전문가들도 이의를 제기하지 않을 것이다. 아니, 오히려 노벨 문학상을 받기엔 그들은 이미 너무 높은 경지에 다다랐는지도 모른다. 그런 이유로, 쥘리앵 그라크나 모리스 블랑쇼는 이미 세상을 떠나버렸지만, 남은 토머스 핀천에게 노벨 문학상이 돌아갈 것 같진 않다.

다만 그들의 작품을 몹시도 사랑하는 한 명의 독자로서 쥘리앵 그라크의 산문집과 그의 자서전 《도시의 형태La Forme d'une ville》 같은 책들도 곧 한국어판으로 만날 수 있기만을 간절히 바랄 뿐이다.

네 번째 책상 서랍 속의 타자기와 회전목마에 관하여

체셔 고양이와 아직 쓰이지 않은
책들의 도서관

　　지금 내가 사는 집은 좁아서 자주 꺼내 읽지 않는 책들은 다락에 올려놓을 수밖에 없었다. 다락엔 거의 올라갈 일이 없지만 아주 가끔은 하필이면 거기에 있는 책이 꼭 필요할 때가 있다. 어느 날 밤, 한 권의 책을 찾기 위해 다락문을 열었다. 불을 켜려고 좁은 나무 계단 옆에 있는 스위치를 눌렀는데 전구가 나갔는지 불이 들어오지 않았다. 하는 수 없이 다시 내려가 촛불을 켜 들고서 올라갔는데, 갑자기 어디선가 "냐아옹~" 하는 고양이 울음소리가 들려왔다. 이상한 일이었다. 그 소리는 분명히 이 다락 어디선가 들리는 것이었다. 고양이 체셔가 여기에 있을 순 없었다. 좀 전까지만 해도 거실 작은 소파에서 졸고 있다 밖으로 나가는 걸 보았는데.

　　나는 손에 든 촛불을 높이 들어 여기저기 쌓여 있는 커다란 종이 박스들 사이를 헤집었는데, 그 순간, 갑자기 시야가 환해지는가 싶더니 몸이 기우뚱하고 어디론가로 추락하기 시작했다. 마치 블랙홀 속으로 빨려 들어가듯 현기증을 느끼며 나는 까무룩 정신을 잃은 것 같다.

어느 순간 화들짝 놀라 눈을 떴을 때, 나는 놀라운 장면을 목격했다. 나는 천장이 높은 아주 넓은 방에 있었다. 그 방은 낯선 서재였다. 그 서재는 벌집처럼 육각형으로 생겼는데, 벽면에 온통 책이 가득 꽂혀 있었다. 단 한 면에만 커다란 유리창이 있어서 바깥에서 햇살이 부드럽게 흘러들고 있었다. 창문 쪽 서가 앞에는 아주 커다란 책상이 놓여 있었고 책상 앞에는 아담하고 푹신해 보이는 소파 두 쌍이 서로를 마주 보고 있었다. 나는 어리둥절해 하며 사위를 두리번거렸다. 갑자기 웃음소리가 들려와 고개를 돌려보니 한 서가 위에 고양이 한 마리가 짓궂은 웃음을 지으며 앉아 나를 내려다보고 있었다.

"체셔 고양이구나!"

"맞아요."

나는 내 눈을 의심했다. 그 고양이는 지금 나랑 살고 있는 바로 그 고양이, 체셔였다. 루이스 캐럴의 《신기한 나라의 앨리스》에 나오는 체셔 고양이와 닮은 줄무늬 고양이여서 이름을 체셔라고 붙여준.

"그런데 여긴 어디지?"

"당신이 늘 꿈꾸던 서재랍니다."

나는 놀라운 눈으로 다시 한 번 서재를 둘러보는데 체셔 고양이가 다시 말을 했다.

"여기엔 세상의 모든 책들이 다 있답니다. 당신이 원하기만 하면,

루이스 캐럴의 이상한 나라의 앨리스에 나오는
체셔 고양이 삽화

어떤 분야의 것이건, 어떤 장르에 속하건 모두 찾을 수 있지요. 또 당신이 원하기만 한다면, 아직 쓰이지 않은 책들, 화재로 타버리거나 세월이 갉아먹어 썩어버린 책들, 그리고 책 속에 나오는 허구의 책들까지도 모두 찾을 수 있지요."

"정말이야?"

"물론이지요. 당신이 원하고 찾기만 한다면요."

체셔 고양이는 어느새 몸은 사라지고 웃는 입만 보였다. 그러다 완전히 사라졌다간 다른 서가에서 "냐옹!" 하며 모습을 드러냈다. 사라졌다간 나타나고, 나타났다간 또 사라졌다.

"아우, 정신없어! 가만히 좀 있을래? 넌 늘 그렇게 멋대로 나타났다 사라지곤 했지. 어제도 갑자기 사라졌다간 오늘 아침에야 들어왔고. 도대체 어디 갔었던 거야?"

"이 서재에서 책을 읽었지요. 당신은 늘 당신이 나랑 놀아준다고 생각하겠지만, 실은 당신이 나를 번쩍 들어 공중으로 던져 올렸다 내렸다 하고, 내 볼에다 얼굴을 마구 비비면서 입맞춤을 할 때마다 얼

제1부·나쁜 책, 스토커, 그리고 독자

마나 괴로운지 모르겠지요. 실은 내가 당신 기분을 맞춰주느라 억지로 참는 줄도 모르고! 뭐, 매일 공짜로 밥을 얻어먹으니 밥값을 해야 한다는 생각도 있긴 하지만. 당신이 그토록 좋아하는 몽테뉴의 말을 상기해봐요. '내가 고양이를 데리고 노는 것일까, 고양이가 나를 데리고 노는 것일까?'"

"그래. 나도 늘 그런 생각을 하곤 했어. 내가 책을 읽을 때 책 앞으로 네가 불쑥 끼어들면 너도 책을 읽으려나, 어쩌면 내가 없을 때 나 몰래 책을 읽곤 할지도 모른다는 생각하곤 했었지."

그러자 체셔 고양이가 장난스럽게 입을 활짝 옆으로 찢으면서 웃었고, 꼬리를 마구 흔들어댔다.

"수많은 작가들이 고양이를 사랑했던 건 잘 알고 있겠지요? 작가와 고양이는 운명처럼 연결되어 있는 관계랍니다. 몽테뉴를 비롯하여 보들레르의 고양이, 찰스 디킨스의 고양이, 찰스 부코스키의 고양이, 마크 트웨인과 살았던 검은 고양이 밤비노, T. S. 엘리엇의 고양이 조지, 헤밍웨이가 자신의 집필을 방해해도 웃어넘기는 유일한 존재였던 발가락 여섯 개 고양이 스노우볼을 모르진 않으시겠지요? 또 루시 모드 몽고메리가 쓴 《빨간 머리 앤》을 좋아하는 독자라면, 그녀가 책상 아래 처박아 두고는 잊은 채로 오랫동안 뽀얀 먼지만 뒤집어쓰고 있던 그 원고를 다시 들춰보게 해준 고양이 대피에게 얼마나 많이 감사해야 할까요?

그들 곁에 있던 모든 고양이가 실은 나, 체셔 고양이랍니다! 작가들 곁에는 항상 마법의 체셔 고양이가 있어서 문학적 영감과 경이로운 환상을 불어넣어 주는 거라고요! 로베르토 무질이 한 이야기 몰라요? "신이 인간이 될 수 있다면, 고양이도 될 수 있다"고 한 말! 사실 세상의 모든 고양이는 하나이자 다수인 체셔 고양이들이랍니다. 인간들이 그걸 몰라서 그렇지."

"그래. 네 말대로 고양이 대피가 아니었으면《빨간 머리 앤》이 영원히 빛을 보지 못했을지도 몰라. 마크 트웨인도 고양이 밤비노가 아니었으면 아내를 잃은 슬픔을 결코 극복할 수 없었을지도 모르고. 그나저나 책 구경 좀 해도 될까? 그런데 여긴 책들이 어떤 분류법에 따라 분류되어 있는 거야?"

고양이 체셔는 다시 사라졌다가 또 다른 서가 위에 나타났다. 그 희한한 웃음을 지으면서.

"여기 책들은 당신이 원하는 방식대로 절로 분류가 되게 되어 있어요. 당신이 원하여 찾는 책들의 목록이 항상 준비되어 있지요. 그러나 먼저 분류를 해야겠지요. 그래야 당신의 서재가 완전히 갖춰질 터이니. 저 책상 위에 있는 노트에다 그 분류 목록을 적기만 하면 돼요."

"그래? 그럼 한번 해볼까?"

나는 책상 앞으로 가 의자에 앉았다. 책상 위에는 보랏빛이 감도는 노트와 너무나 단정하게 잘 깎인 연필 한 자루가 놓여 있었다. '음. 이 연필은 마치 연필 깎기의 장인이 정성을 들여 완벽하게 깎은 연필 같네.' 나는 이런 생각을 하면서 노트를 펼쳤다.

상상의 서재에서 만난
사라진 책들의 목록

나는 턱을 괴고 앉아 그동안 내 상상의 서재 혹은 도서관에 비치될 모든 책들의 분류 방법에 관해 생각했던 것들을 떠올려 보았다. 나는 보르헤스가 어느 중국 백과사전에서 보았다는 재미있는 동물 분류법을 모델 삼아 내가 읽고 싶은 책을 기준으로 한 분류 방법을 택하기로 했다. 체셔 고양이는 내가 원하기만 하면, 지금 세상에 존재하지 않는 모든 책들도 다 이 서재에서는 존재한다고 말했다. 보르헤스도 '실낱같은 존재의 개연성만 있어도 그 책은 얼마든지 실재한다고 볼 수 있다'고 하지 않았던가? 그러니 이런 책들도 없으리란 법은 없지 않은가?

- 고양이가 인간과 함께 살기로 결심한 수수께끼에 관한 책
- 장차 쓰일 세상의 모든 책
- 돈키호테와 미셸 드 몽테뉴, 파우스트, 그리고 《해저 2만 리》의 주인공 네모 선장의 서재에 있던 모든 책
- 타락천사들의 애독서
- 변비와 설사의 관계에 관해 쓰인 모든 책
- 헌책방에 비싸게 책을 팔 방법들에 관한 책
- 이런저런 이유로 세상에 전해지지 못한 책
- 이순신 장군의 명량해전에서 싸우다 죽은 모든 장수와 병사들의 회고록

◦ 사랑에 절대적으로 성공하는 비밀에 관한 모든 책

◦ 체 게바라의 죽음에 관여한 모든 이들의 회고록

◦ 실패하는 사람들의 일곱 가지 습관에 관한 책

⋮

그렇게 내 상상의 서재 장서 목록들은 끝없이 이어졌다. 생각이 생각에 꼬리를 물고 이어졌는데, 마치 손에 쥐고 있는 연필이 스스로 글을 쓰고 있는 듯한 기분이었다.

그런데 어느 순간, 나는 또 다른 책들의 목록을 쓰고 있었다. 이 목록은 초고에서 편집되어 사라졌거나 또는 작가가 쓰다가 실패했거나, 원고를 잃어버렸거나, 불태워버렸거나, 구상 단계에서 작가가 죽거나 실행하지 못한 책들의 리스트였는데, 이상하게도 내 기억은 너무나 생생하게 그 모든 것이 떠오르는 것이었다. 이 책들은 모두 내가 상상 속에서 읽고 싶었던 책들이었고, 또 만약 쓰였거나 소실되지 않고 남아 있었더라면 모두 인류 문화와 장서가들의 서재를 한층 더 풍부하게 해주었을 책들이다.

● **세상에서 사라진
책들의 목록**

◦ 진시황이 불태워버린 모든 책

◦ 불타버린 알렉산드리아 도서관에 소장되어 있던 모든 책

- 사라진 신약성경 복음서들의 최초 원고로 만든 책

- 위진남북조 시대에 곽상이 편집하기 전에 떠돌던 여러 판본의 《장자》

- 15세기 전 세계를 항해했던 정화 제독이 썼지만 어리석은 중국 관리
  들이 불태워버린 정화 제독의 《여행기》 (이 여행기가 남아 있었더라면,
  마르코 폴로의 《동방견문록》을 능가하는 환상적이고 진귀한 여행기가
  되었을 것이다.)

- 가난에 시달리던 허먼 멜빌이 어느 여행용 궤짝 제작자에게 원고를
  1파운드당 10센트에 팔아버려 사라진 작품 《십자섬》 혹은 《거북 사
  냥꾼》

- 괴테가 쓰려고 했던 어느 호랑이의 전기

- 플로베르가 초안만 쓴 채 완성하지 못한 단편 《돈 주앙의 밤》

- 도스토옙스키가 구상 단계에서 더 이상 나아가지 못했던 《어느 죄인
  의 생애》

- 샤를 보들레르가 구상만 하다 시작하지 못한 동화들과 어릿광대극.
  그리고 벨기에 사람들을 조롱하고 비웃기 위해 쓰려고 했던 《가련한
  벨기에》

- 워즈워스가 쓰려고 했던 방대한 시집 《은둔자》

- 《프랑켄슈타인》을 쓴 작가 메리 셸리가 쓰고자 했지만 출판사들의
  무관심으로 결국 쓰지 못했던 여러 책들. 《스탈 부인 전기》, 《예언자
  무함마드의 생애》, 《멕시코와 페루의 정복에 관한 책》, 《지구의 상고
  사와 고대 문명사》 등

- 제임스 조이스가 출판사와 벌인 협상이 지지부진하자 화가 난 나머
  지 불태워버린 《영웅 스티븐》

∘ 토마스 만이 불태워버린 방대한 양의 일기

∘ 헤밍웨이의 아내 해들리가 프랑스 리옹 기차역에서 도둑질당한 여행
  가방에 들어 있던 제목을 모르는 소설들

∘《인 콜드 블러드》를 쓴 미국의 소설가 트루먼 커포티가 프랑스의 마
  르셀 프루스트를 넘어서려는 야심으로 1968년 랜덤하우스와 거액
  의 선인세를 받고 쓰기로 했지만 1984년 그가 사망할 때까지 끝내
  완성하지 못했던 소설《응답받은 기도》

  ⋮

어느 순간, 불현듯 눈을 떴다. 침대 머리맡엔 침실등이 켜져 있고,
나는 침대에 누워 있었다. 꿈을 꾼 것이었다. 내 발치에 고양이 체셔
가 꼼지락거리고 있었다. 잠자리에 들 땐 바깥에 나가고 없었는데 어
느새 침실로 들어와 있었던 것이다. 나는 몸을 일으켜 체셔를 안아
올려서 배 위에 올렸다. 그리곤 얼굴을 손가락으로 살살 쓰다듬으며
말했다.

"네가 내 꿈에 나타났던 거야? 어쩌면 네가 진짜 체셔 고양이인
지도 모르겠다."

고양이는 졸린 지 입을 쩍 벌리곤 하품을 했다.

"졸리는구나. 다시 자."

녀석의 볼에다 얼굴을 부비부비한 후에 내려놓자, 고양이는 내
허리에 등을 기대곤 다시 졸기 시작했다.

나는 팔을 베개 삼아 누워 체셔 고양이와 꿈에서 본 상상의 서재

에 대한 몽상에 빠져들기 시작했다. 생각하면 할수록 웃음이 나왔다. 꿈에서 체셔 고양이가 했던 말들이 떠올라 나는 한 손을 뻗어 사랑스러운 고양이의 등을 천천히 쓰다듬었다. '어쩌면 세상의 모든 고양이가 마법의 체셔 고양이인지도 몰라.' 툭하면 어디론가 사라졌다 갑자기 나타나곤 하는 고양이 녀석을 생각하니 그런 생각이 들었다.

나와 같이 살고 있는 이 고양이 체셔는 나의 반려동물이 아니다. 어쩌면 내가 고양이의 '반려인간'일지도 모른다. 녀석의 어릴 적 애칭은 '돼지'다. 하도 먹성이 좋아 어릴 때 그런 이름을 붙여주었다. 돼지는 막 젖을 뗀 상태에서 엄마 고양이 '루나'가 데리고 들어왔다. 루나는 내가 처음으로 먹을 걸 주기 시작한 길고양이다.

어느 날 마당에서 귀엽게 생긴 턱시도 고양이 한 마리를 발견했다. 나는 그 고양이에게 먹을 걸 내다주기 시작했고, 그렇게 인연이된 후부터 그 암컷 고양이는 내 집을 드나들며 살기 시작했다. 나는 고양이에게 스페인어로 '달'이라는 의미인 '루나'라는 이름을 붙여주었다. 그 오동통하고 사랑스럽게 생긴 만두발을 너무나 만져보고 싶었지만, 길고양이의 본성 탓인지 너무 경계가 심해서 1미터 이상 다가가 본 적이 없었다. 그 까칠함이 얄밉기도 했지만, 가까이서 매일 볼 수 있는 것만으로도 즐거웠다.

2년이 지난 어느 날, 루나가 귀엽게 생긴 새끼 고양이 두 마리를 데리고 왔다. 암컷과 수컷 한 마리씩. 그중 수컷이 바로 지금 나와 살고 있는 돼지, 아니 체셔다. 어미는 자식들을 위해 이 집을 물려준 것인지 새끼들이 어느 정도 자라고 나자 영원히 사라져버렸다. 어디로 사라진 것일까?

네 번째 책상 서랍 속의 타자기와 회전목마에 관하여

나와 함께 책을 읽고 있는 고양이 체셔

　체셔는 비록 길고양이 본성을 갖고는 있었지만 수컷이라서 그런지 낯가림이 덜했다. 매일 집안에서 밥을 먹다 보니 드디어 어느 날 덥석 품에 안아도 도망가지 않았다. 1년 동안 내 손등과 팔목 등엔 고양이 발톱이 할퀸 자리가 사라질 여가가 없었다. 그리고 2년이 지나갈 무렵엔 뎨지가 드디어 침대에도 올라와 잠을 자기 시작했다. 마침내 반은 집고양이가 된 것이다! 반면 동생인지 누나인지 모를 암컷 녀석은 여전히 낯을 가리며 밥만 먹고는 냅다 밖으로 내빼고 만다. 지금까지도!

　하지만 체셔는 내가 책상에 앉아 작업을 하고 있을 때 책상 위로 올라가 작업을 방해하기도 하고, 무릎 위로 올라오기도 한다. 거실에서 교자상 위에 책을 올려놓고 독서를 하고 있으면 마치 자기도 책을 읽겠다는 것인지 나더러 책을 읽어달라고 하는 것인지, 읽고 있는 책 앞을 딱 가로막고는 드러눕기도 했다.

　고양이 체셔 때문에 삭풍이 몰아치는 한겨울에도 현관문을 잠그지 못한다. 여전히 길고양이인 탓에, 현관문을 잠그면 난리가 난다. 그래서 체셔가 마음대로 집안을 드나들 수 있도록 늘 현관문을 열어 놓고 지내야만 한다. 가끔 체셔가 쥐를 물어 거실로 들어와 나를 놀라게 하기도 한다. 그게 고양이식 보은일 수도 있다는 이야기를 들었기에 야단칠 수도 없었다. 하긴, 솔직히 대견해 보이기도 했다.

체셔가 거실 소파에 쪼그리고 앉아 있을 때면 체셔를 위해 책을 읽어주기도 한다. 혹은 침대에서 책을 읽을 때 체셔가 올라오면 책을 소리 내 읽기도 한다. 행복한 시간이다. 물론 체셔는 눈을 끔벅거리거나 입이 찢어져라 하품만 해대기도 하지만, 그건 아마 내가 읽는 책이 재미없고 지루한 탓일 것이다. 그러다 지루하면 훌쩍 소파에서 뛰어내려 현관문을 열고 바깥으로 나가버린다. 고양이는 너무나 독립적이라 절대 소유할 수가 없다. 고양이와 같이 사는 사람들은 잘 알겠지만, 고양이를 소유하고 있는 사람은 아무도 없다. 관대하게도, 고양이가 잠시 우리 곁에 머무르고 있는 것뿐이다.

● **독서는 책이 감추고 있는**
비밀에 다가가는 움직임

몽테뉴는 《수상록》에서 "내가 고양이를 데리고 노는 것인지, 고양이가 나를 데리고 노는 것인지 어떻게 알겠는가?"라고 썼다. 나는 내가 외출을 하고 나면 체셔 혼자서 몰래 집에 있는 책을 꺼내 읽을지도 모른다는 상상을 하곤 한다. 정말로 고양이가 책을

네 번째 책상 서랍 속의 타자기와 회전목마에 관하여

읽는지 어떤지 내가 어떻게 알겠는가? 책을 읽진 않을 거라고 어떻게 감히 확신할 수 있겠는가?

루이스 캐럴이 창조한 고양이 체셔는 마법의 고양이다. 여왕이 사형선고를 내리고 목을 베려고 하자, 체셔는 목만 남긴 채 몸이 사라지고, 사형 집행인들은 몸이 없는데 어떻게 목을 베느냐고 하며 고개를 설레설레 젓는다. 그리고 체셔는 마침내 완전히 사라져버린다.

세상의 모든 고양이는 자신만의 내밀하고 마법적인 비밀을 갖고 있다. 우리는 절대로 고양이의 영혼이 감추고 있는 비밀을 완전하게 파악할 수도 없고, 그 신비스러운 동물을 결코 소유할 수도 없다. 우리가 고양이의 말을 알아들을 수 있다면 천지창조의 비밀도 알 수 있게 될 것이다.

한 권의 책 역시 마찬가지다. 한 권의 책을 읽는다는 것은 책이 감추고 있는 내밀한 비밀 속으로 다가가려는 움직임이다. 우리는 책의 영혼 주변에 머물 수 있을 뿐, 그 영혼의 핵심을 완전하게 파악할 수는 없다. 삶 자체가 미완성으로 끝나듯, 모든 독서 또한 미완성이다.

또 우리는《거울 나라의 앨리스》나《실비와 브루노》그리고《스나크 사냥》같은 아름답고 환상적인 책들을 루이스 캐럴이 썼다고 믿고 있지만, 사실은 또 다른 세계에서 존재하는 그 환상적인 동물 체셔 고양이가 루이스 캐럴의 영혼을 빌려 쓴 것인지 어떻게 알겠는가? 체셔 고양이가 마법의 거울 너머의 세계에 살면서 이 세계를 넘나들고 있는 것인지 어떻게 알겠는가? 그리고 그 책들이 간직하고 있는 의미의 무한성을 우리가 어떻게 완전히 이해할 수 있겠는가? 더 나아가 우리 존재 자체가 한 마리의 마법의 체셔 고양이가 꾸는 한바탕 미친 꿈이 아니라고 어떻게 확신할 수 있겠는가? 우리가 사는 이 세계가 거울 너머의 환상 세계가 아니라고 어떻게 확신할 수 있겠는가? 체셔 고양이가 앨리스에게 말하지 않았던가?

"여기서 우리는 모두 미친 사람들이니까. 나도 미쳤고, 너도 미쳤고."

언제 들어왔는지 고양이 체셔가 지금 내가 앉아 있는 책상 뒤에 놓인 의자에 올라와 졸고 있다.

네 번째 책상 서랍 속의 타자기와 회전목마에 관하여

● 열광적인 만화광과
● 애서가 사이의 거리

        평소에 나는 독서인들 가운데 일반 독자와 애독자, 그리고 애서가는 조금 다르다는 생각을 해왔다. 첫 시작은 물론 평범한 독자다. 그러다 차츰 독서의 맛을 알게 되어 독서가 빼놓을 수 없는 취미생활이 되면 드디어 애독자가 된다.

     다음 단계가 결정적인 문턱인데, 이 단계를 넘어서기가 쉽지 않다. 책의 내용을 즐겨 읽는 단계를 넘어 '책'이라는 이 요상한 사물 자체를 사랑하게 되어 표지 디자인만 예뻐도 사거나, '책에 관한 책들'도 자주 사서 읽고 소장하거나, 툭하면 헌책방을 찾는 단계다. 이 단계에 이르면 마침내 진정한 애서가의 경지에 이른다. 그러나 여기가 끝이 아니다. 한 걸음 더 있다. 이제 초판본이나 희귀본 따위에 꽂혀 그런 책을 미친 듯이 찾아다니기 시작하면 소위 '컬렉터'라고 부르는 장서가가 된다.

이런 단계 구분은 나의 독서 여정과 그동안 알게 된 애서가들, 컬렉터들의 경험들을 살펴본 경험으로 내린 결론이다. 독자들이 모두 저런 단계를 거치는 것은 아니다. 모든 법칙에도 예외가 있듯이, 평범한 독자나 애독자 단계에서 곧장 컬렉터로 나아가버리는 경우도 있다. 전 세계에는 전설적인 수집광, 컬렉터들에 대한 이야기가 넘쳐 난다.

● **당신은 애서가인가
장서가인가?**

《어느 책 중독자의 고백》이라는 책에서 읽었던 놀라운 장서광들의 이야기를 떠올려본다. 이 책의 저자 톰 라비는 심각한 책 중독이라는 병에 빠져 있었던 사람이기도 한데, 그는 장서광 bibliomania과 애서가bibliophilia를 명확하게 구분한다. 장서광은 책을 소유하려는 반면, 애서가는 소유에 반대하진 않지만 소유보다는 지식과 지혜를 추구하는 사람이다.

그 책에 경이로운 수집가이자 장서광인 프랑스의 불라르Boulard라는 사람이 나온다. 그는 18세기 프랑스의 변호사였는데, 얼마나 책을 많이 사들였는지 죽을 때까지 약 60만 권에서 80만 권의 책을 소장하고 있었다고 한다. 그가 죽고 난 후에 그 책들을 파는 데 5년이 걸렸고, 그 때문에 공급과잉으로 책값이 절반으로 떨어졌다고 할 정도였다. 나로선 한 개인이 평생 60만 권 책을 소장한다는 것을 상상하기도 어렵고 그저 턱이 떨어져 나갈 정도로 입이 딱 벌어질 뿐이다.

그보다는 덜하지만, 19세기 영국의 장서광 리처드 허버Richard Herber 또한 만만치 않다. 그는 30만 권에 이르는 책을 보관하기 위해 집을 여덟 채나(!) 갖고 있었다. 두 채는 런던에, 나머지 여섯 채는 영국과 유럽 대륙 여기저기에 있었다고 한다. 책에 관한 책들을 읽어보면, 고대에서 현대에 이르기까지 이런 식으로 장서 수집에 목숨을 건 사람들의 신화 같은 이야기들이 즐비하다.

우리나라로 눈을 돌려보아도 그런 전설적인 이야기들이 가득하다.

개인으로서는 세계 최대의 헤르만 헤세 컬렉터인 이상영 선생 같은 경우가 그렇다. 그는 헤르만 헤세를 사랑하여 지난 30여 년간 전 세계에서 헤세와 관련된 모든 서적이며, 편지, 미술 작품 등을 수집해왔다. 여러 번 헤르만 헤세 전시회를 열었고, 헤르만 헤세 박물관 건립을 추진하기도 했다. 또 꽃과 나무에 관해선 국내 최고의 컬렉터인 전 내무부장관 이상희 선생도 있다. 식물 관련 단행본으로 우리나라 역사상 가장 먼저 쓰인 책인 《화암수록花庵隨錄》을 손에 넣기 위해 인사동 고서점 통문관通文館의 설립자인 이겸로 선생을 1년 넘게 쫓아다녔다는 일화는 유명하다.

위에 언급한 한국에서 가장 오래된 고서점인 통문관의 설립자 이겸로 선생에 관한 이야기만 하더라도 따로 한 꼭지를 빌려야 한다. 이제는 타계하셨지만, 생전에도 한국 고서 수집가들 사이에선 '살아있는 전설'이요, 한국의 서지학에 탁월한 기여를 하신 분이다. 이겸로 선생은 평생 딱 두 권의 책을 내셨다. 책과 평생을 보낸 자신의

카를 슈피츠베르크, 〈책벌레〉, 1850.

생애를 정리한 《통문관 책방 비화》와 《문방사우》라는 책이다. 그분
에 대한 존경심으로 그 책들을 갖고 싶었지만, 《통문관 책방 비화》는
1987년에 초판이 나온 데다 소량만 찍은 탓에 시중에서는 결코 구
할 수가 없었다. 그러다 10여 년 전 우연히 대전의 한 헌책방에서 새
로 들어온 헌책들 더미를 뒤지다 그 책을 발견했을 때의 전율할 듯
한 기쁨이란!

　또 개인적으로 진정 부럽고 존경스러운 개인 수집가는 한국 최고
의 고서 수집가인 화봉문고 여승구 선생이다. 지난 2013년엔 우리
나라의 희귀한 고서 2천 점으로 〈한국의 고서전〉이라는 전시회를 열
기도 했는데, 거기엔 《삼국유사三國遺事》, 《동국사략東國史略》 등의 역
사서를 비롯해 고활자본, 고문서, 문학 작품 등이 매달 주제를 바꿔
가며 전시되었다. 그중에서도 태조 이성계가 개국공신들에게 내린
〈마천목 좌명공신녹권馬天牧佐命功臣錄券〉과 정조대왕이 경서의 핵심을

골라 편찬한《어정제권御定諸圈》은 처음 공개되는 자료이기도 했다.

외국 서적 수입 회사를 경영하던 그는 80년대 초 우연한 계기로 고서수집가의 길로 들어섰는데, 지난 30여 년간 전 세계를 돌면서 빌딩 두 채를 팔아가면서까지 한국 관련 고서들을 수집했다. 그렇게 수집한 고서와 고문서, 서화가 모두 10만여 점이나 되었다. 여 선생은 그렇게 모은 자료들로 2004년 10월 '화봉 책박물관'을 세우기도 했다. 그는 국립 책박물관 건립을 자기 인생의 마지막 목표로 삼고 있는데, 그 박물관이 세워지면 자신이 평생을 바쳐 수집한 책들을 모두 기증할 계획이라고 한다.

나는 수십만 권의 책을 소유하고 있었던 불라르나 히버보다 이겸로 선생이나 이상희 선생, 여승구 선생처럼, 문화적 가치가 있는 책들을 열과 성을 다해 수집하고 그것을 다시 연구와 보존을 위해 사회에 환원하는 이런 분들을 진심으로 존경한다. 흔히 애서가들은 장서광에 대해 책을 읽고 지혜를 탐구하기보단, 그저 소유욕에 눈이 먼 자들이라고 비난하기도 하는데, 때론 그런 '광기'어린 사람들 덕분에 영원히 사라질 뻔한 문화재들이 보존되기도 한다는 걸 생각하면, 나는 책에 미치는 것에 대해서만은 조금도 비난할 생각이 없다. 그건 괜한 질투와 시기심의 발로일 뿐이다.

고작 몇 명의 장서광들만 살펴보았지만 이처럼 한평생을 책을 수집하는 데 열정을 바친 위대한 장서가, 컬렉터들의 이야기는 끝이 없을 것이다. 한때 나도 그런 컬렉터를 꿈꾸었기에 그런 위대한 컬렉터들을 얼마나 부러워했는지 모른다!

그러나 안타깝게도 컬렉터는 아무나 할 수 있는 것이 아니다. 열정에 더해 재정적인 능력도 뒷받침되어야만 하는 일이다. 자칫 가산을 탕진(?)할 위험에 빠질 수도 있다. 나 자신이 그런 위험에 잠시 빠져들어 곤경에 처했던 뼈아픈 추억이 있다. 그러나 그 이전에 부끄러운 나의 독서편력을 먼저 이야기하지 않으면 안 된다.

● 나는 어떻게 만화광에서 열렬한 애서가가 되었나

초등학교에 입학하기 전부터 고등학교를 졸업할 때까지, 나는 그야말로 열광적인 만화광이었다. 고백하기 부끄러운 이야기지만, 초등학교 3학년 때는 몰래 소풍을 빼먹고 하루종일 만화방에 틀어박혀 만화책만 본 적도 있었다. 성당 갈 시간에 만화방에 들어앉아 있다 미사가 끝날 시간에 맞추어 성당에 갔다 온 것처럼 예사로 거짓말을 하기도 했다.(신이시여, 어린 죄인을 용서하소서!)

심지어 4학년 때는 더 심한 사고도 쳤다. 부모님한테 받은 수업료를 만화방에서 만화책을 보면서 야금야금 다 까먹어버린 것이다. 결국 그 사실이 들통나는 바람에 학교에서, 집에서, 연속으로 줄타작을 당한 적도 있었다. 그럼에도 나의 만화 중독은 고등학교를 마칠 때까지 계속되었다.

내 기억에 남아 있는 유년시절의 책이라곤 명화를 곁들어 성경이야기를 풀어놓은 빨간 표지의 커다란《명화성경 이야기》라는 책뿐이다. 우리 집에는 책이라곤 거의 없었고 책을 읽으라고 권하는 사람도 없었다. 나는 만화책에만 빠져 있었기 때문에 만화책을 보지 않는 시간엔 배를 깔고 엎드려 그 책을 뒤적거리곤 했다. 그 책엔 멋진 그림들도 많았고, 또 성경 이야기는 너무나 환상적이어서 나의 상상력을 자극하는 무언가가 있었다. 특히 나뭇잎으로 허벅지 사이만 겨우 가린, 벌거벗은 거나 마찬가지인 아담과 이브의 그림이나 다윗왕이 휘하 장군 우리아의 아내인 밧세바가 어깨를 드러낸 채 목욕하는 장면을 훔쳐보는 그림 같은 걸 보면서 처음으로 야릇하고 묘한 기분을 느끼기도 했고, 무너진 바벨탑의 그림을 보면서 딴에는 무척 심각하고 복잡한 혼자만의 몽상에 빠져들곤 했었다.

이처럼 만화책에만 빠져 지내던 내가 처음 책다운 책의 맛을 알게 된 것은 대학입시를 치른 후, 대학 입학 때까지 비로소 한가로운 시간을 가졌던 두세 달 동안이었다. 순전히 시간을 때울 생각으로 고향 도시에 있는 문화원 도서관에서 책을 빌려보기 시작했다. 그때 처음 만난 알베르 카뮈의 《시지프의 신화》와 《이방인》 그리고 리영희 선생의 저작들이 생애 처음으로 밤잠을 설칠 정도로 지적인 충격을 주었다.

고등학교 때까지 책이라곤 그저 교과서와 참고서 그리고 만화책밖에 몰랐던 나에게 카뮈와 리영희 선생의 책들은 프란츠 카프카의 말처럼, 내 정신의 "얼어붙은 바다를 깨뜨리는 도끼"가 되었다. 그 순간 이후부터 내 정신은 책의 바닷속으로 깊숙이 헤엄쳐 들어가기 시작했고 자연스럽게 독서의 쾌락에도 눈을 뜨게 되었다.

내가 애독자에서 애서가로 넘어가는 문턱에서 만난 책은 바로 '책에 관한 책'들이었다. 책에 관심을 갖다 보면 책에 관한 리뷰를 모은 서평집이라든가, 독서의 역사, 책의 역사라든가, 혹은 미친 장서가나 컬렉터들에 관한 책도 접하게 된다. 내가 '초판본'이나 '희귀본' 그리고 책 수집의 매력을 발견한 것도 바로 이런 책에 관한 책들 덕택이다. 수만 권의 장서와 멋진 서재를 가진 장서가들이나 희귀본들을 많이 소장한 컬렉터들을 심하게 부러워하고 존경하게 되었다.

부러워하면 지는 건데, 당시엔 그것도 모르고 열정 하나로 무모하게 그런 경지에 도달하기를 꿈꾸고 갈망했다. 해방 이전에 나온 우리나라 작가의 시집과 소설 초판본의 매력에 빠져들어 그런 책들을 수집하겠노라고 열병을 앓은 적도 있었다. 그조차 내가 오를 수 있는 나무는 아니라고 판단한 후에는 외국 작가들의 한국어판 초판본을 수집하겠노라고 열을 올렸다. 커다란 가방을 어깨에 멘 채 서울, 부산, 대전, 대구, 광주 등 전국의 헌책방들을 순례하며 '초판본'이나 '희귀본' 따위를 찾아다니는 지경에 이르렀고, 심지어는 인터넷 고서점 경매에 나온 초고가의 초판본들이나 희귀본까지 넘보는 위험한 지경에까지 도달하고 말았다. 이미 소설가가 되어 있었지만, 작품을 쓰는 데 열정을 쏟을 시간에 헌책방과 고서점, 고서 경매사이트를 드나들고, 갖고 싶은 책과 얇은 내 주머니 사정 사이에서 가슴앓이를 하면서도 사들인 책을 읽느라 끝없이 시간을 탕진하고 있었다. 한 마디로 당시 나는 주제파악을 못하고 있었다.

결국 수많은 낮과 밤들을 책무덤에 파묻혀 지내다 파산 지경에 이르러서야 비로소 정신이 번쩍 들었다. 집안에도 더 이상 책을 들여놓을 자리가 없었다. 더 나아가다간 말 그대로 '폐인'이 될 지경이란 걸 깨닫고는, 책 수집을 끊기로 했다. 책 수집 전쟁에서 나는 패잔병이 된 채로 퇴각해야만 했던 것이다. 그리하여 나는 지금 책 세계의 평범한 한 시민, 애서가로 남아 있다. 지금도 서가 한편엔 색이 싯누런 수백 권의 옛 책들이 천장까지 쌓여 있지만, 그 책들을 볼 때마다 쓴웃음을 짓곤 한다. 그리고 마음속으로 다시 한번 다짐하곤 한다. '컬렉터는 네가 갈 길이 아니야'라고.

나는 책과 어떤 관계를 맺기를 원하는가?

책과 독서를 사랑하는 건 아름다운 일이다. 하지만 책에 대한 열정이 자신의 분수와 능력을 넘어서는 지경까지 이르러 정신적으로나 물질적으로 폐인 지경에 이르는 것은 위험한 일이다. 사랑의 광기가 그러하듯 모든 광기는 위험하다. 광기란 결국 자기파괴적 열정이기 때문이다. 물론 나는 책에 대한 광기는 은밀한 경외심을 가지고 바라본다. 그런 광기가 인류 문화의 연속성을 지켜온 것도 사실 아닌가.

개인적인 삶의 행복을 깨뜨리고 싶지 않은 평범한 독자이거나 책에서 그저 즐거움과 지혜를 구할 뿐인 애서가라면, 자신과 책의 관계 맺기에 관해 진지하게 성찰해볼 필요도 있다. 나에게 책은 무엇이며 또 나는 어떤 독자인가? 무엇보다 "나는 책과 어떤 관계를 맺기 원하며, 어떻게 읽어나갈 것인가?" 하는 물음들을.

나의 이상적인 독자 모델은 몽테뉴와 비트겐슈타인이다. 몽테뉴의 원형 탑 서재에는 고작 1천여 권의 장서밖에 없었다. 하지만 그는 책을 많이 읽기보단 '깊이' 읽었고, 읽기보다는 생각하고 글을 쓰는 데 더 많은 노력을 기울였다. 나는 독서 강연회 같은 데 가서도 늘 이 점을 강조하곤 한다. 많이 읽기보단 깊이 읽기.

어떤 사람들은 1년에 200권, 300권 읽기가 목표이고, 그걸 달성했노라고 자랑하곤 하는데, 과연 그런 독서가 바람직한지 의문이다. 뭐, 한두 해 정도야 그런 식으로 다독을 통해 넓이를 가지는 건 좋겠지만 평생 독서 습관이 그런 식으로 굳어버리게 된다면, 그건 솔직히 다독가임을 자랑하려는 지적 허영이나 과시용에 불과하다는 생각을 지울 수가 없다.

물론 독서 입문 단계에서는 폭넓은 교양을 쌓기 위해 어느 정도 오지랖 넓은 다독이 필요하다. 넓게 파야 더 깊게 들어갈 수 있기 때문이다. 다양한 분야의 독서는 독서의 즐거움을 준다. 그러나 더 깊은 사고와 지혜를 원한다면, 단 한 권이라도 반복해서 정독하고, 나아가 스스로 질문을 던지고 심사숙고하는 사유 행위가 더 필수적이다. 그리고 가장 중요한 것이 있는데, 그건 자신이 읽은 것을 독서 노트로 정리하는 습관이다.

철학자 비트겐슈타인이 좋은 모델을 제공한다. 그는 세상의 많은 책들을 다 읽기보다 깊이 사유하는 데 온 열정을 바쳤다. 그는 여러 종류의 색깔 노트에 방대한 메모들을 남겨 놓은 거로 유명한데, 현재 전해지는 그의 전집들은 대부분 그 노트들을 기반으로 만들어진 책들이다. 그 책들을 읽어보면 그가 책을 얼마나 깊고 꼼꼼하게 읽었으며, 또 얼마나 치열하게 자신의 독서 경험을 사유하는 데 활용했는지 잘 알 수 있다. 그에게 독서 경험의 진정한 핵심은 '글쓰기'였다. 독서는 책을 읽는 데서 끝나는 것이 아니라, 거기서 길어 올린 사유를 글로 옮기는 데 있다. 글쓰기야말로 독서의 완성이다.

《문화와 가치》라는 제목으로 묶인 책에 바로 그런 문장이 나온다. "나는 사실상 펜으로 생각한다. 왜냐하면 내 머리는 종종 내 손이 무엇을 쓰고 있는지 전혀 모르기 때문이다." 또 같은 책에서 그는 마치 자기 글을 읽을 독자들에게 충고하는 듯한 문장도 남기고 있다. "나는 나의 독자가 자기 자신의 사고가 지니는 그 모든 기형성을 보고 똑바로 고칠 수 있게 도와주는 하나의 거울이고자 할 뿐이다." 즉 그는 자신의 글을 읽는 독자가 능동적으로 자신의 사고를 창조하기를 원했다.

이처럼 비트겐슈타인은 책을 무조건 많이 읽기보다는, 선별해서 읽고, 깊이 읽고, 그리고 그것을 글쓰기라는 형태로 완성하는 데 더 치중했다. 그런 면에서 독서에 관한 한, 그는 어찌 보면 그때그때 자기에게 필요한 책을 읽는 평범한 독자였는지도 모른다.

아름답고 멋진 서재도 없었고, 휘황한 장서들도 없었다. 그러나 심오한 정신 자체가 무한히 아름다운 도서관이 되었다. 나의 얕은 지성으로선 비트겐슈타인의 발꿈치에도 따라가지 못한다. 다만 내가 사랑하는 소수의 책과 함께 소박하게나마 사유하는 삶을 살려고 노력하고 있을 뿐이다.

애틋한 사랑을 기다리듯
한 권의 책을 기다리는 설렘

인생은 수많은 기다림으로 이루어진다. 미래라는 불확실성으로 가득 찬 시간이 현재의 우리에게 어떤 가치가 있다면, 그것은 미래가 우리를 위해 예비해 놓은 어떤 아름답고 경이로운 것들에 대한 기다림 때문이리라. 우리를 설레게 하는 많은 기다림 중에서도 언젠가 만나게 될지도 모를 작가들과 책에 대한 기다림만큼 더 아름다운 기다림도 별로 없을 거란 생각을 한다.

애틋한 사랑을 기다리듯, 작가들과 책들을 기다리기.

내가 지금까지 읽어온 책들 태반이 읽던 책 속에서 알게 된 낯선 작가의 작품이었다. 특히 어떤 한 작가를 사랑하게 되면, 그 작가가 영향을 받았거나 사랑했던 책들도 찾아서 읽어보고 싶어진다. 스스로 '애서가'라고 자부하는 이들이라면 누구나 자신의 독서편력이 바로 이런 방식으로 이루어져 왔다는 사실에 공감할 것이다.

네 번째 책상 서랍 속의 타자기와 회전목마에 관하여

독서, 우리가 죽지 않고
계속 살아갈 수 있게 하는 힘

대개 작가들은 자신만의 사고와 문체, 작품 스타일을 구축하게 마련이다. 그런데 그런 독창성조차도 실은 하늘에서 뚝 떨어진 것이 아니라, 선배 작가들로부터 받은 영향 관계 속에서 이루어진 것이라는 사실은 매우 중요하다. 그래서 한 작가를 알려면 그 작가가 읽은 책을 보라는 말도 있는 것이다.

나 또한 내 영혼의 판테온에 모시고 있는 철학자들과 문학가들의 영향 아래서 사고하고 글을 쓰고 있다. 장자와 소포클레스, 스피노자, 데이비드 흄, 니체, 비트겐슈타인, 몽테뉴, 슈펭글러, 카프카와 보르헤스, 모리스 블랑쇼 같은 작가들의 사고와 세계관, 글쓰기 스타일에 지속적인 영향을 받고 있는 것이다. 최근에는《기술적 대상의 존재 양식에 대하여》란 책을 통해 프랑스의 철학자인 질베르 시몽동 Gilbert Simondon, 1924~1989을 놀라움과 충격 속에서 발견했고, 앞으로도 내 정신의 판테온에는 더 많은 작가들이 올라올 것이다. 그리하여 아직은 누구인지 모르는 그들을 만나게 될 거라는 기대와 호기심만으로도 마음이 자못 흥분되기조차 한다.

여기서 나는 내가 '계속 존재하며 살아가야 할 이유'에 대해 필연적이진 않지만 가장 정당한 명제를 발견한다.

그것이 사랑이건 책이건, 또 다른 무엇이건 간에 예기치 못한 경이로움과 전율을 안겨줄 어떤 낯선 대상을 어느 미래엔가 반드시 만나게 될지도 모른다는 '기다림의 설렘'만으로도 삶은 한번 살아볼

만한 충분한 가치가 있다.

이런 인식을 갖게 된 후부터 오랫동안 나를 괴롭혀 왔던 '삶의 의미와 무의미' 문제에 관해 더 이상 고뇌하지 않게 되었다.(다만 가끔씩 더 이상 읽고 싶은 책이 없다, 라는 생각이 들 때마다 다시 허무감에 사로잡힌다는 함정은 있다.)

다행히 최근에도 새로운 기다림의 대상을 발견했다. 휴버트 드레이퍼스Hubert Dreyfus, 1929~와 숀 도런스 켈리Sean Dorrance Kelly, 1956~가 공동으로 지은《모든 것은 빛난다》라는 제목의 아름다운 책 속에서다. 저자인 휴버트 드레이퍼스는 미국 철학계의 거장으로 하이데거 전문가이기도 하지만, 국내엔 아직 번역되지 않은《컴퓨터가 여전히 할 수 없는 것What Computers Still Can't Do》—누군가가 이 책을 번역해서 국내 독자들도 만날 수 있기를!—이라는 인공지능 비판서로 더 유명한 철학자이기도 하다. 휴버트 드레이퍼스는 인공지능 문제에 관심이 많은 탓에 익히 알고 있었던 터라 그가 쓴 책이 나오자 반가운 마음에 얼른 사서 읽었다.

《모든 것은 빛난다》는 2013년에 읽은 책 중 가장 인상적인 책이었다. 그 책은 이야기가 풍부하고 쉽게 쓰였으면서도 이 시대가 직면한 가치 허무주의를 극복할 수 있는 대안에 대해 진지하게 성찰한 훌륭한 책이었다.

바로 그 책에서 또 한 명의 기다림의 대상이 된 낯선 작가를 발견했다. 저자가 "우리 세대의 가장 위대한 작가였고, 아마도 가장 위대한 정신일 것"이라고 소개한 미국 소설가 데이비드 포스터 월리스David Foster Wallace, 1962~2008가 바로 그 사람이다. 그는 당대의 미국 문학계에서 탁월한 문학 천재로 칭송받았다. 안타깝게도 그는 2008년 목을 매 자살했다. 작가로선 한창나이인 46세였다.

《모든 것은 빛난다》라는 책에서 월리스를 제법 길게 소개하고 있는데 나는 그를 전혀 모르고 있었다. 내가 미국 문학 전공자도 아니고, 대표작인 《끝없는 농담》도 국내에 번역되어 있지 않은 탓에 그에 관해서 처음 들어본 것이다. 미국에서 그토록 유명한 작품인데도 여태 국내에 번역되어 소개되지 않은 이유는 그 작품이 일반 독자들이 즐겁게 읽기엔 너무 빽빽한 전위 문학에 속하기 때문일 것이다.

나는 그 소설가가 너무 궁금했고, 그의 작품을 당장 읽어보고 싶어 위키피디아에 들어가 그에 관한 자료도 찾아보고, 아마존에도 들어가 그의 책을 찾아보기도 한다. 이럴 때 취할 수 있는 방식은 두 가지다. 영어판을 찾아 읽거나 아니면 그 책이 번역되는 날을 기다리는 것이다. 작가와 책을 기억하면서. 물론, 나는 당연히 후자 쪽이다. 지금 당장 그 영어책을 읽어야만 할 필요가 생기지 않는 한, 인내심을 갖고 기다린다. 신기하게도, 기다리면 언젠가는 놀라운 만남이 이루어진다는 걸 나는 경험으로 잘 알고 있기 때문이다. 나는 이런 방식의 기다림으로 지금까지 많은 작가와 마치 이산가족이 상봉할 때 느끼는 것과 같은 기쁨과 행복을 맛보았다. 놀랍게도 최근에 그의 에세이 모음집이 《재밌다고 하지만 나는 두 번 다시 하지 않는 일》이라는 제목으로 번역 출간되었다!

최근 십 년간에 최초로 번역되어
나온 걸작들과 독자의 특권

생각해보면 그동안 많은 설레는 기다림이 있었다. 보르헤스를 읽으며 G. K. 체스터턴과 토머스 드 퀸시와 로버트 버턴을 알았고, 기다렸고, 그리고 결국 만났다. 나는 로렌스 스턴의《트리스트럼 샌디》와 헨리 필딩의《톰 존스》를 기다렸고 너무 오래 전에 절판되어 만나는 것이 거의 불가능해져버린 프랑수아 라블레의《가르강튀아 팡타그뤼엘》이 새로 번역되어 나오길 기다렸다. 빌리에 드 릴아당의《미래의 이브》와 헤르만 브로흐의《몽유병자들》과 구닥다리 세계문학전집의 조악한 번역본밖에 없던《베르길리우스의 죽음》이 제대로 된 번역본으로 출간되길 기다렸다.(오! 나는 그 조악한 번역본이라도 행여 만날까 봐 얼마나 헌책방의 먼지 쌓인 서가들 사이를 자주 헤매고 다녔던가!)

무엇보다 그 유명한 맬컴 라우리의《화산 아래서》와 로베르트 무질의 소설《특성 없는 남자》가 번역되어 출간되는 날을 얼마나 손꼽아 기다렸던가! 페트로니우스의《사티리콘》과 루크레티우스의《사물의 본성에 관하여》가 번역되어 나오는 날을 얼마나 간절히 기다리고 또 기다렸던가! 루이스 캐럴의 걸작 환상소설《실비와 브루노》에 이어《스나크 사냥》도 지난 2013년에 드디어 번역되어 나왔다.

가장 최근엔 20세기 미국 현대 문학의 위대한 거장 토머스 핀천의 대표작《중력의 무지개》도 긴 기다림 끝에 두 권 세트로, 자그마치 9만 9천 원이라는 가격표를 달고 나타났다. 2012년 겨울이었다.

워낙 대중성이 없는 작품이기에 초판 700부밖에 찍지 않았다는 설명만으로 9만 9천 원이란 책값이 정당화될 수 있을진 모르겠다. 그럼에도 나는 감격과 흥분으로 그 책을 가슴에 안았다.(그럴 일은 절대 없겠지만, 불가피한 사정으로 설사 그 책을 중고로 내다 판다고 해도 10년 후엔 그 책을 정가의 두 배 비싼 가격으로 팔 수 있을 거라고 장담한다. 그러니 초판이 절판되기 전에 독자들은 서둘러 장만하길)

또 반갑게도 포르투갈의 작가 페르난두 페소아의 그 유명한 책 《불안의 서》도 2012년엔 축약본으로 나오더니 2014년엔 완역본으로 다시 나왔다. 마르셀 프루스트가 독서와 미술에 관해 쓴 수필들을 모은 귀한 책《프루스트의 독서》나 샤를 보들레르의 예술관을 보여주는 미술 비평문들을 모은《현대의 삶을 그리는 화가》같은 특별한 책도 만나게 되었으니 얼마나 반가운 일인가! 설레는 긴 기다림 끝에, 나는 결국 이들을 만나고 말았다.

그런데 위에 언급한 책들 대부분이 최근 10여 년 사이에 비로소 대한민국에 처음으로 번역되어 나왔다는 사실을 생각해보라! 이 책들이 모두 서구 문학사에서 일급 고전으로 대우받는 저작들이라는 걸 감안하면 21세기에 들어와서야 처음으로 번역되었다는 사실 하나만으로도 그동안 한국의 출판문화계가 얼마나 척박했는지를 단적으로 보여주지 않는가? 슬프고 자괴감이 들긴 하지만, 그래도 이토록 때늦게라도 그들을 만날 수 있게 되었다는 사실만으로도 나는 그저 감개무량할 뿐이다. 아니, 이 책들을 만나게 해준 번역가와 출판사를 향해 진심으로 수십 번 큰절을 올리고 싶은 심정이다.

물론 이 작가들 모두 내가 읽은 책들에서 발견하고 알게 된 작가들이다. 지금도 내 머릿속에는 번역되길 간절히 갈망하며 기다리고 있는 작가들과 책들의 목록이 가득하다. 예를 들면 내가 여기서 특별히 언급하고 싶은 작가가 있다. 에드몽 자베스Edmon Jabes, 1912~1991라는 프랑스 작가 이야기다. 나는 그의 이름을 2005년도에 처음 알았다. 미국 소설가 폴 오스터Paul Auster, 1947~ 는 산문집 《굶기의 예술》이라는 책에는 그가 1976년에 쓴 〈사자의 서〉라는 산문이 실려 있다. 이 글에서 그는 에드몽 자베스를 이렇게 소개하고 있었다.

지난 몇 년간, 에드몽 자베스보다 더 많은 진지한 비평적 관심과 찬사를 받은 프랑스 작가는 없다. 모리스 블랑쇼, 에마뉘엘 레비나스, 장 스타로빈스 모두가 광범위하게 그리고 열정적으로 그의 작품에 대해 써왔으며, 쟈크 데리다는 잘라서 남의 이목에 거리낌 없이, "지난 십년간 프랑스에서는 자베스의 글 어디엔가 전례를 갖고 있지 않은 것은 아무것도 씌어지지 않았다"라고 평했다.

우리나라에서 쟈크 데리다를 비롯하여 미셸 푸코, 질 들뢰즈, 에마뉘엘 레비나스, 모리스 블랑쇼 같은 프랑스의 철학자와 작가들이 본격적으로 소개되기 시작한 것은 1990년대 들어서부터다. 보르헤스가 소개된 것도 90년대 중반 들어서부터다. 그리고 그들의 사상은 지금까지도 한국의 지성계에 깊은 영향을 미치고 있다. 그런데 위에서 인용한 것처럼, 에드몽 자베스란 작가가 그토록 중요한 작가라면 한국에도 지금쯤은 당연히 소개되었어야 마땅하지 않을까? 그러나 내 생각은 빗나갔다. 2005년에도, 그리고 그로부터도 10년이나 기다린 지금까지도 에드몽 자베스의 책은 단 한 권도 번역 소개되지 않고 있는 것이다. 그의 대표작이라고 하는 《질문의 서Le Livre des questions》나 《엘, 혹은 최후의 책el, ou, le dernier livre》 같은 시집조차도.

이런 사실을 생각하면, 기다림의 설렘보다도 은근히 부아가 치밀고 절망적인 슬픔에 빠져들기도 한다. 이를 어떻게 해석해야 할지 몰라 좀 당황스럽다. 우리 불문학계의 게으름을 탓해야 할까, 아니면 출판계를 탓해야 할까? 유럽과 미국에서는 이미 70년대부터 프랑스 철학자들과 문학가들이 새로운 철학과 문학적 흐름을 이끌고 있었다. 에드몽 자베스도 그때부터 미국 지성계에 영향을 미치고 있었다. 그랬기 때문에 폴 오스터가 1976년에 프랑스 작가들을 거론하며 그 가운데 가장 비평적 관심과 주목을 받는 에드몽 자베스에 관한 산문을 쓸 수 있었던 것이다.

내가 에드몽 자베스에 관해 이야기하는 이유는, 행여나 번역자나 출판계의 누군가가 이 글을 읽으면 에드몽 자베스의 번역출판을 진지하게 고려해주길 바라는 마음에서다. 나의 오랜 기다림이 끝내 영원한 기다림으로 끝나지 않기를 바라는 간절한 소망 때문이다. (오, 그런데 내가 이 글을 쓴지 그리 오래지 않아 마침내 에드몽 자베스의 시집 한 권이 번역 출판되었다! 마치 내 기다림을 누군가 알아챈 듯이. '읻다'라는 출판사에서 낸 《예상 밖의 전복의 서》가 바로 그 책이다. 이렇게 고마울 데가! 나는 기왕이면 위에서 언급한 그의 다른 작품들도 모두 번역되어 나오길 간절히 소망한다.)

이 밖에도 내가 간절한 마음으로 기다리는 책들이 많다. 우선 나는 영국의 몽테뉴라고 불리는, 재치와 유머 넘치는 로버트 버턴의 수

필집《우울증의 해부The Anatomy of Melancholy》가 다시 번역되어 나오는 날을 손꼽아 기다리고 있다. 또 루크 라인하르트의 위대한 컬트 소설 《주사위 인간The Dice Man》도 마찬가지다. 어디 이뿐인가? 플리니우스의《자연사Naturalis Historia》라든가, 프랑스 낭만주의 문학의 걸작인 샤토 브리앙의《무덤 저 편의 회상Memoires d' Outre-Tombe》과 이태리 소설가 카를로 에밀리오 가다의《메룰라나 가의 무서운 혼란That Awful Mess On The Via Merulana》과《토성의 고리Die Ringe des Saturn》라는 아주 독특하고 경이로운 소설을 쓴 W. G. 제발트가 알려준 의사 출신의 17세기 영국 작가 토머스 브라운의《유골단지Hydriotaphia》를 비롯한 그의 저작들. 그리고 에밀 시오랑의 미번역 작품들 등등, 목록은 끝없이 이어질 것이다. (내 노트를 찾아보니 최소한 100여 권에 이른다. 그리고 내가 아직 모르는 작가들과 책까지 포함하면 그 목록은 평생을 다해 기다리고 또 기다리며 설렘을 이어갈 만큼 충분할 것이다.)

무엇보다 나는 이 끝없는 기다림의 목록이 세월과 함께 가속도가 붙어서 줄어들 것이라고 믿는다. 지난 10여 년간 줄어든 목록들을 생각하면, 21세기를 사는 우리 독자들은 얼마나 행복한지를 다시한번 생각해보게 된다. 또 그저 '위기'라는 말로도 다 표현할 수 없는 혹독한 시절에 직면하고 있는 출판계 사정도 떠올려본다. 그럼에도 소신 있는 출판사들은 마치 공주를 구하기 위해 용감하게 괴물에 맞서 싸우는 용사처럼 책을 기다리는 독자들을 위해 꾸준히 좋은 책들을 내주고 있지 않은가?

위에서 언급했던 책들과 더불어 최근에 처음으로 번역되어 나온 라이프니츠의《변신론》이나《말년의 양식에 관하여》가 포함된 에드워드 사이드의 전집, 6권으로 된 《조르주 상드의 편지》, 토머스 드 퀸시의 그 유명한 글들이 포함된 《예술분과로서의 살인》 같은 책들을 생각하면, 지금 시대를 사는 독자들에게는 이 모두가 예상치 못한 행운이며 진심으로 감사할 일이 아니고 무엇이겠는가? 그러니 독자들이여, 인생, 정녕 오래 살고 볼 일이다.

이처럼 독자가 되었을 때에만 누릴 수 있는 특권이 있다. 그것은 서점에서, 도서관에서 혹은 누군가를 통해서, 그리고 무엇보다 지금 읽고 있는 한 권의 책 속에서 마주치게 될 내밀하고 행복한 특권이다. 그것은 오직 독자라는 이름을 가진 사람들만이 누릴 수 있는 위대한 특권이다. 바로 이 특권 때문에 나는 한 명의 독자로서 더없이 행복하다.

나의 삶 또한 그 설레는 기다림과 함께 계속된다.

가짜 독서법에
배반당하지 않는 법

　　책에 관한 한 나는 확고하게 쾌락주의자다. 방금 나는 즐거움이 아니라 '쾌락'이라는 단어를 썼다. 그걸 강조하고 싶다. 한국어에서 즐거움과 쾌락은 느낌 차이가 크다. 즐거움은 상쾌한 봄바람 같은 부드럽고 무구한 기쁨을 연상시키지만, 쾌락은 사랑을 나누는 연인들의 땀 냄새가 떠오르는 농밀하고 강도 높고, 또 어딘가 비밀스럽기조차 한 황홀함을 떠올리게 한다.

　　불어에서도 즐거움과 기쁨을 뜻하는 두 개의 단어가 있다. 플레지르Plaisir와 주이상스Jouissance가 그것이다. 이 중에서 특히 후자는 성적인 절정이라는 뜻도 동시에 포함하고 있다. 쾌락이거나 향락이라고 번역할 수 있는.

단순한 쾌락 이상의 기쁨,
주이상스

그렇다. 내게 책 읽기는 그냥 재미와 즐거움이 아니라 그 이상의 것, 일종의 관능적인 쾌락이요 주이상스다. 책의 육체를 탐하고, 책의 영혼과 사랑을 나누길 갈망한다. 이는 전혀 새롭거나 특별한 생각이 아니다. 책 읽기의 본성이 그렇다. 마치 사랑의 본성이 자발적으로 상대에게 나아가 자기를 잃는 것이고 자기를 내어줌이듯이. 억지로 책을 읽어야만 한다면, 그건 자신을 책의 노예로 만드는 것이다. 행복과 기쁨을 주지 못하는 책이라면 주저 않고 책을 덮어버리거나 아예 확 집어 던져버려도 된다.

제임스 조이스의 《율리시스》나 《피네건의 경야Finnegan's Wake》가 현대문학의 고전이라 해도, 도스토옙스키의 《까라마조프 가의 형제들》이 아무리 위대한 고전소설이라 할지라도, 거기서 아무런 흥미와 기쁨도 못 느끼고 하품과 두통만 일어난다면 굳이 돈까지 써가면서 하나밖에 없는 소중한 뇌를 학대하고 고문할 필요는 없다. 마음에 들지 않으면 "미안해, 내 취향은 아니야" 하며 어깨 한 번 으쓱하면 그만이다.

키르케고르는 성경에 대해 문헌학적으로 시비를 걸고 꼬치꼬치 따지는 걸 아주 싫어했다. 그는 성경은 연애편지를 읽듯이 읽어야 한다고 말했다. 그 말이 맞다. 오늘날 책을 진정으로 사랑하는 사람들이 점점 멸종위기종이 되어가는 건 책을 연애편지를 대하듯 혹은 재미있는 놀이처럼 대하는 게 아니라 고3 수험생들 수학문제집 대하듯이 책을 대하는 데 근본 원인이 있다. 책이라고 하면 그저 '공부' 아니면 '성공'을 위해 어쩔 수 없이 마스터해야 하는 고시 같은 무엇이 되어버린 풍토, 이것이 원인인 것이다. 이렇게 된 원인 중 한 가지가 바로 '가짜 독서법'이나 '가짜 추천 도서 목록'의 횡행이다. 이런 것들이 순진한 독자들을 책에서 멀어지게 만들고 있다.

나는 독서나 문학 강연에 나서서 책에 대한 이미지를 물어볼 때마다 이 사실을 확인하고는 늘 탄식하곤 했다. 물론 그 책임이 궁극적으로는 사지선다형 주입식 교육만을 강요하는 교육체계와 오직 경쟁과 성공만을 소리 높여 외치는 신자유주의라는 기괴한 시스템에 있다는 건, 대한민국 국민이면 누구나 다 아는 진리다. 이 아수라장 같은 지식의 무한 경쟁 시대에 뒤처지지 않고 살아남기 위해서 책을 읽고 '공부'해야 한다는 말을 들을 때마다 나는 사무치는 슬픔과 분노를 느낀다. 마치 북한의 천리마운동을 연상시키는 섬뜩한 소리로 들릴 뿐이다.

지식과 공부의 천리마 운동은 도처에서 살벌하거나 처절하게 벌어지고 있고, 서점가에서도 이를 부추기는 책들은 널려 있다. 《읽어야 이긴다》라는 책이 있다. 《핵심만 골라 읽는 실용 독서의 기술》이라는 책도 있다. 《공부하는 독종이 살아남는다》는 독종스러운 제목의 책도 있다!

이런 종류의 책 리스트만으로도 한 페이지는 채울 수 있다. 그러나 더 언급하는 것조차 나는 불쾌하다. 무서운 세상이다. 독서가 무슨 귀신 잡는 해병대 극기 훈련도 아니고.

지식 전도사 다치바나 다카시가 쓴 《나는 이런 책들을 읽어왔다》

라는 책도 실상은 마찬가지다. 그 책으로 한국에서도 유명세를 떨치고 있는 그가 주동하는 '지식-속도전'이 정말로 못마땅하고 불편하다. 그의 독서법은 예비 저널리스트들이나 '박학다식'이 인생의 목표인 사람들을 위한 것일 뿐, 책 읽기 자체를 사랑하는 사람들을 위한 독서법은 아니다. 책과 제대로 '연애' 한번 해보려는 사람들을 위한 독서법은 더더욱 아니다.

그의 독서법은 지식의 천리마 운동이다. 전적으로 재빠른 정보와 지식의 획득과 활용만이 관건인 속도전 독서법이다. 그가 쓴《지식의 단련법》이나《뇌를 단련하다》같은 책들은 제목부터 이미 섬뜩하다. 마치 피와 죽음이 난무하는 전장 한가운데서 죽지 않으려면 총(책) 사용법을 익혀라! 하고 깃발 들고 선동하는 것 같다. 그에겐 아름다움을 위해 존재하는 언어예술인 문학 작품마저도 지식 확장이라는 주인에 복종해야 하는 하녀 같은 존재일 뿐이다. 내가 보기에 그저 다치바나 씨는 파우스트적인 왕성한 지식욕이 지나쳐 '지식중독증'에 걸린 한 사람처럼 느껴진다. 플로베르가 쓴 소설《부바르와 페퀴세》있잖은가. 농업에서 지질, 천문, 철학, 화학 등 세상에 존재하는 모든 학문과 지식을 두루 섭렵하고 진리를 탐구하려 좌충우돌하다 결국 실패하여 좌절하고 마는 어리석은 두 콤비 부바르와 페퀴세. 플로베르는 그 책에다 절묘하게도 "인간의 어리석음에 대한 백과전서"라는 제목을 붙였던 것이다.

솔직히 나는 다치바나의 모든 책들 중에서 친구나 연인으로 삼고 싶다고 느낄 만큼 아름답다고 느낀 책이 단 한 권도 없었다. 물론 언론인이라면 종횡무진하는 다양한 지식과 빛의 속도로 그것을 적절하게 써먹을 수 있는 순발력이 필요하리라. 만일 유식한 사람이 되어 그 유식을 직업전선이나 연애전선에서 대량살상 무기처럼 효과적으로 써먹고 싶다면 다치바나식 독서법은 유효하리라.

그런 사람들이라면 제임스 조이스가 문제랴. 박상륭의 《죽음의 한 연구》나 프루스트의 《잃어버린 시간을 찾아서》 또는 독자의 정신을 혼미하게 만드는 헤겔의 《정신현상학》과 내가 대학교 2학년 때 읽다가 좌절하여 그만 콱 죽어버리고 싶었던 《대논리학》 같은 책들도 속독법으로 읽어야지. 그러면 작은 다치바나 정도는 될 수 있을 것이다. 아니면 다치바나 씨가 쓴 《피가 되고 살이 되는 500권, 피도 살도 안 되는 100권》이라는 요상망측한 책에서 적당한 100여 권을 골라 거기에 해당하는 책을 다이제스트 식으로 요약해 놓은 책들만 읽어도 된다. 그 정도 격식만 갖춰도 요즘엔 교양인인 척할 수 있다. 정말이다.

차라리 같은 일본 사람이 쓴 책 읽기에 관한 책이라도 소설가 히라노 게이치로가 쓴 《책을 읽는 방법》이라는, 제목부터 심심하고 소박하다 못해 반시대적이라고까지 느껴지는 책에서 제시한 '느린 독서법'이 더 마음에 와닿는다. 천천히 음미하며 읽는 것, 생각하고 질문을 던지면서 읽는 것, 그리하여 책의 저자가 미처 생각하지 못했던 것을 읽어내는 매력적이고 창조적인 '오독'을 권하는 이 소설가는 분명 책을 사랑하는 친구다. 책 읽기의 쾌락을 아는 작가다.

나는 '고전 읽기' 유행에 대해서도 언짢은 기분을 갖고 있다. 고전이야말로 진정한 책이고 고전을 읽어야 진정한 독서가가 되는 양하는 '고전중심주의'는 또 다른 지식-독서법이다. 또한 독자의 자발성과 능동성, 스스로 발견하는 재미와 행복 대신 고전이라는 권위에 복종하는 수동성과 고전의 무게에 짓눌리는 독서 스트레스만을 가중시킬 우려가 크다.

진짜 애서가들은 고전/비고전 따위의 경계를 갖지 않는다. 주체적인 독자들은 남들이 뭐라 하던 자기만의 고전 리스트를 갖고 있다. 나로 말하자면, 나는 '미래의 고전'을 발굴한다는 마음으로 최근의 책들 가운데 좋은 책들을 찾아내고 그것을 읽는 기쁨을 은밀하게 누리며 살고 있다.

나는 고전을 읽기 위해 고전을 찾아 읽은 적이 한 번도 없다. 내가 원해서 찾아 읽은 책이 고전에 속할 뿐이었다. '고전'이니 '고전 목록' 따위는 잊어도 된다. 나아가 모든 권장 도서 혹은 추천 도서 목록 따위도 잊어도 된다. 남에게 잘 맞는 옷이라고 자기에게도 잘 맞는다는 법은 절대 없다. 모든 독서는 결국 독자 자신을 위한 것이고, 자신의 취향과 상황과 고민 속에서 책들과 인연을 맺어나가는 것이 바로 독서의 또 다른 재미요 즐거움인 것이다. 용기 있는 자만이 미인을 얻는다는 말도 있지 않은가? 평생 소개팅만 기대하며 살 순 없지 않은가?

나는 고전 명작 리스트니 권장 도서 같은 것들이 일종의 '우상숭배'라고 생각한다. 그러나 책과 고전을 우상숭배하면 할수록, 책과 지식을 동의어로 만들면 만들수록 미래의 독자들은 점점 더 사라져 갈 것이다. 나는 그것이 진정 두렵다.

세상에서 가장 가성비가 높은 활동, 독서!

내가 가장 사랑하는 책 중의 한 권인《수상록》을 쓴 몽테뉴의 서재에는 고작 1천여 권 남짓한 고전밖에 없었다. 하지만 그는 그 책들만 열심히 읽고서도 오늘날까지 나 같은 독자들의 영혼을 감동시키는 아름다운 책을 썼다. 몽테뉴가 독서에 관해 무슨 휘황찬란하고 역사에 길이 남길 명언을 남기셨던가? 아니다. 그저 소박한 몇 마디 말만 남겼다.

독서만큼 값이 싸면서도 오랫동안 즐거움을 누릴 수 있는 것은 없다. 내가 책을 찾는 것은 오직 거기에서 놀이의 방식으로 조그마한 즐거움을 찾고자 하는 데 지나지 않는다.

지극히 소박한 문장이지만, 거기엔 우리가 책과 맺는 관계의 참된 본성이 담겨 있다. 독서가 '공부'나 '지식' 혹은 '성공'의 방편이 될 수도 있지만, 그건 독서의 이차적인 효과일 뿐이다. 이런 관점에서 본다면 보통 사람들이 책에 대해 갖는 이미지는 '본말이 전도된' 것이다. 마치 거꾸로 서 있는 한 사람을 보고 모든 인간이 전부 두 다리가 위에 있고 머리가 아래에 있는 것처럼 믿어버리는 착각과도 같다.

재미와 즐거움, 즉 쾌락을 주는 것 외에 나머지는 말 그대로 '덤'이다. 이마트나 홈플러스에서 파는 '원 플러스 원' 상품처럼. 다만 책과 독서는 '1+5 이상'이라는 차이만 있을 뿐. 생각해보라. 책은 실내

인테리어 장식용으로도 투자 대비 큰 만족감을 주지 않는가? 또 읽지 않고 서가에 꽂아 두기만 해도 적잖은 지적인 포만감을 준다. 서가에 책이 몇백 권 이상이 되기 시작하면, 은근한 자랑거리가 될 수도 있다. 또 부부싸움할 때 값비싼 도자기 화병이나 다리미를 던지는 대신 한 권의 책을 집어 던질 수도 있지 않은가? 책에 맞아도 죽는 일은 없다. 혹은 라면 냄비 받침이나 베개, 수면제 대용으로도 그만인 책들이 지천으로 깔려 있다. 더욱이 책은 선물용품으로도 그만이다. 사랑하는 사람에게 책 한 권에 장미꽃 한 송이를! 장담컨대, 이 또한 비용 대비 효과로선 값비싼 선물 못지않다.

거기에 결정적인 덤으로 공부도 되고, 운이 좋다면 성공 노하우도 제공받을 수도 있다. 한 권에 평균 1만 원가량을 지불하고 '1+5 이상'이나 되는 상품을 찾기란 요즘 세상엔 정말로 쉽지 않다.

책은 결코 어떤 특별한 사물이 아니다. 장서가나 희귀본 수집가들에게는 골동품이나 마찬가지일지 모르겠지만, 나를 포함한 보통 독자들에게는 심심함을 때우고 무언가 재미있는 걸 찾을 때 손에 잡는 사물이며, 손에 늘 들고 다니는 스마트폰처럼 일상생활에서 늘 내 곁에 있는 어떤 것일 뿐이다.

책을 우리 일상생활 곁으로 되돌려 놓으려면 어떻게 하면 좋을까? 차라리 섹시코드가 유행인 시대에 발맞추어 "독서는 황홀한 섹스다"라고 계몽 문구를 바꾸면 얼마나 좋을까! 아마도 나는 벙긋 웃으며 고개를 세차게 아래위로 끄덕이리라. 책을 사랑할 줄 아는 독서가들은 다 그런 심정으로 책을 읽는다. 보르헤스며 롤랑 바르트 같은 온 세상이 다 아는 책 읽기의 대가들도 이렇게 말했다. '독서는 황홀한 섹스와도 같다.' 물론 점잖은 그들은 그렇게 표현하진 않고 다만 사랑이라는 말을 한다. 독서는 사랑하는 행위다. 책은 사랑하는 연인이다. 그도 아니라면, 우리가 간식으로 자주 사 먹는 짜장면이나 떡볶이, 치킨이나 순대 같은 먹거리다. 나는 책에 대해 최고로 경의를 표하는 방식 중 하나가 바로 '책을 먹는다'는 표현이라고 믿는다. 더 나은 표현은 '책과 연애한다'라는 것이고.

나는 정말로 읽고 싶은 책을 서점에서 만나면 심장이 두근거린다. 마치 꿈에 그리던 여인을 만난 듯한 설렘과 기대로 책을 가슴에 안고 서둘러 단둘이만 있을 수 있는 장소로 달려간다. 마침내 단둘이 되면 나는 책의 육체를 마음껏 탐닉한다. 표지와 장정과 디자인을 살피고, 책날개에 적힌 내용을 읽어보고, 냄새도 맡아보고. 어쨌든 나는 책 한 권을 사더라도 책의 육체성을, 그 매끈한 육체가 가진 구체적인 물질감을 느껴야만 한다. 그런 탓인지 나는 전자책에 도무지 적응할 수가 없다. 내게 그것은 살아 있는 '책冊'이 아니라 그저 기호들을 보여주는 기계일 뿐이다. 우리는 컴퓨터 모니터로 소설을 읽을 때도 소설을 읽는다고 하지 '책'을 읽고 있다고 말하지는 않는다! 우리는 살아 숨 쉬는, 향기와 목소리와 만질 수 있는 육체를 가진 애인을 원하지 이미지나 동영상으로만 존재하는 애인을 원하는 게 아니다.

시간과 차비를 허비하더라도 굳이 서점으로 발품을 파는 까닭도 거기에 있다. 지금 생각해보니 모든 기회비용 플러스 더 비싼 책값을 생각하면 만일 서점에서 1만 원짜리 책을 사면 실제로는 나는 2만 원을 주고 사는 것이나 다름없다. 이런 비효율과 낭비라니! 하지만 멋진 새 애인을 만나는데 그게 대수랴. (책과 하는 사랑에는 일부일처제가 최대의 모독이다.)

내가 비효율과 낭비를 옹호한다고 비난하진 말길. 올드 패션이라고 코웃음 치지도 말길. 내 사랑스러운 애인이 짐짝처럼 이리저리 던져지고 옮겨진 후, 낯선 이의 무심한 손에 들려 내게로 오는 상상을 하는 것만으로도 끔찍하다. 물론 나도 책 차별을 한다. 어쩌면 다치바나처럼 단순한 지적 욕구를 채우기 위한 실용서들쯤은 얼마든지 택배로 받을 용의가 있다.

물론 책이라고 해서 모든 책이 다 소설가 이태준이 말한 그 '책'인 것은 아니다. 가엾은 생명나무들의 처참한 시체일 뿐인 책 아닌 책들이 지금 세상엔 훨씬 더 많은 것도 사실이다. 호주의 한 학자는 그런 부류의 책들을 '안티-북Anti-book'이라고 정의 내리고 있다. 양의 탈을 쓴 늑대라는 이야기다. 예를 들면 "쿨하게 섹시하게 상속녀로 사는 법"이라는 부제를 달고 나온 《패리스 힐튼 다이어리》같은 책들. 영악하게도 섹시하게와 상속녀라는 단어 사이에 "4천억"이라는 단위를 빼놓았다. 누가 그런 책을 돈 주고 사 읽는지 꼭 한 번 만나보고 이야기를 해 보고 싶다. 아, 물론 만나면 "당신은 그녀가 상속받을 4천억 재산에 책 인세를 더 보태줄 만큼 마음이 참으로 관대하시군요" 하고 말하겠지만.

그러나 어느 독자가 패리스 힐튼의 그 책을 읽고서 시샘과 후회를 하는 것이 아니라 진정으로 마음의 오르가슴을 느낀다면 누가 말리랴. 거기서 재미와 쾌락을 느낀다면 나는 굳이 반대하지 않는다. 문제집을 풀듯이 억지독서를 하는 것보단 그게 백배 더 낫다. 나는 그렇게 생각한다. 남들이 변태라고 비난하든 말든 둘이서 행복하면 그만이듯이, 책 읽기 역시 그렇다. 사디즘의 원조 사드 백작이 쓴《소돔 120일》이나《사드의 규방철학》같은 책을 보라. 옛날엔 포르노 소설로 금서 처분을 받았지만 지금은 고매한 학자분들이 머리 싸매고 연구하지 않는가? 무엇보다 그 책들은 문학사에서뿐만 아니라 언제나 현재 진행형인 '문학 속'에서도 살아 있다. 게다가 몇 년 전까지만 해도 읽고 싶어도 번역이 안 되어 못 읽던 책들이지 않은가!

현실을 무시할 순 없을 것이다. 오늘날 책 읽기엔 두 가지 방식이 있다. 내가 말하는 쾌락과 행복을 위한 책 읽기와 실용적 목적을 위한 책 읽기. 세상살이가 가시밭길 걷듯 험난하다 보니 쾌락을 위한 읽기만 하라고 말하는 건 마치 돈 없어서 굶는 사람한테 밥이 없으면 스테이크를 먹으라고 하는 것과 같다.

지식의 전쟁터가 되어버린 21세기 신자유주의 시대에 죽지 않고 살아남으려면, 그래 그 '공부'와 '지식'이란 게 필요하다. 문제집도 풀어야 하고, 참고서도 읽어야 한다. 숙제나 논문을 위해, 학위를 위해서나 취직 시험을 대비해서 읽어야 한다. 살고 죽는 문제가 걸린 그런 현실까지 혁명적으로 부정하라고 선동할 자신은 없다. 그건 자녀들을 당장 지옥 같은 학교에서 자퇴시키라고 주장하는 것과 다름없다.

당신의 독서 취향 또한 마찬가지다. 당신은 편식가일 수도 있고, 잡식가일 수도 있고, 섬세한 미식가처럼 당신만의 독특한 취향이 있을 수 있다. 아직 취향을 잘 모르는 단계라면, 그저 당신이 재미있어하는 책들을 따라가다 보면 저절로 자신의 취향을 발견하게 될 것이다.

연애도 많이 해 본 사람이 더 잘하고, 연애를 많이 해봐야 자신의 연애 취향도 정확하게 알 수 있으며, 자신만의 연애 스타일을 파악할 수 있게 된다. 남이 한 연애 이야기 백날 들어봤자 실전에선 말짱 도루묵이다. 직접 달려들어 해봐야 바로 '자기에게' 연애가 어떤 건지 알게 되는 것이다. 치킨만 하더라도 종류가 얼마나 많고, 치킨 가게마다 맛은 또 얼마나 많이 다른가! 그러니 직접 먹어봐야 그 맛을 알 듯 책도 먹고 또 먹어봐야 내 입맛에 맞는 책을 알게 될 것이다.

책과 독서는 결코 특별한 사물이 아니다. 이상한 것도, 무섭거나 그저 따분하기만 한 그런 사물도 아니다. 사랑을 하듯, 연애편지를 읽듯, 사랑하는 이의 육체를 애무하듯, 맥주 한 잔에 양념치킨을 곁들이듯, 당신의 욕구와 필요와 관심을 따라가면 된다. 그러면 거기에서 예기치 못한 혹은 기대 이상의 기쁨과 행복이 발견될지도 모른다. 당신에게 못 말리는 쾌락을 주기 위해 기다리고 있는 '진짜 재미있는 책들'이 있다. 그 책들은 눈에 잘 띄지도 않는 서점 서가의 어두운 한 귀퉁이에서 다른 누구도 아닌 바로 당신, 당신만을 고대하며 조바심 내고 있을지도 모른다.

세상에 나쁜 책은 없다,
그러나 책을 집어 던질 자유는 있다!

책에 대한 취향은 다양하지만, 내 직업을 떠나서도 문학 작품, 그중에서도 소설을 가장 사랑한다. 그리고 훌륭한 소설가들이 쓴 산문집도 아주 좋아하는 편인데, 얼마 전에 읽은 터키의 소설가 오르한 파묵이 쓴《소설과 소설가》라는 산문집에서 소설을 읽는 독자들의 심리에 관한 재미있는 문장을 읽었다.

소설 읽기와 상상하기에 투자되는 노력의 이면에는 다른 사람들과 차별화되고 특별해지고 싶은 바람이 숨어 있습니다. 이 감정은 우리와는 다른 삶을 사는 소설 주인공들과 동일화되고자 하는 바람과도 맞물려 있습니다. … 하지만 무엇보다도 아주 '어려운' 책을 읽기 때문에 기분이 좋은 겁니다. 머릿속 한구석에서 우리가 특별한 일을 하고 있다고 생각하는 거지요. 제임스 조이스 같은 어려운

네 번째 책상 서랍 속의 타자기와 회전목마에 관하여

작가의 작품을 읽을 때 우리 두뇌 한구석에서는 조이스 같은 작가를 읽고 있는 우리 자신을 축하하느라 분주합니다.

오르한 파묵의 이야기는 우리의 내면에 도사리고 있는, 꼭 나쁘다고만은 할 수 없는 지적 허영심을 지적한 것이지만, 그런 허영심이 소설에만 해당하는 것은 아닐 것이다. 어려운 철학책에 도전할 때도 마음 한구석에는 그런 마음이 도사리고 있다. 그러나 어떤 책이건 간에 복잡하고 지루하고 난해한 책들은 독자들의 인내심을 시험하게 마련이다. 호기심과 허영심에서 시작했다가 분노와 짜증, 절망으로 중도에 포기해버리게 되는 경우도 허다하다. 그렇다면, 우리를 그토록 짜증 나게 하는 책이라면, 차라리 집어 던져버릴 순 없을까? 책은 너무 성스럽고 고상한 물건이라 그럴 순 없는 것일까?

나는 왜 책을 집어 던졌나?

나는 제임스 조이스의 그 유명한 소설 《율리시스》를 읽다가 너무 지루해서 던져버렸다고 하는 친구를 기억한다. "도대체 이런 소설이 왜 훌륭하다는 거야! 내가 보기엔 순전히 자기가 똑똑하다는 걸 과시하려는 수작에 불과해 보이는데!" 나는 그저 어깨를 으쓱하고 말았지만, 솔직히 그의 말이 완전히 틀린 건 아니다. 그래도 《율리시스》는 장장 18년 세월에 걸쳐서 쓴 조이스 최후의 작

20세기 문학에 커다란 변혁을 가져온 작가,
제임스 조이스

품《피네건의 경야》에 비하면 차라리 애교다.

조이스의 이 작품은 인류 문학사상 가장 야심 차고, 가장 엉뚱하고, 가장 난해하고, 가장 수수께끼 같은 작품이다.《시계태엽 오렌지》를 쓴 소설가 앤서니 버지스가 말한 것처럼, 이 책은 '읽는다기보다는 숭배하고, 읽는다 해도 끝까지 읽는 경우는 드물며, 끝까지 읽는 그 드문 경우에도 대개는 완전히 이해하지 못하거나 심지어는 부분적으로도 이해하지 못하는' 그런 종류의 책에 속한다.

놀랍게도 이 작품은 조이스 전문가인 김종건 선생의 오랜 열정과 노력으로 지난 2002년 한국어 번역판이 나왔다. 너무 반갑고 고마운 마음에 얼른 사서 읽기에 도전했지만, 인내심의 한계로 몇십 페이지도 못가 그 책에서 튕겨 나오고 말았다. 마치 '언어로 지어진 지옥'에 잠시 발을 담갔다 나온 기분이었다. 그리고 그 후로 이 두꺼운 책은 내 서가 한구석을 차지한 채 긴 동면에 들어가 있다. 내 수명이 얼마나 될는지는 모르겠지만, 적어도 100살이 되기 전까지는 그 책에 다시 도전할 일은 없을 것 같다. (내가 왜 이런 말을 하는지는 이 책을 한 번 들추어보기만 해도 충분히 이해할 것이다.)

책이 '너무 어려워서' 독서를 중도에 포기한 것은 정확하게 그 책이 세 번째였다. 물론 너무 지루하고 따분하고 재미없어서 읽기를 중단한 책들은 훨씬 더 많다. 나뿐만 아니라 다른 독자들도 그런 경험이 있을 것이다. 심지어는 읽던 책을 집어 던지기까지 한다. 뭐 어때? 그럴 수도 있지. 물론이다. 불굴의 의지로 지독한 인내심 테스트를 끝까지 버텨낼 수도 있겠지만, 반드시 그래야 하는 법은 없다. 내 독서 경험에서도 읽던 책을 집어 던져버렸던 경험이 딱 두 번 있다.

첫 번째 경험은 대학교 2학년 때 겁 없이 독일 근대 철학자 헤겔의 《대논리학》에 덤벼들어 읽던 때다. 한글로 쓴 문장들인데도 도저히 무슨 뜻인지 이해가 안 되는 것이었다. 자존심이 상했지만 불굴의 의지로 끝까지 읽고야 말리라, 하면서 중반까지는 읽어내려 갔지만 어느 순간, 결국 분노가 폭발하고 말았다. 나는 그 위대한 헤겔 씨를 방구석으로 홱 내던져버렸다. 이후 헤겔은 내게 영원한 트라우마가 되었다.

두 번째는 모리스 블랑쇼의 《미래의 책》이라는 책이다. 아마도 1996년도의 일이었을 것이다. 나는 먼저 그가 쓴 《문학의 공간》이란 책을 읽었는데, 그 책 역시 난해한 편이긴 했지만 너무나 매혹적인 문체와 심오한 사유에 홀딱 반하고 말았다. 그 책의 감동이 채 가시기도 전에 서둘러 세계사에서 펴낸 《미래의 책》을 구입했다. (이 책은 지금은 절판이고 《도래할 책》이라는 제목으로 그린비 출판사에서 모리스 블랑쇼 전집 중 한 권으로 나와 있다.)

그런데 그 책은 읽는 것이 너무 괴로웠다. 소설가로 등단한 지 얼마 되지 않은 때였고, 문학 작품보다 철학책들을 더 많이 읽어온 탓에, 그 책에 실린 비평 태반이 내가 아직 읽어보지 못한 작가에 관한 것이었다. 게다가 모리스 블랑쇼 특유의 그 칭칭 엉킨 실타래 같은 문체 때문에 말 그대로 뇌가 녹아내리는 것만 같았다. 또다시 자존심이 상했고 자괴감에 빠진 나는 나도 모르게 책을 방바닥에 확 내쳐버렸다. 그리고 이어지는 줄담배.

블랑쇼는 그렇게 나를 절망시켰지만, 끝내 그와 담을 쌓을 수는 없었다. 그의 문체를 너무 사랑했던 것이다. 결국 나는 그 책에 언급된 책들을 읽어나갔고, 시간이 흐른 후에 다시 그 책을 읽으니 그제야 문장의 아름다움이 느껴지기 시작했다. 나는 그 책을 사랑하게 되었고, 나아가 작가로서 모리스 블랑쇼를 숭배하게 되었다. 예를 들어, 문학이란 무엇인가, 하는 문제에 이렇게 멋진 문장으로 답하는 블랑쇼를 어떻게 사랑하지 않을 수 있을까.

언제나 놓치는 무엇인가를 되짚으려고 열망하면서, 말하려는 것의 결여로 존재하는 것을 애써 찾아야 하므로, 영원히 우리의 언어를 고문하는 것이다.

헤겔과 모리스 블랑쇼의 책들을 집어 던진 만행을 저지른 것은 지금 생각해도 무척 미안한 일이다. 그게 다 참을성 없는 빌어먹을 성질 탓이었다. 그런 몰지각한(?) 사고를 친 것은 순전히 나의 지적 수준이 부족했던 탓인데, 아무 죄 없는 책에다 화풀이한 것이기 때문이다.

그럼에도 불구하고 나는 독자가 읽던 책을 집어 던질 자유를 옹호한다.

이해가 되지 않아서, 너무 재미없고 지루해서, 짜증 날 정도로 내용이 마음에 안 들어서, 우리는 때로 읽던 책을 사정없이 내팽개친다. 책을 집어 던진다는 건 작가와 책에 대한 신성모독일 수도 있다. 하지만 독자에게는 우상파괴의 권리와 자유가 있다. 독자에게 책을 읽도록 강제하거나 강요할 권리는 누구에게도 없다. 책을 집어 던질 자유는 책을 읽지 않을 권리와 상통한다. 마음에 드는 책을 예찬할 자유가 있듯, 마음에 들지 않는 책을 비판하고 집어 던질 자유도 있는 것이다. 그것은 지극히 개인적인 자유, 선택의 자유 영역에 속한다.

● **우리는 아직 얼마나 많은 책을 읽지 못했는가?
책의 지옥 법칙**

나에게 아무리 책을 집어 던질 자유가 있고, 독서에 관한 모든 주권이 독자에게 있다지만, 슬프게도 독자 앞에 놓여 있는 거대한 책의 바벨탑은 그 끝을 가늠할 수 없다. 신중하게 책을 고르고, 또 그렇게 고른 책이 맘에 들지 않으면 집어 던져버려도, 여전히 읽을 수 있는 책, 읽고 싶은 책, 읽어야 할 책은 산더미다. 나는 자주 그 사실 때문에 좌절하고 절망한다. 한 개인이 평생 아무리 많은 책을 읽는다 해도 이 세상의 모든 책을 다 읽고 죽을 수는 없는 것이다!

움베르토 에코가 쓴 《미네르바 성냥갑》이란 책에는 〈우리는 얼마나 많은 책을 읽지 못했는가〉라는 제목을 가진 재미있는 꼭지가 있다. 그 이야기인즉, 지식인들조차도 실은 '교양'에 해당한다는 책들을 거의 읽지 않는다는 것이다. 그러니 웬만한 교양인들도, 아직 읽지 못한 책이 많다고 해서 주눅 들거나 콤플렉스를 느낄 필요가 전혀 없다.

에코는 문학 분야를 예로 들어 그것을 논증한다. 《봄피아니 작품 사전》이라는 문학 작품 목록을 모아놓은 책이 있다. 거기에 수록된 작품 수만 총 1만 6350편이다. 문학 애호가들이 평균 4일에 한 권씩 읽는다고 할 때, 1만 6천 여 권의 책을 읽는 데는 정확하게 6만 5400일, 햇수로는 180년이 걸린다. 중요한 세계 문학 작품만 읽는 데 180년이 걸린다면, 철학, 역사, 과학책들은 저승에 가서도 한 100년 지난 후에야 겨우 읽을 틈이 날 지경이다. 생각만 해도 한숨이 나고 현기증이 난다.

그러니 에코의 말대로 "그 누구도 중요한 작품을 모두 읽을 수는 없다."

에코의 이 말을 확인사살이라도 하듯 피에르 바야르라는 작가가 《읽지 않은 책에 관해 말하는 법》이라는 재미있는 책을 쓰기도 했다. 피에르 바야르는 그 책 속에서 제대로 읽지 않고서도 어떻게 멋지게 글을 쓸 수 있는지에 대해 몸소 시범을 보여주고 있기도 하다. 나 역시 집안에 읽어야 할 책들이 점점 더 쌓여가는 걸 보면서 괴로워하기도 했는데 언제부터인가 '책의 지옥 법칙'이란 걸 자꾸 생각하게 되었다. 책의 지옥 제1법칙은 이런 것이다.

책은 읽으면 읽을수록 읽지 않은 책이 점점 더 늘어난다.

예를 들면 이탈리아의 소설가 이탈로 칼비노가 쓴《왜 고전을 읽는가》라는 책이 있다. 그 책 속에는 내가 아직 읽지도 않은 작가들과 책에 대한 이야기가 나온다. 로버트 루이스 스티븐슨Robert Louis Stevenson, 1850~1894의 《해변의 별장》이라든가 프랑스의 작가 레이몽 크노Raymond Queneau, 1903~1976가 썼다는 독특한 여러 산문집들에 관한 이야기들이 소개되어 있는데, 한국에는 레이몽 크노의 시집도 제대로 소개되어 있지 않은 처지이니 그가 쓴 에세이나 소설, 희곡작품이 소개되어 있을 리 만무하다.

이탈로 칼비노는 그 책에서 레이몽 크노에 대해 극찬에 가까운 해설을 하고 있는데, 나로서는 그저 속만 탈 뿐이다. 이런 식으로 어떤 한 권의 책을 읽다 보면 그 책의 본문이나 각주에 소개된 다른 책들에 대한 궁금증이 늘어나 그런 책들도 하나둘씩 찾아 읽게 되는데, 그것이 바로 독서의 지옥으로 점점 더 깊이 빠져드는 지름길이다. 나의 독서편력이 바로 그런 식으로 이루어졌고, 지금도 그런 방식으로 계속되고 있다. 이 끝없는 심연과도 같은 책의 지옥 속으로 깊이 더 깊이.

책의 지옥 제1법칙의 필연적 귀결로 자연스럽게 따라 나오는 책의 지옥 제2법칙도 있다.

독서를 통해 지식을 쌓으면 쌓을수록 모르는 것이 점점 더 많아진다.

내가 이탈로 칼비노의 책을 읽지 않았더라면 레이몽 크노라는 작가에 대해 아예 모르고 살았을 수도 있다. 그러나 그 책을 통해 새로운 작가를 알게 된 순간부터, 나는 나의 무지를 탓하게 되고, 이 무지를 어떻게든 메꾸고 싶은 욕망에 시달리게 된다. 사실 지식을 알면 알수록 무지는 더 커진다는 이 법칙은 모든 지식 일반에 그대로 적용할 수 있다.

철학자 루트비히 비트겐슈타인은 '믿음'과 '지식'의 불투명한 경계를 탐색한 적이 있다. 그에게 믿음이란 주관적으로 확실한 것으로 객관적인 증명이나 정당화 자체가 불필요한 신념에 속하는 것들이다. 예를 들면 "나는 내게 두 손이 있다는 걸 안다" 같은 문장이다.

이런 믿음을 부정하거나 의심하기 시작하면 삶의 언어 게임 자체를 부정해야 하고, 그것은 소통과 삶 자체를 불가능하게 만든다. 반면에 "나는 내 머리칼과 눈동자 색깔이 유전정보에 기록되어 있다는 걸 안다" 같은 명제는 객관적인 증거로 증명되어야만 하는 명제이고, 그렇게 할 때 그것은 객관적인 지식이 된다. 지식 혹은 앎이란 바로 정당화된 믿음인 것이다.

비트겐슈타인은 모든 믿음을 회의했지만, 의심과 회의에도 한계가 있어서 의심이 가능하기 위해서는 먼저 믿음의 체계가 전제되어야 한다는 걸 간파했다. 그는 위에서 든 "나는 내게 두 손이 있다는 걸 안다"와 같은 정당화가 불필요한 명제를 근본 명제Fundamental Proposition라고 불렀다.

그런 근본 명제들의 집합 자체는 객관적 지식의 증가에 따라 변하는 매우 유동적인 성격을 갖고 있다. 비트겐슈타인은 "사람이 달의 표면을 걷는 것은 불가능하다"라는 문장을 근본 명제라고 보았다. 하지만 1969년에 인간은 달에 도착했다. 또 "지구가 태양계의 중심이다"라는 믿음도, 중세에는 근본 명제였지만 지금은 이미 객관적 지식의 영역에 속한다.

이처럼 자명한 근본 명제였다가 더 이상 자명하지 않은 의심과 회의의 대상이 된 명제들은 무수히 많다. 오늘날 우리가 상식이라고 부르는 근본 명제들은 거의 대부분 현대의 과학 지식에 속하는 것들이다.

지난 20세기는 '지식의 대폭발' 시대였다. 아인슈타인이 밝힌 상대성 이론이나 원자 이하 미시세계에 관한 지식체계인 양자 역학, 그리고 최근에 각광받고 있는 끈이론이나 M이론 같은 걸 보면, 경이로움을 넘어 현기증이 일어날 정도가 아닌가? 1930년대에 허블이 우주가 팽창하고 있다는 사실을 알아낸 것, 90년대에 우리 우주가 팽창하고 있을 뿐만 아니라, 가속도가 붙은 팽창을 하고 있다는 사실을 알아낸 것을 포함해 유한한 시간 안에 우주가 종말을 고하게 된다는 사실도 이젠 어느 정도 당연한 사실로 여겨지는 것이 21세기의 삶의 모습이다.

소크라테스는 자기가 아는 것이 없다는 사실을 안다고 자랑스레 말했다. 자기는 아무것도 모른다는 사실만을 안다는 것이다. 21세기에 사는 내가 소크라테스보다 조금 더 아는 것이 있다면, 오직 이 하나의 사실밖에 없다는 걸 인정하게 된다. 즉 "나는 내가 아는 것이 아무것도 없다는 사실을 소크라테스보다 조금 더 정확하게 안다"라는 것이다.

결코 겸손에서 나온 말이 아니다. 객관적인 진실을 토로하는 것이다. 왜냐하면 소크라테스 시대에는 소크라테스가 의심하고 회의의 대상으로 삼는 문제들 자체의 총량이 얼마 되지 않았기 때문이다.

물론 소크라테스도 "우주는 언제, 어떻게 생겼는가? 우주는 과연 영원한가? 아니면 생성 소멸하는가?", "인간은 어디서 왔는가?" 하는 본질적인 물음들을 던졌지만, 이런 질문들은 상상도 하지 못했을 것이다. "빅뱅 이전에는 무엇이 존재했는가?", "우주의 최소 단위가 정말로 플랑크 길이 이하의 크기를 갖는 미세한 끈으로 이루어져 있을까?", "우주가 11차원으로 이루어져 있고, 우리가 살고 있는 3차원 외에 다른 여분의 차원은 정말로 현실 곳곳에 미세한 형태로 존재하고 있을까?", "지구 바깥에도 정말로 생명체가 존재할까?"

또한 내가 줄곧 관심을 갖고 탐구하고 있는 몇 가지 문제들도 최근에 절박한 물음으로 제기되고 있는 과학적이고 철학적인 질문들이다. "의식이란 무엇인가?", "지능이란 무엇인가?", "의식을 가진 기계란 정확하게 무엇을 말하는가?", "인간의 선택 행위라는 것은 사실은 모두 선행하는 화학-물리적인 원인들로 결정된 것에 불과한가, 아니면 결정론을 피해갈 수 있는 어떤 '자유'의 여지를 갖고 있는 것인가? 즉 인간은 자유로운가 자유롭지 않은가?", "인간종이 향후 몇 세기 안에 멸종하지 않고 지속적으로 지구에서 생존하고 번성하기 위해서는 어떤 시스템이 적합하며, 또 인간성에도 어떤 근본적인 변화가 필요한가, 아닌가?"

이런 질문들에 지금 도대체 어느 누가 답을 갖고 있단 말인가? 이 모든 각각의 질문들은 학자 한 사람이 평생 그 문제에만 매달려도 성공적인 답변에 대한 확신을 하기 어려울 수도 있는 문제이다.

이처럼 하나의 새로운 지식은 그보다 훨씬 더 많은 수의 검증되고 증명되어야만 하는 가설들과 질문들을 만들어낸다. 찰스 다윈이 진화론을 만들어낸 순간, 생명과 진화에 대해 다윈이 품었던 질문과 그가 발견한 지식보다 수천수만 배나 더 많은 질문과 가설들이 만들어진다.

오늘날 생물학이 처한 딜레마의 한 예를 들어보자. 21세기에 이른 오늘날 가장 시급한 문제가 '생명이란 무엇인가?' 하는 질문에 답하는 것이다. 이 질문은 비교적 최근에 생긴 우주 생물학자들에겐 발등에 떨어진 불이나 마찬가지로 절박한 문제다. 우리가 우주에서 생명체를 발견하려 한다고 할 때, 지구가 아닌 우주적인 관점에서 생명의 기준을 어떻게 설정할 것인가?

지난 2006년 바로 이 문제를 해결하기 위해 미국에서 거대한 학회가 열렸다. 세계적인 석학들이 밤낮없이 갑론을박을 벌였지만 결국엔 아무런 합의에 이르지 못했다. 이런 문제들은 소크라테스 시대에는 비트겐슈타인이 말한 근본 명제에 속하는 문장들이었을 것이다. 의심의 여지가 없는 소박한 믿음들만으로도 충분한 세계.

오늘날 인류는 마치 보르헤스의 '끝없이 두 갈래로 갈라지는' 시간의 미로와도 같은 진리의 미로 속에 빠져 있는 것처럼 보인다. 많이 알수록 더 많은 걸 모르게 되는 기이한 세계.

나는 이런 무지에 대한 자각 때문에 괴로울 때가 많다. 책을 통해 아는 것이 많아질수록 더 무지해지는 딜레마를 뼈저리게 느낄 때면 모든 책을 불살라버리고 싶은 충동에 사로잡힐 때도 있다. 고양이도 못 되고, 평생 사랑만 하다 죽는 보노보로도 남지 못하여 하필이면

1.4킬로그램 무게의 뇌를 어깨 위에 달고 사는 인간이란 동물이 되어버린 것이 원망스럽기도 하다. 시지프의 고역이고, 생각하는 뇌를 가진 호모사피엔스의 업보다.

그런데 이런, 여기까지 쓰고 보니 지금 나야말로 죄 없는 독자들에게 무지막지한 뇌 고문을 하고 있는 게 아닌가! 실은 여기서 내가 하고 싶은 말은 딱 한마디로 정리할 수 있다.

"책은 천국도 보여주지만 지옥도 또한 보여준다."

네 번째 책상 서랍 속의 타자기와 회전목마에 관하여

책에 관한 책을 읽는
색다른 즐거움을 아시나요?

내 이럴 줄 알았지. 매달 들어가는 책값이 너무 부담스러워 얼마 전부터 다시 가급적 서점으로 가는 발길을 자제하려 했지만, 제 버릇 남 못 준다고 어느새 발걸음이 헌책방으로 향하고 있었다. 하는 수 없이 오늘은 정말 꼭 한 권만 사기로 결심한다. 하지만 매혹적인 책들의 유혹에 저항하기란 원숭이에게 바로 눈앞에 놓인 탐스러운 바나나를 참게 하는 것만큼이나 어려운 일이다.

서점을 둘러보는 사이에 책 바구니에는 어느새 책들이 가득 찼고, 그 속에 몇 권의 아름다운 '책에 관한 책'들이 미안한 듯 수줍은 표정을 짓고 있다. 시력을 잃은 보르헤스에게 책을 읽어준 인연으로 지금은 세계적으로 저명한 출판평론가 겸 작가가 된 알베르토 망구엘Alberto Manguel, 1948~의《책 읽는 사람들》과 오래전에 사서 너무 재미있게 읽고 누군가에게 빌려주었다가 결국 돌려받지 못했던 책《서재

결혼시키기》와《책을 읽고 양을 잃다》라는 독특한 제목을 가진, 쓰루가야 신이치鶴ヶ谷眞一, 1946~라는 일본 작가가 쓴 책이다.

망구엘의 책은 내가 사랑하는 작가 보르헤스의 삶과 책에 얽힌 생생한 여러 에피소드들을 전해주어 기뻤다. 신이치의 책은 비록 일본 작가들에 관한 이야기에 편중되어 있었지만, 그럼에도 담백하고 운치 있는 문장과 책에 관련된 수많은 이야기들은 나를 매혹시키기에 충분했다.

미국 작가 앤 패디먼Anne Fadiman, 1953~이 쓴《서재 결혼 시키기》란 책은 한국어 초판이 나온 게 2001년, 나도 그때 처음 읽었다. 책에 관한 책 가운데 그처럼 유쾌한 책은 읽은 적이 없다. 그 책에 〈책의 결혼〉이라는 제목의 꼭지가 있다. 저자가 결혼한 지 5년 만에 따로 분리되어 있던 부부의 서재를 하나로 합치면서 겪는 요절복통 소동 이야기다.

빅토리아 여왕시대 작가들은 한 몸이다. 그들을 분리시켜 놓는다는 것은 이산가족을 만드는 것과 다름없다. 게다가 수잔 손탁도 그녀의 책들을 연도순으로 배열했다더라. 그녀가 〈뉴욕 타임스〉에서 한 말을 보니, 토머스 핀천을 플라톤 옆에 꽂아두면 먹은 것이 올라오려 한다더라. 수잔 손탁도 그렇다는데! 반면 우리 미국 문학 책들은 대부분 20세기 것인 데다가 많은 수는 또 아주 최근의 것이어서 그것을 연대순으로 구별하려면 탈무드 편집자처럼 쫀쫀하게 따져야 한다. 따라서 결론은 작가 이름순. 결국 조지는 굴복하고 말았는데, 진심으로 내 논리에 감복했다기보다는 가정의 평화를 위해서였다. 그러나 내 셰익스피어 책들을 한 책꽂이에서 다른 책꽂이로 옮기는 것을 보고 내가 "그 작품들은 꼭 연대순으로 꽂아야 해!"라고 소리치는 순간 그만 일이 터지고야 말았다.

"그러니까 한 작가 안에서도 연대순으로 가잔 말이야?" 그는 입을 쩍 벌렸다. "하지만 셰익스피어가 작품을 쓴 연도는 아직 정확히 밝혀지지도 않았잖아!"

나는 밀리지 않고 몰아붙였다. "그래도 《로미오와 줄리엣》을 《폭풍》보다 먼저 썼다는 것은 알잖아. 나는 그 사실이 내 책꽂이에도 그대로 반영되기 바라."

조지는 나와 결혼해 살면서 이혼을 심각하게 생각한 적은 거의 없는데 그때만은 달랐다고 한다.

이런 귀염둥이 커플 같으니! 우리는 이런 책을 읽으면서 킥킥 웃거나 "그래, 나도 그래!" 하면서 공감의 기쁨을 맛본다. 그리고 이 세상에 나와 비슷한 사람들이 아직 많다는 사실에 조용한 행복감에 젖는다.

독자들이 책을 읽는 즐거움 가운데 빼놓을 수 없는 것이 바로 이런 '책에 관한 책'을 읽는 즐거움이 아닐까? 예를 들어 《젠틀 매드니스》 같은 책의 경우에도, 그 안에는 책에 미친 광서가들, 황당무계하고 허무맹랑한 책 도둑 이야기들, 책과 도서관에 얽힌 웃기거나 비극적인 이야기들로 가득하여 그 책 전체가 하나의 스릴러, 비밀스러운 모험담, 여행기, 희비극, 흥미진진한 역사책이기도 하다.

책에 관한 책의 장르가 재미있는 이유는 무엇일까? 한 권의 책만으로 여러 권의 책을 읽은 듯한 은근한 지적인 만족감을 주고 동시에 흥미진진한 추리소설이나 모험소설을 읽을 때 느끼는 긴장과 서스펜스와 때로는 코믹한 즐거움도 주기 때문이리라. 그뿐만 아니라 평소에 관심을 가졌거나 좋아하는 작가들과 책에 관한 비하인드 스토리들을 훔쳐보는 쏠쏠한 재미에 더해 새로운 정보와 지식을 얻게 되는 장점도 있다. 이런 모든 정보들은, 독서 감상문을 쓰거나 책에 관한 글을 쓸 때 아주 유용한 참고자료가 된다.

이 장르에 속하는 책들도 분류하자면 하위 장르가 꽤 될 것이다. 책들에 대한 리뷰를 모은 책들, 책과 독서, 도서관의 역사나 비하인드 스토리에 관한 책들, 진기하고 괴상하고 엉뚱하고 희귀한 책에 관한 책들, 금서나 불온서적의 역사나 금서를 쓴 작가들에 관한 책들, 책 수집과 개성 만점의 헌책방에 관한 책들, 전 세계의 멋지고 아름다운 서점들 혹은 독특한 개성과 멋을 가진 서점들이나 장구한 역사를 가진 서점들에 관한 책들, 어떤 방면의 애독자가 마침내 자신의 독서편력을 수줍게 털어놓는 책들, 이 모든 책들이 '책에 관한 책'의 장르에 속한다. 더 넓게는 책과 독서를 테마로 하는 문학 작품들도 포함할 수 있을 것이다. 물론 내가 지금 쓰고 있는 이 글들도 결국 이런 장르에 속하는 책이다.

무엇보다 결정적인 것은, 그런 장르에 관한 책들을 읽으면서 한 명의 평범한 독자가 진정한 애서가의 길로 들어서게 된다는 점이다. 이런 책들은 독자로 하여금 자연스럽게 책 속의 책과 작가에 관한 호기심과 흥미를 불러 일으켜, 한 권의 책에서 또 다른 책들로 나아가게끔 이끌어주는 아주 강력한 힘이 있기 때문이다.

내가 독서에 관한 강연을 할 때마다 쉽게 책과 친해지는 방법이 무엇인지 문의해오면, 늘 우선적으로 이런 재미있는 '책에 관한 책'을 권하는 까닭도 거기에 있다. 이 글을 쓰고, 또 여기에 몇 권의 책들을 소개한 까닭도 마찬가지다.

만일 당신의 서가에 이런 종류의 '책에 관한 책'이 50권 이상 있다면, 그것만으로도 당신은 이미 충분한 의미에서 '애서가'요, 진정으로 책을 사랑하는 사람들에게 붙이는 '독서인'이라는 타이틀을 당당하게 내걸 자격이 있다.

다만 나는 이런 책에 관한 책들을 읽을 때마다 늘 한 가지 아쉬움이 있었다. 서점에 가보면 위에서 언급한 어떤 분류 항목에 들어 있는 책들이건 서양에 관한 책이 압도적으로 많고 정작 한국을 다룬 책은 거의 없다. 도서관에 관해서건 금서나 위험한 책들에 관해서건 이런저런 책과 작가들을 둘러싼 모험담이건 흥미진진한 추리소설을 방불케 하는 비밀스러운 역사물이건 간에 서양에 관한 책들은 넘쳐난다.

내 서가에 있는 책들만 잠깐 일별해봐도 서구 문화와 관련된 책에 관한 책이 100여 권이 훌쩍 넘는다. 《아주 특별한 책들의 이력서》,《세계의 도서관 기행》,《지옥에 간 작가들》,《젠틀 매드니스》,《아리스토텔레스의 아이들》,《서재 결혼 시키기》,《독서의 역사》,《책 사냥꾼》,《세계의 고서점 1,2,3》,《사라진 책들의 도서관》,《알렉산드리아 비블리오테카》,《책의 도시 리옹》,《읽는다는 것의 역사》,《장서의 괴로움》같은 훌륭하고 재미있는 책들은 물론이고 딱딱하고 지루한 서지학 연구서에 이르기까지.

하지만 정작 한국과 관련된 건 내 견문이 짧은 탓인지 별로 없다. 《책만 보는 바보》며《책 읽는 소리》,《우리 책의 장정과 장정가들》, 《왕실도서관 규장각에서 조선의 보물찾기》,《하버드 대학 옌칭 도서관의 한국 고서들》,《책의 운명》,《한국의 독서 문화사》,《문헌과 주석》,《조선의 베스트셀러》 그리고 최근에 나온 책으로 근현대 한국 독서계의 좀 비릿한 냄새가 났던 풍속도를 날카롭게 파헤친 훌륭한 책《속물 교양의 탄생》과 내가 아끼는 이겸로 선생의《통문관 책방 비화》같은 50여 종도 안 되는 책밖에 없다. 나머지는 다 국내 서평가들의 서평에 관련된 책들이다.

한국과 세계를 비교하는 것 자체가 어불성설이긴 하지만, 그럼에도 나로선 늘 무언가 빠진 듯한 아쉬움이 있었다. 그건 바로 근대 이전 한국의 독서문화에 관한 책들이었다. 다행히 몇 년 전, 나의 아쉬움을 달래주는 책이 나왔다.《조선을 훔친 위험한 冊들》이 바로 그 책이었다. 2001년에 나온《책의 운명》이란 책도 삼국시대부터 근세시대까지 책과 출판, 책의 상실과 수난에 관한 책인데, 조악한 장정에 너무 딱딱한 학술서적에 머물러 독자들의 호응을 얻지 못했다. 반면에 제목부터 발랄한 이《조선을 훔친 위험한 冊들》은 딱 조선만 대상으로, 그것도 열세 가지 사건들에만 주목하여 추리소설 기법으로 흥미진진하게 쓰였다는 데 큰 미덕이 있다.

이 책에서 소개하는 열세 가지 이야기들엔 제목들부터 혹하게 하는 무언가가 있다. '사무라이에 대한 공포가 탄생시킨 병법서들', '한 영명한 왕자를 죽음에 이르게 한 책', '조선의 가장 똑똑한 왕이 가장 싫어했던 책', '조정에 피바람을 일으킨 영조대왕의 분노' 등등. 게

다가 도판과 사진들까지 친절하게 배치하여 높인 가독성의 효과란! 독자들을 배려하여 책을 재미있게 쓰려고 한 저자의 노력도 가상하다. 또 흥미롭기만 한 것이 아니라 역사와 삶을 읽게 하고, 나아가서는 이 시대를 되돌아보게 하는 진정성 있는 문제의식도 돋보인다. 이 책을 쓴 이민희 작가는 이미 2007년에 발표한 《조선의 베스트셀러》라는 책으로 그의 내공을 각인시킨 바 있다. 이 책을 위해서도 자료 수집과 집필에 꼬박 7년이 걸렸다고 하니, 저자가 얼마나 심혈을 기울였는지 알 만하다. 이런 책들이야말로 우리 독자들에게 기쁨과 행복을 줄 뿐만 아니라 나아가 숨겨진 우리 역사를 발굴해냄으로써 우리 문화사에도 크게 기여한다.

책에 관한 책들은 그 자체로도 재미 충만하지만, 우리의 독서 경험과 내면세계를 더 풍부하고 내실 있게 만들어준다. 이런 책들은 아직은 드러나지 않은 많은 잠재적인 위대한 독자들과 작가들을 탄생시키는 아름다운 요람 역할을 해주고 있다. 근래에는 지적인 교양과 발랄한 재치, 세련된 감수성을 갖춘 평범한 독자들이 자신의 독서경험을 책으로 묶어내곤 한다. 이들처럼 모든 애서가들은 언젠가는 결국 작가가 되는 법이다. 이제 막 독서의 맛을 알기 시작한 평범한 독자들에게도 그런 책들은 커다란 희망과 꿈을 심어주기도 하는 것이다.

오에 겐자부로는
왜 3년 주기 독서법을 썼을까?

　　도서관에 책을 반납한 후에 다시 몇 권의 책을 대출했다. 그중에 한 권이 일본 소설가 오에 겐자부로가 쓴《회복하는 인간》이라는 에세이다. 이 책은 그가 2004년부터 2년에 걸쳐 한 신문에 기고한 글들과 강연문을 모아놓은 것이다. 표지에 "오에 겐자부로 만년의 사색"이라는 부제가 적혀 있다. 그가 1935년생이니, 2005년이면 70세 무렵에 쓴 글들이다. 글들이 모두 존댓말로 쓰여 있어 마치 편지를 읽는 듯 내밀하고 친근한 느낌이 든다. 번역자의 지나친 직역 탓에 어떤 문장들은 거칠고 껄끄럽기도 했지만, 그 이전에 겐자부로의 문체 자체가 사실 스스로도 인정하듯이 특별히 아름답거나 섬세한 느낌은 아니다. 그럼에도 그의 글은 모두 아름답다.

　　잘 알려져 있듯 그의 장남은 장애인이다. 다행히 뛰어난 음악적 재능이 있어 작곡을 하고 곡을 발표하기도 했다. 책에는 장애인 아들과 가족에 관련된 일상에 관한 이야기도 있고, 작가 생활과 관련한 추억담도 있다. 또 노벨상을 수상한 작가로서 세계 곳곳을 다니거나 외국의 문인이나 학자들과 교류하면서 생긴 에피소드들을 이야기하기도 한다. 비판적인 지식인 작가로서, 세상에 만연한 불의나 정치에 관한 걱정도 빠뜨리지 않고 있다.

그의 글에서는 문학적 향기와 품격이 느껴진다. 모든 이야기들을 자신의 개인적인 일상과 연관 지어 낮은 목소리로, 문학적인 방식으로 전달하고 있기 때문이다. 모든 글들이 책 읽는 기쁨과 사유의 화두들을 던져주고 있지만, 그 가운데 유독 내 마음이 오래 머물렀던 곳은 〈아마추어 지식인〉이라는 제목의 기고문이었다. 이 에세이는 두 가지에 관해 이야기를 한다. 자신의 독서법 혹은 공부법에 관한 것과 자신의 지식인관에 관한 것이다. 사실은, 이 글은 통째로 다 인용하고 싶은 마음이 들었던 글이다. 먼저 그의 공부법에 관한 이야기부터 해보자.

작가는 대학에서 불문학을 전공했지만, 전문 연구자의 길인 대학원을 단념하고 소설을 쓰기로 작정했다고 한다. 당시 그에게 큰 영향을 미친 와타나베 가즈오라는 스승이 계셨는데, 그분이 이런 말씀을 해주셨다.《회복하는 인간》에 나오는 그 부분만 인용해보자.

소설을 쓰는 것만으론 지루하지. 어떤 작가, 시인, 사상가를 정해놓고 그 사람의 책, 그리고 그 사람에 관한 연구서를 3년 동안 계속해서 읽도록 하게. 자네는 소설가가 될 것이니 전문 연구자가 될 필요는 없네. 그러니까 4년째엔 새로운 테마를 향해 나가도록 하게.

오에 겐자부로는 평생 그 스승의 말씀을 따랐던 것 같다. 이 글에서 그는 2005년 전후인 현재, 3년 동안 읽기를 열다섯 번째 하고 있다고 쓰고 있다. 그는 T. S. 엘리엇의 후기 작품을 읽고 있다고 했다. 다른 어느 글에서는 4년인가의 세월 동안 스피노자를 공부했다고 쓰고 있었다.

3년씩 열다섯 번이면 45년의 세월이다. 그는 적어도 열다섯 명의 작가 혹은 주제에 관해 3년씩 읽고 연구해온 셈이다. 예를 들어, 도스토옙스키나 카프카, 보르헤스를 3년씩 읽는다고 생각해보라. 작품, 전기, 각종 연구서들. 겐자부로의 지적 깊이가 허투루 나온 것이 아님을 이런 독서법에서도 쉽게 발견하게 된다.

내가 그 부분에서 읽기를 멈춘 건 우선 놀라움과 반가움 때문이다. 내가 공부하는 방법, 혹은 독서법이라고 할 만한 것과 너무나 흡사한 방식을 겐자부로 역시 실천하고 있었다는 데서 오는 반가움 때문이었다. 물론 나는 그처럼 3년씩이라고 딱히 정해놓고 독서를 해온 것은 아니지만, 생각해보면 나 역시 그와 비슷한 방식으로 책을 읽어왔다. 다만 나는 작가 중심이라기보단 주제와 문제에 중심을 두었다.

전작 독서법의
즐거움

　　독서에 관한 강연에 나갈 때마다 내가 강조하는 것이 있다. 바로 '전작 독서법'이다. 물론 어느 시기엔 내가 '무작위 독서법'이라고 부르는, 그때그때 흥미가 가는 대로 두서없이 읽는 기본적인 교양 독서가 필요하긴 하다. 그러나 진정으로 독서의 즐거움과 기쁨을 느끼게 되는 것은 반복 독서법과 전작 독서법을 통해서이다.

　　반복 독서는 한 권의 책을 반복해서 여러 번 계속 읽는 것이다. 이는 마치 레슬링 선수가 상대를 완전히 제압할 때까지 악착같이 물고 늘어지듯, 단 한 권의 책을 '먹어버렸다'고 할 정도로 반복해서 읽고 또 읽어대는 것. 나는 난독과 다독 단계를 지나면, 반드시 이런 독서법을 실천해볼 필요가 있다고 생각한다. 나는 그리스 비극 작품들과 노자, 장자, 데이비드 흄과 비트겐슈타인, 니체, 보르헤스, 밀란 쿤데라를 이렇게 읽었고, 결국 한 권의 책을 더 깊이 이해하기 위해 시대적 배경과 연관된 다른 작가들까지 이해하고자 노력하게 되었다.

　　위편삼절韋編三絶이라는 고사에서도 나와 있듯이, 공자 선생께서도《주역》이란 책을 그 책을 묶은 가죽끈이 세 번이나 떨어져 나갈 정도로 읽고 또 읽었다고 하지 않는가? 공자도 이처럼 책을 '먹는' 독서법을 실천했던 것이다. 단 한 권이라도 깊이 읽고 나면 독자의 정신세계에 이전과는 다른 확연한 변화가 생긴다. 자신의 내면세계와 삶 자체가 달라진다. 나의 삶을 바꾼 열 권의 책, 같은 것이 바로 이런 독서를 통해 만들어진다.

전작 독서법은 한 가지 주제를 알기 위해 한두 권을 읽는 것에 그치는 것이 아니라 어느 정도 확실한 결론을 얻을 때까지 최대한 깊이 탐구하는 독서를 말한다. 내 경험에 비추어보면, 특정 주제에 관해 읽을 경우, 적어도 30권에서 50권 이상의 분량이 된다. 아, 내게도 일찍이 그런 충고를 해주는 스승이 계셨더라면 얼마나 좋았을까! 내가 나도 모르게 오에 겐자부로 식의 독서를 하게 된 것은 조금 뒤늦게, 아마도 성서를 문헌학적으로 탐구하면서부터였고, 이후 노자와 장자와 논어를 그런 식으로 읽었다. 어떤 의무나 직업상 이유에서가 아니라, 순수하게 나의 개인적인 지적 흥미와 즐거움 때문에 시작했던 독서들이라 힘들다거나 지루하다는 느낌조차 없이 오히려 더 열정적으로 읽었던 기억이 있다.

전문 연구자가 아니라 하더라도 독서를 통해 독서의 행복과 기쁨만 누리는 것이 아니라, 거기서 삶과 세계에 대한 인식의 기쁨도 얻고자 한다면, 전작 독서법이 가장 효과적인 방법일 것이다. 단지 지식을 더 쌓기 위해서라면, 나는 이런 식으로 힘들게 공부할 필요는 없다고 생각한다. 독서는 어디까지나 삶을 위한 것이고, 기쁨과 행복을 위한 것이다. 삶을 더 넓고 깊게 체험하기 위해서다. 나는 오에 겐자부로가 3년씩 특정 주제를 정해 읽고 연구하는 동안 얼마나 즐거웠을지 생각해본다. 전문 연구자라면 논문과 업적에 얽매여 스트레스를 받겠지만, 스스로 원하고 좋아서 하는 독서와 연구이니 얼마나 즐겁겠는가? 전문 연구자가 아니라면 공부 자체를 위한 공부는 스스로에 대한 무의미한 고문일 뿐이다.

또 일반 독자라면 오에 겐자부로처럼 굳이 3년씩 기간을 가질 필요도 없을 것이다. 1년도 좋고, 2년도 괜찮다. 도스토옙스키를 다 읽고 그에 관해 공부도 하려 한다면, 적어도 3년이 걸릴 것이다. 물론 이런 기간에도 틈틈이 다른 책을 읽어도 무방하다. 지금 플라톤 전집이 차근차근 번역되는 중이지만, 나는 지금처럼 띄엄띄엄 방식이 아니라, 언젠가는 몇 년의 시간을 내서 플라톤 전집을 꼼꼼하게 다 읽어보고 싶다.(제발 기원컨대, 내 삶의 시간 속에서 그런 여유가 생길 수 있기를….)

●　　오에 겐자부로의
　　　아마추어 지식인론

　　　　오에 겐자부로의 책에서 내 흥미를 끈 또 다른 이야기는 겐자부로가 말하는 '아마추어 지식인론'이다. 겐자부로는 앞서 말한 그런 독서법 습관을 지니게 된 것은 어렴풋하게나마 지식인이 되고 싶다는 바람 때문이었다고 고백하고 있다. 그런데 도대체 지식인이란 무엇인가? 그는 자신과 절친한 친구 사이이기도 한 에드워드 사이드의 〈지식인이란 무엇인가〉를 인용하면서 그의 아마추어 지식인론을 펼친다.

　　　현대의 지식인은 아마추어라야만 한다. 아마추어라고 하는 것은 사회 안에서 사고하고 우려하는 인간을 가리킨다. 그러한 활동이 국가나 권력, 또한 자국이나 타국 시민의 일반적 풍조와 대립하는

　제1부·나쁜 책, 스토커, 그리고 독자

일이 있더라도, 이러저러해야만 한다고 '모럴의 문제를 제기할' 자격을 지닌다.

다시 말하면, 사회에서 유용한 이런저런 분야에 관한 전문 지식을 많은 쌓은 이들이 지식인이 아니라, 착실한 독서와 성찰을 통해 비판적인 사고와 행동하는 실천력을 가진 사람들이 지식인이라는 것이다. 이들이 바로 겐자부로가 말하는 아마추어 지식인이며, 내 생각엔 굳이 더 정확하게 말한다면 '시민 지식인'이라고 불릴 수 있을 만한 개념이다. 의사, 변호사, 교수들은 오늘날 미셸 푸코의 말처럼, 전문가이다. 그러나 한국 사회에서는 이들이 지식인으로 불린다. 한때 신지식인이란 단어도 잠깐 회자되었지만, 그건 우스갯소리였을 뿐이다. 또 모든 것이 너무 전문화되고 세분화되어버린 오늘날, 소위 전문가란 사람들이 자기 분야에만 얼마나 편협하게 매몰되어 있는가!

그러나 진짜 지식인은 겐자부로에 따르면 독서인들이다. 돈벌이와 무관한 지식이나 교양일지라도, 틈틈이 독서를 통해 자신의 삶을 풍부하게 만들고, 폭넓은 교양을 쌓고, 나아가 사적인 영역뿐 아니라 공적인 영역에 관해서도 지속적인 관심과 비판적인 사고를 하고, 행동하기를 저어하지 않는 모든 이들, 불의 앞에서 촛불을 들 줄 아는 모든 이들은 모두 지식인이라고 해야 한다. 사이드의 말처럼, "사회 안에서 사고하고 우려하는 인간들"이 지식인이다. 겐자부로는 말한다.

대학에서 얻은 전문지식을 신장하는 것도 중요하지만 금세 도움이 되지는 않을 지식인의(아마추어로서 개개인이 각기 즐기고 쌓아가는) 독서를 또 하나의 새로운 습관으로 삼아주었으면 좋겠다.

나 역시 사이드나 오에 겐자부로의 견해에 공감한다. 그런 아마추어 지식인들이 더 많이 나올수록, 사회가 더 건강해질 터이다. 겐자부로는 자국 내에서도 영향력이 큰 작가임에도 그는 겸손하게 스스로를 아마추어 지식인이라고 부른다. 자신은 전문 연구자가 아니라, 그저 독서인이며 책을 매개로 사회에 관해 사유하고 불의를 우려하며 무언가를 하고자 하는 아마추어 지식인. 내가 오에 겐자부로의 작품을 사랑하는 것과는 별개로 그를 인간적으로 존경하는 까닭은 바로 이런 미덕 때문일 것이다. 그가 오래 살아주어서 진정 감사한 일이고, 또한 그의 만년의 사색이 담긴 이 아름다운 책을 읽을 수 있어서 더더욱 감사하다.

제2부

사형수, 도둑, 선원, 알코올중독자 그리고 작가

호메로스는 《오디세우스》에서 신들이 인간 세상에 끊임없이 고통과 불행을 내려보내는 까닭은 인간들의 이야깃거리가 떨어지지 않도록 하기 위해서라고 썼다. 호메로스의 생각은 인간의 고통은 인간이 세상에 존재하는 한 결코 사라지지 않을 것이라는 비관적인 생각의 역설적 표현일 수도 있다.

그나마 다행한 것은 인류 역사는 고통과 슬픔의 박물지일지 몰라도 삶 속에는 고통 못지않게 소소한 기쁨과 웃음의 순간들도 많다는 사실이다. 위안과 웃음, 그리고 아름다움을 느끼게 해 주는 책들도.

작가와 책, 그리고 독자는 결국 삶이라는 경이의 바다를 향해 흘러 들어간다.

세렌디피티의 경이, 독자가 작가로 변신하는 경이, 그리고 책과 서재를 통해 독자들이 만나게 되는 삶의 경이.

남다르거나 혹은 비극적이거나, 아주 특이한 인생을 산 작가들

소설가들은 대개 자전적인 경험을 토대로 거기에 허구와 상상력을 덧붙여 작품을 쓴다. 하지만 그중에는 자신의 삶을 다큐멘터리 영화를 찍듯 그대로 소설로 옮기는 작가들도 있다. 자서전이 이런 장르에 속하겠지만 자서전은 아닌 소설로.

사실 아무리 다큐멘터리라고 해도 작가의 선택과 배제 그리고 주관이 개입할 수밖에 없다. 특히 소설에선 허구적인 요소가 더더욱 불가피하다. 지금부터 보통 작가들은 경험하기 어려운 특이한 경험을 위대한 문학으로 승화시킨 작가들에 관한 이야기를 해보려고 한다. 예를 들면 내가 아무리 상상력이 뛰어나다고 해도 실제 선원으로 지내본 경험이 없는 이상, 마치 눈으로 보듯 생동감 넘치는 묘사로 가득한 《모비 딕》 같은 소설은 결코 쓸 수 없을 것이다.

● 허먼 멜빌과 20세기의 허먼 멜빌을 꿈꾸었던 맬컴 라우리

《모비 딕》의 작가 허먼 멜빌Herman Melville, 1819~1891은 아버지가 파산 상태에서 일찍 죽는 바람에 어린 나이부터 온갖 허드렛일을 전전해야만 했다. 스무 살 땐 결국 상선의 선원이 되어 영국의 리버풀까지 항해했고, 이후엔 포경선 선원이 되었다가 군함의 수병이 되어 귀국하였다. 심지어 1846년엔 포경선에서 탈주해서는 남태평양의 마르키즈제도의 식인 마을에서 살아보기까지 했다! 이때 식인 부족과 지냈던 경험을 바탕으로 원주민 여인과 나눈 불륜의 사랑을 다룬 《타이피족》이란 소설을 썼는데, 이게 그의 첫 소설이다. 허먼 멜빌은 자신의 기구한 운명을 문학의 영감으로 길어 올려 위대한 해양문학의 금자탑을 쌓았는데, 《암흑의 핵심》을 쓴 영국 작가 조지프 콘래드Joseph Conrad, 1857~1924 또한 자신의 항해 경험을 토대로 걸작 소설들을 써냈다. 이들이 위대한 항해가였는지는 확인할 수 없지만, 실제 항해 경험이 없었다면 그들은 결코 그 위대한 걸작들을 쓸 수 없었을 것이다.

자신의 끔찍한 알코올중독을 문학으로 승화시킨 맬컴 라우리 Malcolm Lowry, 1909~1957 같은 작가도 있다. 맬컴 라우리는 특이하게도 젊은 시절 허먼 멜빌이 쓴 항해 소설에 크게 매혹당한 나머지 자신도 그런 소설을 쓰기 위해 직접 화물선 승무원이 되었고 그 경험을 바탕으로 《울트라 마린Ultramarine》이란 소설을 쓰기도 했다. 물론 문학적 환상과 실제 뱃사람으로 살아가는 것 사이엔 엄청난 간극이 있다는 걸 깨달았지만, 여하튼 영국의 부잣집 도련님이 오직 소설을 쓰겠다는 목적으로 그런 험난한 경험을 직접 해보겠다고 뛰어들었다는 사실은 가상해 보이기도 한다.

그러나 정작 그의 대표작은 얼치기 항해 경험에서 나온 게 아니었다. 그건 첫 번째 결혼을 파탄 내고 그를 죽음으로 몰고 간 알코올중독이 낳은 고통과 절망에서 태어났다. 그는 알코올중독에 빠져 스스로를 파괴해갔던 자전적 경험을 바탕으로 10년에 걸쳐 한 권의 소설을 써냈다. 바로 《화산 아래서》라는 제목의 소설이다. 멕시코를 무대로 단 12시간 동안에 펼쳐지는 20세기 가치들의 충돌과 몰락을 그린 이 놀라운 파국의 드라마는 오늘날엔 현대 모더니즘 문학의 걸작으로 환대받고 있다. 모던 라이브러리가 1998년에 발표한 '20세기 최고의 영문소설 100선' 중 11위로 선정될 정도로 높은 평가를 받고 있는 것이다. 1947년에 발표된 이 소설이 한국에선 2011년도에야 비로소 문학과지성사에서 발간되었다. 그러나 지독한 알코올중독자 맬컴 라우리 자신은 살아생전 큰 영예도 누려보지 못한 채 1957년, 48세의 나이로 요절하고 말았다. 술에 관한 이런 명언을 남긴 채.

"세상에서 빈 술병보다 더 끔찍한 것은 없다! 빈 잔을 제외하고는…."

맬컴 라우리와 달리 술을 거의 마시지 못하고 좋아하지도 않는 나는 알코올중독자의 삶을 그리긴 애초에 글렀다. 한 잔만 마셔도 얼굴이 벌겋게 달아오를 정도로 알코올 해독 능력이 없는 간을 갖고 태어난 탓이다. 더 나쁘게는, 젊은 시절 억지로 술을 퍼마신 탓에 위장에 구멍이 뚫려 죽을 뻔한 적도 있기에 술을 보면 살짝 겁부터 난다.

오늘날의 관점에서는 정말 식겁할 경험을 문학 작품으로 쓴 작가도 있다. 아편중독 이야기다. 19세기 영국 작가 토머스 드 퀸시Thomas de Quincey, 1785~1859는 옥스퍼드 대학에 다닐 때부터 아편을 흡입하기 시작했는데, 그를 괴롭히던 위장통의 고통에서 벗어나기 위한 것이었다. 무엇보다 아편의 무서운 해악을 잘 모르던 당대 영국에서 그것은 값싼 진통제로 팔리고 있었고, 큰 물의의 대상이 되는 것이 아니었다. 그는 몸의 고통을 잊기 위해 아편을 상용하기 시작했다. 그러나 결국 아편 중독으로 더 큰 고통을 겪다가 아주 힘겨운 노력 끝에 중독에서 벗어날 수 있었다.

이후 드 퀸시는 자기가 겪었던 경험을《어느 영국인 아편 중독자의 고백》이라는 책으로 써냈는데, 뛰어난 지성과 유려한 문장, 고통에 대한 깊은 사유 덕분에 일약 그의 대표작이 되었다. 나는 이 책도 오랫동안 무척 읽고 싶어 했는데, 다행히 2010년엔 시공사에서《어느 영국인 아편쟁이의 고백》이란 제목으로, 2011년도에는 펭귄클래식에서《어느 영국인 아편 중독자의 고백》이란 제목으로 번역 출판되었다.

이처럼 보통 사람들이 경험하기 힘든 독특하고 특별한 체험을 바탕으로 자전적인 작품을 쓴 작가들의 목록을 이야기하자면 아마 따로 책 한 권을 써야 할 것이다! 여기선 널리 알려진 작품들과 작가들 이야기만 조금 더 해보자.

조지 오웰George Orwell, 1903~1950은 작가로 데뷔하기 전, 파리와 런던에서 혹독한 시절을 보낸 적이 있다. 그는 스물다섯 살이던 1928년부터 1932년까지 5년여 동안 노숙자와 부랑인, 접시닦이 등 말 그대로 사회의 밑바닥 생활을 전전했던 것이다. 그는 작가의 꿈을 키우고 있었고 글로 먹고살고 싶었지만, 아직 책을 쓰지도 못했고 당장 생계 문제를 해결해야 할 상황이었다. 생활 문제를 해결하기 위해 그가 얻은 직업이 바로 호텔에 취직해 하루에 열세 시간씩 접시를 닦는 일. 그러나 결국 병만 얻고 런던으로 돌아왔고, 영국으로 돌아와서는 집 없는 부랑자 생활까지 겪어야만 했다. 소설가가 되지 않았다면, 조지 오웰은 작가가 아닌 평생 부랑자 인생을 살 뻔했던 것이다.

다행히 그는 이 경험을 예술의 재료로 활용했다. '르포르타주' 형식의 소설을 쓰기 시작한 것이다. 1933년에 발표한 첫 데뷔작이자 출세작인《파리와 런던의 밑바닥 생활》이다. 이 경험 때문인지 조지 오웰은 르포르타주 형식의 소설에 큰 매력을 느꼈다. 이후에도 그는 탄광 노동자 계급의 실상을 생생하게 폭로한《위건 부두로 가는 길》과 스페인 내전 참가기인《카탈로니아 찬가》를 써내기도 했던 것이다.

이런 작품들의 목록에 소설《길 위에서》가 빠지면 잭 케루악Jack Kerouac, 1922~1969이 몹시 섭섭해할 것 같다.《길 위에서》는 청춘의 들 끓는 열정에 이끌려 작가 윌리엄 버로스, 닐 캐시디, 앨런 긴즈버그 등과 함께 미국 서부와 멕시코를 도보로 여행한 체험을 바탕으로 1957년에 발표한 소설이다. 이 소설은 잭 케루악을 일약 '비트 세대' 의 선두작가로 만들었고, 나아가 60년대 미국 히피 운동의 불을 댕긴 도화선이 되었는데, 그 독특한 창작 방식과 형식 때문에도 큰 화젯거리가 되었다. 타자지를 길게 이어 붙인 36미터나 되는 길이의 종이에 여백도, 단락 나눔도 없이 미친 듯이 써 내려감으로써 초원을 거침없이 내달리는 젊은 야생마 같은 격렬함과 낭만적 자유의 이상을 형식에까지 표방한 셈이었다. 그런데 이 유명한 미국 문학의 스타성 넘치는 작품이 한국에선 2009년이 되어서야 정식 완역본이 나왔으니 참으로 통탄할 만한 일이다.

미국에선 잭 케루악처럼, 삶과 문학이 일치한 작가들이 제법 있다. 잭 케루악보다 조금 더 선배이자 잭 케루악과 함께 미국 비트 문학의 대가로 추앙받는 윌리엄 버로스William S. Burroughs, 1914~1997부터 이미 그렇다. 그는 명문 하버드 대학을 졸업했지만, 사립 탐정, 해충구제업자, 바텐더, 신문기자 등 다양한 직업을 전전하기도 했고 무엇보다 심각한 마약 복용자이기도 했다. 그는 자신의 마약 복용 경험을 토대로 첫 번째 소설《정키》를 썼고, 또 역시 그 연장선에 있는《네이키드 런치》라는 걸출한 작품을 써내기도 했던 것이다. 어디 이뿐인가? 파리에서 겪었던 시궁창 같은 삶을《북회귀선》이란 독창적인 에로(?) 소설로 승화시켜 유명해진 헨리 밀러, 헨리 밀러 이상으로 술과 섹스, 방탕한 삶으로 유명한 찰스 부코스키 같은 작가들이 모두 그런 부류에 속하는 작가들이 아닌가?

● **좀도둑에서 독자의 마음을 훔친 대도가 된 장 주네**

이야기를 하다 보니 지금까지 전부 영미 작가들만 거론한 것 같다. 유럽 쪽이라고 문학과 삶을 거의 완벽하게 일치시킨 작가들이 없는 것은 아니다. 20세기 문학의 최대 걸작에 속하는《잃어버린 시간을 찾아서》라는 대작을 쓴 마르셀 프루스트부터 예외가 아니다. 유럽 상류층 사교계를 다룬 그 소설에 등장하는 많은 귀부인들, 그리고 사교계에서 벌어진 사건들은 모두 프루스트 자신과 관련된 것이다.

마르셀 프루스트는 평생 제대로 된 사회적인 직업을 가져본 적이 없는, 한국식으로 표현하면 '백수 한량'이나 마찬가지였다. 부자 의사 아버지를 둔 덕도 있었지만, 사실은 병약한 몸을 가졌던 탓에 험난한 사회생활을 견디기 힘들었을 것이다. 덕분에 그는 상류층의 귀부인 살롱들을 드나들며—이 세계도 보통 사람들이 경험하기 힘들지만—자기 작품의 자양분을 든든하게 길러낼 수 있었다.

마르셀 프루스트와 정반대의 운명을 타고난 작가도 있었다. 사생아로 태어나 생후 7개월 만에 유기되어 빈민 구제국에 위탁되었다가 양자로 입양된, 한마디로 슬프고 기구한 운명을 타고난 사람. 절도, 무임승차, 부랑자, 탈영병, 거지, 남창, 도둑 등을 직업으로 가졌던 사람. 바로 장 주네Jean Genet, 1910~1986다. 그러니까 장 주네는 유럽 일대를 무대로 활동한 상습 범죄자였다!

장 주네가 글쓰기를 시작한 곳도 바로 교도소 감방에서부터였다. 그는 프랑스 프렌 교도소에 수감되어 있던 1942년에 시 〈사형을 언도받은 자〉를 발표하면서 본격적인 작품 활동을 시작했다. 첫 소설《꽃의 노트르담》은 프랑스의 저명한 시인 장 콕토의 찬사를 받았고, 이후 장 폴 사르트르, 시몬 드 보부아르, 알베르토 자코메티 등 프랑스 예술계의 전폭적인 지지 속에서 문학 활동을 계속했다. 자신이 살아온 삶을 소재로 쓴《도둑 일기》에는 그가 실제 겪고 경험했던 암흑세계와 범죄자들의 세계가 자세히 소개되어 있다. 그는 그 소설로 현실의 부조리와 거짓, 사회악 같은 치부들을 날카롭게 해부했고, 또 냉소와 조롱, 준엄한 고발로 유럽 사회에 충격을 주었다..

장 주네는 처음에는 좀도둑에 불과했지만, 작가가 된 후 수많은 독자의 마음을 훔친 더 크고 위대한 도둑이 되었다. 교묘하게도, 아이러니를 즐기는 운명의 신은 장 주네에게 비천한 출생과 밑바닥 생활과 함께 위대한 문학적 재능을 함께 짜 넣어주었던 것이다. (보르헤스에게는 그를 장님으로 만든 후에 국립도서관장 직에 앉도록 했다.)

그리고 프랑스에는 아니 에르노Annie Ernaux, 1940~가 있다.《단순한 열정》을 쓴 프랑스 소설가 아니 에르노는 다큐멘터리적인 소설을 이야기할 때 절대 빼놓을 수 없는 작가이다. 그녀야말로 다큐 소설의 전범이라고도 할 수 있는데, 유부남 외교관과의 사랑, 아버지와 어머니의 사랑과 죽음 등 온전히 자신의 실제 삶을 소설이라는 형식 속에 기록한 것이다. 아니 에르노의 소설들이 가장 다큐 소설에 가깝긴 하지만, 그녀가 경험한 사건들은 많은 현대인이 일상생활 속에서 겪는 사건들과 다르지 않다. 이런 점에서 위에서 거론한 특별한 직업이나 경험을 소설화한 작가들과는 결이 다르다. 사실 아니 에르노의 다큐 소설은 마약, 아편, 알코올중독, 참혹한 전쟁이나 범죄 생활 같은 혹독한 경험들에 비하면 애교스럽다고까지 말할 수 있을 정도다.

내가 여기서 말하고 싶은 것은 아주 특별한, 자의든 타의든 간에 보통 사람들로서는 경험하기 힘든 체험을 겪고 그것을 글쓰기로 기록한 작가들에 관한 이야기다. 이를테면 도스토옙스키는 잘 알려진 바와 같이 사형수였다. 청년 시절 차르에 대해 날을 세우다가 정치범으로 체포되어 사형선고를 받았던 것이다. 그는 참혹하기 이를 데 없는 시베리아 유형 생활에서 살아남은 후에 그 경험을 보고한《죽음의 집의 기록》이란 소설을 썼다. 그 소설엔 도스토옙스키가 겪었던 죽음과도 같은 시베리아 유형 생활이 너무나 생생하고 실감 나게 그려져 있다. 러시아에서는 그 나라의 역사적 경험 탓인지 일종의 '수용소 문학' 장르에 속하는 유명한 작품이 여럿 있다. 솔제니친의《이반 데니소비치의 하루》만 하더라도 시베리아 노동 수용소의 경험을 적나라하게 폭로한 작품이 아니던가?

● 바를람 샬라모프, 20세기의 도스토옙스키

2차 세계대전 당시 유대인들이 아우슈비츠를 비롯한 수용소에서 겪은 참상을 기록한 책들도 외면할 수 없을 것이다. 아우슈비츠 수형 생활을 고발하고 기록한 프리모 레비의《이것이 인간인가》를 필두로 안네 프랑크의《안네의 일기》, 빅토르 프랑클의《밤과 안개》, 엘리 위젤의《나이트》등 나치즘의 잔혹성을 고발하는 작품들은 우리에게 널리 알려져 있다. 위대한 시인 파울 첼란은 가스실 처형 직전까지 갔다가 가까스로 살아남긴 했지만, 결국 그 고통의 기억을 완전히 떨쳐버리지 못한 채 자살로 생을 마감했다.

하지만 수용소 문학의 최고 정점, 그리고 그 끔찍하고 참혹한 경험의 끝판왕은 따로 있다. 바로 《콜리마 이야기》를 쓴 바를람 샬라모프Varlam Tikhonovich Shalamov, 1907~1982다. 오늘날 이 작가는 러시아에서 20세기의 도스토옙스키라고 불릴 정도로 높은 평가를 받고 있다. 이런 높은 위상을 가진 문학 작품이지만, 놀랍게도 한국에서는 지난 2015년에야 처음으로 완역되어 소개되었다. 다른 많은 작품들처럼, 이 작품도 한국에는 너무 늦게야 도착한 셈이다.

콜리마는 혹한이 지배하는 북동 시베리아 지역, 정확하게는 북극권에 가까운 극동 지역에 있던 구소련의 강제노동 수용소 이름이다. 그곳은 1년 중 9개월이 혹한의 겨울이다. 한겨울엔 기온이 영하 60~70도까지 떨어진다! 스탈린 시대 소련 곳곳에 있던 강제 노동 수용소 가운데 최악이라고 할 장소다. 매년 수감자의 3분의 1 또는 그 이상이 숨져 적게 잡아도 총 300만 명가량이 목숨을 잃은 것으로 알려진 끔찍한 수용소다.

샬라모프가 처음으로 체포된 건 1929년, 스물두 살의 젊은 모스크바 법대생 시절이다. 그때 솔로모프 수용소라는 곳에서 3년간 강제 중노동을 하는 형을 선고받았다. 체포된 이유는 그가 '레닌의 유언을 수행하자!'라는 슬로건을 내걸고 10월 혁명 10주년에 맞추어 데모를 했고, 〈레닌의 유언〉을 인쇄하여 배포하려 한 때문이었다. 아이러니하게도 혁명을 제대로 실천하자고 한 사람을 혁명정권이 체포한 것이었다.

1937년, 이번엔 트로츠키파로 몰려 다시 체포되어 그 지독한 콜리마 수용소에 갇히게 된다. 거기서 그는 무려 17년이란 세월 동안 고초를 겪었다. 그곳 생활이 얼마나 비인간적이고 처참한지, 샬라모프는 그곳을 "화덕이 없는 아우슈비츠"라고 표현했을 정도다. 그는 그 책에서 "죽고자 하는 의지를 잃지 않으려면 서둘러야 할 때가 있다"라고 썼다. 죽고 싶어도 죽을힘조차 없는 상태에 처하게 되는 인간 상태란 도대체 어떤 것일까? 그는 또 "거기에는 우리가 알아서는 안 되고, 보아서도 안 되며, 보았다면 죽는 것이 나은, 그런 일이 아주 많다"고 쓰고 있다. 사실 샬라모프가 콜리마에서 살아남은 것이 기적이나 마찬가지였다.

샬라모프는 오랜 기간 겪은 육체적 고통의 후유증 때문인지 말년에는 시력과 청력을 잃고 운동조정 능력 상실을 동반하는 발작, 뇌졸중 등 동시다발적인 질병의 고통을 겪은 끝에 1982년, 정신병 환자 요양소에서 사망하고 말았다.

맬컴 라우리는 허먼 멜빌의 항해 소설을 동경하여 직접 배를 타는 선원 생활을 하고 그 경험을 소설로 썼다. 그러나 그런 맬컴 라우리조차 샬라모프가 겪은 최악의 고통만큼은 무슨 수를 써서라도, 위대한 걸작 문학을 못 쓰는 한이 있더라도 결코 겪고 싶지 않을 것이다. 프리모 레비나 파울 첼란, 솔제니친, 도스토옙스키가 겪었던 종류의 고통도 결코 겪고 싶지 않을 것이다. 나 역시 두말하면 잔소리다. 작가들이란, 작품에 대한 헌신을 위해서라면 무슨 일이든 겪고 감내할 자세가 되어 있는 사람이라고는 하지만 거기에도 인간적 한계는 있는 법이다. 작품을 위해 '취재' 차원에서 이런저런 경험을 할 수는 있지만, 기자처럼 취재하는 것과 실제 온몸으로 고통을 겪어내는 것 사이엔 비교하기 어려운 커다란 차이가 있을 터이다.

물론 샬라모프나 프리모 레비가 겪었던 것과 같은 극한의 참혹함을 겪어야만 걸작이 탄생하는 것은 아니다. 프루스트나 헨리 밀러, 아니 에르노, 찰스 부코스키, 잭 케루악이 겪었던 것과 같은 체험들은 죽음과도 같은 고통의 체험이라기보다는 스스로 걸어 들어갔던 한 생의 길에서 경험한, 쾌락과 고통이 뒤섞인 것이었다. 그들은 바로 거기서 자신의 탁월한 예술을 빚어낸 것이었다. 나 또한 살아오면서 이런저런 고통과 쾌락의 경험들을 겪었지만, 그들처럼 걸작을 써내지 못했다면 그건 순전히 나의 무능력 탓일 뿐이다.

남들이 쉽게 경험할 수 없는 경험을 갖는다는 건 작가 입장에서 아주 특별한 소재를 얻고, 또 그런 경험을 통해 생에 대한 깊은 인식을 얻게 된다는 점에선 행운이랄 수 있다. 또 독자 입장에서도 미처 생각하지 못한 삶과 세계의 이면을 간접 체험하게 된다는 점에서 특별한 한 것이 사실이다. 사실 나는 작가의 관점에서 은근히 부러워하는 마음으로 이 글을 시작했지만 막상 작가와 작품들을 떠올리며 글을 써 내려가다 보니 생각이 다른 곳으로 향한다.

세상엔 여전히 너무 많은 고통과 절망, 슬픔이 있다는 것. 인간의 고뇌와 고통, 상처와 불행은 끝날 줄을 모른다는 것. 쇼펜하우어 말처럼 이 지구가 금이 가서 부서져 가루가 되는 그 순간까지 인간의 고통은 끝나지 않을지도 모른다는 것. 이런 쓸쓸한 생각이 내 마음에 짙은 그림자를 드리운다. 인류가 일구어온 많은 문학이 '고통과 슬픔의 박물지' 같다는 생각도 든다.

호메로스는 《오디세우스》에서 신들이 인간 세상에 끊임없이 고통과 불행을 내려보내는 까닭은 인간들의 이야깃거리가 떨어지지 않도록 하기 위해서라고 썼다. 고대의 호메로스가 보기에 《일리아스》에 실린 그 길고 고통스러운 전쟁도 올림포스의 불멸하는 신들에겐 그저 재미있는 볼거리, 이야깃거리에 불과했다. 호메로스의 생각은 인간이 겪는 고통은 인간이 세상에 존재하는 한 절대 사라지지 않을 것이라는 비관적인 생각의 역설적 표현일 수도 있다. 그나마 다행한 것은 인류 역사는 고통과 슬픔의 박물지일지 몰라도 우리 개개인들이 살아가는 일상의 삶 속에는 고통 못지않게 소소한 기쁨과 웃음의 순간들도 많다는 사실이다. 더불어 우리에게 위안과 웃음, 그리고 아름다움을 느끼게 해주는 책들도.

그런데 이 꼭지를 마치며 한마디 덧붙이자면, 내게 잭 케루악이나 헨리 밀러, 찰스 부코스키가 될 용기나 자질이 없는 것은 심히 유감이다. 이번 생엔 글렀다.

한 권의 책에서 만나는
세렌디피티의 기쁨

세렌디피티serendipity는 일반적으로 예기치 않은 우
연으로부터 중대한 발견이나 발명이 이루어지는 것을 가리킨다. 특
히 과학계에는 이런 '우연한 횡재' 이야기가 무수히 많다. 대표적
으로는 플레밍의 페니실린 발견을 들 수 있다. 플레밍이 배양 실험
을 하는 도중에 순전히 '실수'로 잡균인 푸른곰팡이를 혼합한 것이
20세기 약학계의 큰 성과 가운데 하나인 페니실린의 발견으로 이어
졌다. 비아그라는 심장병약을 연구하다 우연히 발견되었고, 전자레
인지도 어떤 레이더 시제품이 우연히 근처에 있던 초콜릿 바를 녹여
버린 것에서 발견한 것이다. 또 껌은 치클을 채취하는 나무에서 얻는
고무를 대용할 물질을 만들다가 발명했고, 우스터소스, 포스트잇 같
은 우리에게 익숙한 제품들도 모두 그런 우연한 행운의 결과로 탄생
한 것이다.

네 번째 책상 서랍 속의 타자기와 회전목마에 관하여

그런데 이 세렌디피티가 그저 '하늘에서 뚝 떨어지는 순수한 우연'을 말하는 것이 아니다. 세렌디피티의 법칙이 특별한 것은 바로 이런 이유 때문이다. 세렌디피티에는 최소한 두 가지의 인간적인 조건이 필요하다. 첫 번째는 '시행착오'를 두려워하지 않는 끝없는 노력과 도전이며, 두 번째는 그 행운이 의미하는 창조적인 가능성을 깨닫고 발견할 수 있는 상상력이다. 다시 말해, 세렌디피티란 우연히 지나던 길에 감나무에서 감이 툭 떨어지는 사건이 아니라, 어떤 목표를 향해 꾸준히 도전하고 노력하는 과정에서 애초 목표와는 전혀 다른, 새로운 발견이나 발명이 이루어지는 것을 말한다. 《창조적 사고의 기술》을 쓴 존 어데어가 강조하는 것도 바로 그것이다.

에디슨이 등사판의 아이디어를 우연히 떠올렸을 때, 그는 다른 것을 발명하려고 애쓰던 중이었다. 하지만 그는 그 아이디어가 중요한 발견임을 깨달을 만큼 좋은 감각이 있었고 곧바로 그 용도를 찾아냈다. 세렌디피티는 생각의 폭이 좁은 사람, 즉 하나의 목표 외에 다른 것은 배제하고 마음을 하나에만 집중하는 사람에게는 잘 일어나지 않는다. 그러므로 지금 당장은 전혀 상관이 없고 소용이 없는 것처럼 보이는 것까지도 관심의 영역을 넓히고 그 속에서 중요한 무언가를 눈여겨볼 자세가 되어 있다면 우연한 발견의 행운, 세렌디피티를 얻을 수 있을 것이다.

우리의 일상생활도 주의 깊게 살펴보면 이런 우연한 행운이 제법 자주 나타나는 것이 사실이다. 다만 우리가 그것이 세렌디피티라는 사실을 인식하지 못할 뿐. 인생이 진정으로 흥미로운 것은 바로 이처럼 우연과 행운이 겹치는 순간의 가능성이 누구에게나 열려 있기 때문이다.

● **한 권의 책은 당신의 인생을
바꾸어 놓을 수도 있다**

인간의 삶은 근본적으로 예측 불가능하고 불확실하다. 각자의 인생길에 어떤 행운과 불행이 예비되어 있는지 우리는 결코 알지 못한다. 공연한 격정과 흥분에 휩싸인 채 고민만 많던 젊은 시절, 나는 도대체 이 빌어먹을 삶이란 게 살 만한 가치가 있는지 어떤지 하는 문제로 자주 밤을 뒤척이곤 했다. 하지만 세월이 흐르고 삶의 복잡미묘한 과정들과 행불행들, 상승과 추락을 두루 경험하면서 내린 결론은 추상적이고 보편적인 관점에서 그런 문제에 대한 결론을 내리는 건 불가능하다는 것이었다.

우리가 '인간'이라고 부르는 존재는 추상물일 뿐, 실제로 존재하는 건 오직 구체적인 개체들뿐이다. 또한 삶은 논리 문제도, 수학 문제도 아니다. 삶을 가치 평가하는 것은 결국 '자기 자신'이다. 스무살, 서른 살, 마흔 살 등 인생 경험이 많아지고 깊어질수록 삶에 대한 가치평가는 계속 바뀌게 마련이다. 삶에 대한 최종적인 평가는 결국 최후의 순간에 가서야 판단할 수 있는 문제다. 산악자전거를 한 번도 타본 적 없는 사람이 남의 경험을 듣기만 하고서 그것에 대해 왈가

왈부하는 것이 가소로운 일이듯이, 삶도 마찬가지다. 충분한 인생 경험도 없이 이런저런 이론이나 자기만의 생각으로 삶을 평가한다면, 그것은 유치원 꼬마가 심각한 표정으로 인생을 논하는 것만큼이나 우스운 일이 아니겠는가?

나는 이제 제법 긴 세월을 살아왔지만, 삶은 예전보다 오히려 더 신비롭고 미스터리하게 느껴진다. 그 가운데 나를 가장 당혹스럽게 만들면서도 흥미를 불러일으키는 것이 바로 '우연'의 기이한 법칙이다. 만일 인생이 필연의 법칙에 따라 정해진 바대로 움직인다면 신비로운 것도, 놀라울 것도 전혀 없을 것이다. 반면에 예측 불가능한 우연이 빚어내는 마법 같은 사건들이 언제 어디서 출몰할지 모르기 때문에 삶은 늘 신비롭고 미스터리하게 느껴진다. 돌연하고 '낯선 새로움의 충격'이 인생을 둘러싸고 있는 것이나. 그것은 불운일 수도 있고 놀라운 행운일 수도 있다. 이 신비한 우연의 미스터리를 모두 경험하고 알고 싶은 호기심이 나를 삶의 세계로 유혹한다. 인생이라는 무대 위에서 우리는 모두 무언가를 열심히 연기하는 배우이지만, 동시에 결말을 전혀 알 수 없는 한 편의 흥미진진한 영화를 설렘과 호기심에 가득 찬 눈으로 보고 있는 관객이기도 하다.

그런데 이런 세렌디피티의 법칙은 놀랍게도 독서 경험에서도 출현한다. 내가 지금 여기서 하고 싶은 이야기도 바로 독서의 세렌디피티가 가져다주는 황홀한 매력과 그 기쁨에 관한 것이다.

내가 서점, 특히 헌책방을 뻔질나게 드나드는 가장 큰 이유 중의 하나는, 헌책방에서 이런 멋진 우연한 행운과 기쁨을 만날 가능성이 크다는 걸 알기 때문이다. 아마 독서가 취미인 이들이라면, 헌책방에서 만나는 이런 기쁨의 맛을 잘 알리라.

언젠가 나는 근대 역사학자인 김성칠 선생의 《역사 앞에서》라는 책을 감명 깊게 읽은 적이 있다. 몇 년 전 사흘이 멀다 하고 뻔질나게 헌책방을 드나들던 때, 자주 드나들던 헌책방에서 서가 사이를 헤집다가 특별하게 눈에 띄는 책이 없어 실망감에 젖어 들던 순간이었다. 문득 계산대 위에 한 묶음의 낡은 책들이 놓여 있는 걸 발견했다. 아무 생각 없이 그 책들을 살펴보는데 갑자기 시야가 환하게 밝아졌다. 싯누렇게 바랜 낡디낡은 표지 위에 세로로 쓰인 제목, 《고쳐 쓴 조선역사》를 발견한 것이다! "김성칠 지음"이라는 저자 이름을 발견한 순간, 나는 나도 모르게 마른 침을 꿀꺽 삼켰다.

심장이 두근거렸다. 조심스럽게 책 뒤표지를 살펴보니 역시, 1948년 9월에 나온 초판본이었다! 김성칠 선생의 《고쳐 쓴 조선역사》는 이미 1994년에 창작과비평사, 앞선책이라는 출판사에서 다시 나오긴 했지만, 그런 책들과 1948년에 나온 초판본의 가치가 어찌 같을 수가 있을까! 마음은 잔뜩 흥분해 있었지만 나는 짐짓 그저 그런 낡은 한 권의 헌책을 발견한 것인 양했다. 그 책에 다른 평범한 몇 권의 책을 더 얹어 계산대 위에 올려놓자, 그 책의 서지학적 가치를 모르는 그저 마음씨 좋은 주인아저씨는 그 책을 단돈 1만 원도 안 되는 값으로 계산해주시는 것이었다. (미안한 마음에 이후 나는 더 자주 그 헌책방에 들르지 않을 수 없었다.)

그날 내가 김성칠 선생이 쓴 희귀본을 만난 것은 완벽하게 세렌디피티의 법칙에 부합하는 행운이었다. 만일 내가 자주 헌책방에 드나들며 촉각을 곤두세우지 않았더라면, 또 김성칠 선생의 이름조차 몰랐더라면, 나는 그 책을 결코 내 서재로 옮겨올 수 없었을 것이다.

헌책방에서 이런 행복한 횡재를 만난 일은 너무 많다. 내가 헌책방 나들이를 즐겨하지 않았더라면 아직까지도 새로 번역되어 나오지 않고 있는《밤의 끝으로의 여행》을 쓴 작가로 유명한 페르니낭 셀린느의 또 다른 걸작《외상죽음》이라든가, 프랑스 누보로망 작가인 미셸 뷔토르의 걸작《시간의 사용》이라든가, 폴 발레리의《스탱의 황홀》같은 작품들을 낡은 세계문학 전집들 속에서 발견할 수 없었을 것이다. 헌책방에서 이런 행운을 만나는 순간엔 이 세상의 그 어떤 기쁨과도 비교할 수 없을 정도로 황홀한 희열을 맛볼 수 있다. 그것도 고작 단돈 몇천 원으로!

물론 꼭 헌책방일 필요는 없다. 새 책을 파는 서점에서도 이런 세렌디피티의 행운은 언제든 당신을 기다리고 있다. 그도 아니라면, 인터넷에서 우연히 필요한 자료를 검색하다가 불현듯 한 권의 책 제목이 떠오르고, 그 책 제목에 이끌려 그 책에 대한 리뷰를 읽고 난 후 구입해서 읽었을 때, 그 한 권의 책이 당신의 이후 인생에 커다란 대전환을 가져올 수도 있는 것이다.

우리 인생에서 정작 가장 중요한 것들은 선천적인 능력이나 노력보다는 우리가 결코 예측할 수 없는 우연으로 결정된다. 이것이 삶의 신비함이요, 그래서 이 삶이란 것이 어떤 면에서는 제법 공평한 까닭이기도 하다. 만일 인생의 행복이나 성공이라는 것이 선천적으로 주어진 능력과 환경순으로만 결정된다면, 세상일이란 게 얼마나 빤하고 시시할 것인가.

인생에서 우리가 진정으로 두려워해야 할 것은 시행착오나 실패가 아니다. 시작하지 못하는 게으름과 용기 부족일 뿐이다. 월척의 꿈만 꾼다고 해서 월척을 낚을 수 있는 것은 아니다. 끊임없는 낚시질과 텅 빈 손으로 돌아오는 무수한 날들 가운데 어느 날 문득 월척의 세렌디피티가 찾아오는 것이다. 그러니 일단은 시작하고 저지르고 볼 일이다. 시작하지 않는 자는 행운의 여신조차도 그를 외면하리니.

밑줄을 그을 것인가,
포스트잇을 붙일 것인가?

　　세상에는 두 종류의 사람들이 있다. 책을 읽을 때 밑줄을 그어가며 읽는 사람과 절대로 밑줄을 긋지 않는 사람. 나는 밑줄을 긋는 인간에 속한다. 밑줄만 긋는 것이 아니라 책의 여백 여기저기에 남들은 알아보지도 못할 글씨로 온갖 문장들을 휘갈겨 놓기도 한다. 또 밑줄을 그을 때도 행여 책이 다칠세라 연필로 살살 조심스럽게 긋는 것이 아니라, 어떤 땐 무슨 전쟁이라도 치르듯 아예 온갖 색깔의 펜들을 창과 칼 삼아 무장을 하고서 책에 덤벼들기도 하고, 심지어는 책 여기저기를 접어버리는 폭력도 불사한다. 당하는 책의 입장에서는 나는 아주 못된 독자인 셈이다.

　　그럼에도 밑줄을 긋거나 책의 여백에 주석을 다는 행위에 관해선 17세기 프랑스의 수학자 페르마를 떠올리며 나 자신을 정당화하곤 한다. 오늘날 페르마의 정리로 알려진 공리는, 실은 페르마가 자신이 읽은 책 여백에 남겨 놓은 몇 문장의 정리에서 기인한 것이기 때문이다. 페르마가 책의 여백에 끄적인 그 정리를 증명하는 문제는 지난 350여 년 동안 세계 수학계의 골치 아픈 문제로 남아 있었고, 1990년대에 들어와서야 마침내 앤드루 와일즈가 그 숙제를 풀었던 것이다. (물론 평범한 나 자신과 위대한 페르마를 비교할 생각은 추호도 없다.)

또 몽테뉴는 죽는 순간까지 자신의 책 여백에다 계속 내용을 추가한 것으로도 유명하다. 그러니 자기 돈 주고 산 책에다 밑줄을 긋건 말건 그건 취향 문제일 뿐이다. 하지만 부끄럽게도, 이 자리에서 양심 고백을 하자면, 나는 그동안 공공 도서관에서 빌려온 책을 읽을 때조차도 자주 밑줄을 긋고 있었다. 도서관에서 빌린 책에 밑줄을 긋는 행위는 공공의 재산에 함부로 훼손을 가하는 범죄 행위가 아닌가? 그걸 알면서도 나는 마치 알코올중독자가 술병 앞에서 무너지듯 밑줄 긋기의 유혹에 굴복하고 말았던 것이다.

내 경우를 말하자면 도서관에서 빌린 책에서 밑줄을 발견해도 별로 개의치 않는 편이다. 오히려 반갑기까지 하다. 누군지 모르는 낯선 타인과 어떤 은밀한 공모를 하고 있는 듯한 그런 기분이랄까. 한마디로 공범의식 같은 감정마저 생기는 것이다. 하지만 이건 어디까지나 핑계일 뿐이다. 도서관에서 빌린 책에는 절.대. 함부로 밑줄을 그으면 안 된다.

그런데 바로 그런 밑줄 긋기를 소재로 삼은 기발한 소설도 있다. 바로 카롤린 봉그랑이란 작가가 쓴 《밑줄 긋는 남자》라는 소설이다. 스물다섯 살의 귀여운 여주인공 콩스탕스는 동네 도서관에서 우연히 밑줄이 그어진 책을 빌린다. 밑줄이 그어진 문장은 마치 그녀 자신에게 말을 건네는 것 같은 기분이 드는데, 책의 마지막 페이지엔 다른 책을 추천해 놓기까지 해 놓았다. 콩스탕스는 책 속에 밑줄 그어진 부분들을 단서로 책을 계속 빌려 읽으면서 점차 얼굴도 모르는 낯선 남자에게 묘한 연애감정까지 느끼게 되고, 밑줄 긋는 남자를 본격적으로 추적하기 시작한다. 그녀는 그 남자의 영혼을 느끼기 위해 마치 그 남자와 사랑을 나누듯 벌거벗은 알몸으로 책을 읽기도 한다. 책 읽기란 이토록이나 관능적일 수도 있다!

하지만 만일 도서관 직원이 누군가가 밑줄 긋는 행위로 작업질을 한다는 걸 안다고 하면 십중팔구 경악하며 분통을 터뜨릴 것이다. 여하튼, 나는 그 소설 탓인지 도서관에서 누군가 밑줄을 그어 놓은 책을 만나면 혼자서 온갖 상상을 하기도 한다. 아주 오래전 일이지만, 빌린 책 중간에 청순하게 생긴 한 아가씨의 사진이 끼워져 있었다 (갑자기 그때 왜 그 사진의 주인을 추적하지 않았는지 조금 후회가 되는데, 불행히도 지금은 그 책의 제목조차 떠오르지 않는다.)

생각해보면 도서관에 있는 책들에 밑줄을 긋는 외에도 더 짓궂은 장난을 치는 사람들도 있다. 쓸모없는 그림 낙서를 해 놓거나 추리소설을 빌려 열심히 읽으며 마침내 절정을 향해 달리고 있는 장면에서 "범인은 ○○○야!" 하고 적어 놓아 완전히 산통을 깨버리는 죽이고 싶도록 사악한 독자도 있다. 최악은 물론 아예 몇몇 페이지를 찢어 훔쳐버리는 독자들이다.(신이시여, 이런 자들에게 가차 없이 날벼락을 내려주소서!)

나는 이제는 더 이상 도서관에서 빌린 책에 밑줄을 긋는 그런 폭력을 거의(?) 휘두르지 않는다. 언젠가 친구에게 도서관에서 빌린 책에 밑줄을 긋는 모습을 들켜 호되게 혼이 난 후로 정신이 번쩍 들었던 까닭이다. 그럼에도 요즘도 나는 도서관에서 빌려온 책에다 밑줄을 긋고 싶어 펜을 쥔 손을 부들부들 떨면서 안절부절못할 때가 많다.

사실 책에다 밑줄을 긋는 습관은 고질병과 비슷하여 생각보다 고치기가 힘들다. '참아야지, 참아야 하느니라!' 하고 스스로에게 다짐하지만, 끝내 밑줄을 긋고 싶은 욕망에 굴복하고 말 때도 있다. 도대체 나는 왜 이토록 집요하게 책에 밑줄을 긋고 싶어 할까? 밑줄을 긋는 습관이 언제부터 시작되었는지는 전혀 기억나지 않는다. 중고등학교 때 교과서나 참고서에 빨간 볼펜, 파란 볼펜으로 밑줄을 긋기 시작한 게 기원일 듯싶다.(중고등학교 때 교과서나 참고서 외에 다른 책은 거의 읽은 적이 없으니 다른 기원이 있을 리가 없다!)

내 마음속을 가만히 들여다보면, 마음에 드는 문장이나 문단에 밑줄을 치거나 괄호를 쳐서 그 문단을 가두지 않으면 그것이 내 두뇌에 야무지게 입력되지 않고 공기 중으로 휘리릭 날아가 사라져버릴지도 모른다는 이상한 두려움 같은 것이 있다. 그런 기억의 휘발에 대한 두려움 때문에 나는 마치 노련한 사냥꾼처럼 밑줄 긋기를 통해서라도 문장을 '포획'하려 하는 것이다. 밑줄 긋기가 분명 책의 아름다움을 여지없이 파괴하는 잔혹 행위인데도, 망각에 대한 두려움이 미에 대한 배려심을 능가해버리는 것이다. 그러나 과연 밑줄을 긋는 행위가 눈으로만 읽고 밑줄을 긋지 않을 때보다 내용이나 문장을 더잘 기억하도록 도와줄까? 나 혼자만의 착각이 아닐까?

자료를 찾아보니 공부나 학습에 관한 한, 밑줄 긋기가 매우 유용하다는 게 학습심리학계에선 널리 알려진 사실인 모양이다. 손에 펜을 쥐고 밑줄을 그으며 읽으면 뇌가 그 정보를 더 오래 기억한다는 것이다. 게다가 밑줄을 그어 놓으면 나중에 글을 쓰거나 할 때 쉽게 찾을 수 있다는 장점도 있다. 그렇지만 학습이나 지식을 얻기 위해 읽는 책이 아닌 소설이나 에세이 같은 책을 읽으면서도 밑줄을 좍좍 긋는 습관은 아무래도 권장할 만한 습관은 아닌 것 같다. 굳이 기억해두고 싶은 장면이 있으면 차라리 작은 포스트잇을 붙여놓는 게 낫다. 밑줄이 그어진 책은 헌책방에 내다 팔 때도 불리한 법이니.

무엇보다 한 권의 책은 단순히 지식과 정보를 담고 있는 것이 아니라 그 자체가 하나의 아름다운 미학적인 사물이기도 하다. 참고서나 교재에 밑줄을 긋는 것과 아름다운 금박 하드커버 장정으로 나온, 그것도 한국에서 처음으로 번역되어 출판된 페트로니우스의 소설 《사티리콘》이나 역시 한국에서 처음으로 완역되어 나온 루크레티우스의 《사물의 본성에 관하여》나, 또 2013년에 드디어 최초로 번역되어 나온 세계 SF 문학의 고전 빌리에 드 릴아당의 소설 《미래의 이브》 같은 책에 밑줄을 긋는 행위는 차원이 다른 문제가 아닐까? 이런 책들은 평생 곁에 두고 읽고 또 읽어야 하는 고전들인데 함부로 밑줄을 좍좍 그어 책의 아름다움을 손상시키는 건 왠지 큰 죄를 짓는 것 같은 기분이 들지 않을까? 두근거리는 마음으로 루크레티우스의 책을 처음 읽을 때 밑줄을 긋고 싶은 욕망이 너무 커서 책을 읽는 것이 너무 괴로워진 탓에 차라리 손목을 잘라버리고 싶었다.

밑줄을 그을 것인가 말 것인가 하는 문제로 하도 고민이 된 나머지, 언젠가는 밑줄을 그으면 안 되는 책을 살 땐 아예 두 권을 사서 한 권은 고이 모셔두고 다른 한 권에만 신나게 형형색색의 펜으로 밑줄을 좍좍 그으면 좋겠다는 생각을 하기도 했다. 나로선 완벽한 해결책이지만, 사고 싶은 책을 맘껏 살 수 없는 재정적인 압박 탓에 지금까지도 실천에 옮기진 못하고 있다. 덕분에 내가 소장하고 있는 거의 모든 책엔 나의 독서 흔적이 지나치게 많이 드러나 있어 헌책방에 내다 팔 엄두도 못 낸다. 밑줄을 긋지 않고도 같은 효과를 내기 위해선 부지런하게 포스트잇 같은 메모지를 활용하는 수밖에 없다. 그러나 게으른 나로선 그 또한 고역이다.

결국 나는 밑줄 긋는 남자로 남을 수밖에 없는 운명이다.

네 번째 책상 서랍 속의 타자기와 회전목마에 관하여

작가와 독자,
닮은 듯 다른 못 말리는 야심

나는 책을 너무 많이 읽은 걸 후회한다. 책을 읽느라 그토록 많은 밤과 낮들을 흘려보내는 대신 더 많이 생각하고, 더 열심히 글을 썼어야만 했다. 스스로 문학에 속해 있다고 생각하는 한, 작품에 대한 의무에 더 충실해야만 했다.

하지만 나는 마치 세이렌의 마법적인 노래에 홀려 정신없이 그 노래를 향해 다가가다 결국 목숨을 헌납하고 만 뱃사람들처럼, 책의 유혹에 너무 쉽게 굴복하고 말았다. 꾀 많은 오디세우스는 부하 선원들의 귀는 막고 자신을 돛대에 묶어 세운 채 세이렌의 노랫소리를 향해 나아갔지만, 내게는 책이라는 세이렌의 유혹에 이끌려 파멸하지 않게끔 나 자신을 묶어줄 돛대도, 선원들도 없었다.

더 나아가, 불경스럽게도 나는 평생토록 오직 책만 읽다 죽을 수 있기를 자주 갈망하기도 했다. 나이가 들수록 이런 생각은 어쩔 수 없이 점점 더 강해진다.

　책을 쓰고 있는 작가들에겐 모독이 될 말인지도 모르겠지만, 이미 세상에는 아름답고 재미있고 심오한 책들이 평생 책만 읽으며 살아도 다 읽지 못할 만큼 많다고 생각한다.

　오늘날은 책의 과잉 시대가 아닌가? 전 세계에서 쓰나미처럼 책이 쏟아져 나오고 출판사들의 무분별한 과장 광고와 마케팅이 순진한 독자들을 현혹하는 탓에 옥석을 가려내는 것조차도 쉽지 않다. 오늘날 독자들은 무한한 책의 바벨탑 속에서 쉽사리 길을 잃어버리게 마련이다. 높은 지식과 교양, 즐거움을 위해 책을 읽는다고 하더라도 한 사람이 평생 1천 권에서 2천 권 정도만 '제대로' 읽어도 충분하다고 나는 믿는다.

　예를 들어 평범한 직장인 독서가가 호메로스나 그리스 비극 작가들, 셰익스피어나 괴테, 톨스토이, 도스토옙스키, 발자크나 샤토 브리앙, 빅토르 위고, 마르셀 프루스트, 프란츠 카프카나 토마스 만, 보르헤스, 가브리엘 가르시아 마르케스, 밀란 쿤데라, 토머스 핀천, 한국의 최인훈이나 《죽음의 한 연구》 같은 걸작 소설을 쓴 박상륭 같은 위대한 작가들의 모든 작품을 단 한 번씩만 모두 읽는다고 생각해도 도대체 얼마나 많은 세월이 필요할 것인가? 문학만 해도 이런데 여기에 역사에 중대한 족적을 남긴 동서양의 철학자들과 역사가들만 몇몇 더해도 한 인생 전체가 다 소진되고 말 것이다.

　나 또한 바로 위에 든 작가들의 대표작 몇 작품만 읽었을 뿐, 아직도 읽지 못한 책들이 많다. 위에서 언급하지 않은 수많은 탁월한 작가들의 작품들도 그렇다. 이런 생각을 하면 마음이 절로 다급하고 초조해진다. 내 마음속의 근원적인 불안 가운데 가장 큰 것이 바로 그것이다. 읽고 싶은 책들이 너무 많이 남아 있을 때 내 생이 끝장나 버리지 않을까 하는 불안.

아직 읽지 못한 책들을 생각하면 인생은 너무 짧다. 만일 내가 다음 생에도 인간으로 태어나는 것을 용서할 수 있다면, 그것은 오로지 아직 읽지 못한 책들을 더 읽기 위해서이다.

책의 아름다움과 독서의 쾌락을 발견한 이래, 아직 읽지 못한 책에 대한 이런 병적인 불안과 집착이 창작에 대한 갈망을 압도해왔다. 나는 위험하기 짝이 없는 '저주받은 독자의 운명'이라는 덫에 걸릴 뻔했던 것이다. 저주받은 독자의 운명이란, 책과 독서에 대한 열정이 지나쳐 '광기'로까지 치달아버리는 경우를 말한다. 책에 운명을 사로 잡힌 사람들의 이야기는 역사의 수많은 페이지를 장식하고 있다.

●　　　　저주받은 독자의 운명,
　　　　광기의 위험

2006년에 한국어 번역판이 나온 《젠틀 매드니스》라는 책이 바로 그런 엽기발랄한 사람들을 다룬 책인데, 이 책의 두께만도 무려 1110페이지나 된다! 하지만 책을 사랑하는 애독자라면 그 어떤 소설이나 전기류보다 더 재미있게 읽게 될 것이다.

이 책에 소개된 몇몇 광기 어린 독자들의 이야기는 나를 깊이 사로잡았다.

19세기의 철학자 장 밥티스트 보다데몰랭은 가난한 처지임에도 수입의 대부분을 책을 사는 데 다 써버리곤 했다. 하루는 마지막 남은 잔돈 몇 푼을 갖고 서재로 쓰는 다락방을 내려와 식당으로 향하던 중 서점 창문으로 읽고 싶은 책을 발견하고 말았다. 음식이냐, 책이냐. 몹시 배가 주린 상태였지만 추호의 망설임도 없이 밥을 포기하고 책을 사고 말았던 것이다. 그는 다시 자신의 천국인 다락방으로 올라가서는 오래도록 내려오지 않았는데, 결국 그는 얼마 후에 병원으로 옮겨져 죽고 말았다.

19세기 프랑스 작곡가이자 피아니스트였던 샤를 앙리 발랑탱 앙캉은 과도한 책 무게를 견디지 못한 서가가 무너져 내리는 바람에 책에 깔려 죽고 말았다. 이런 사람들이야말로 저주받은 독자의 운명이라는 덫에 걸린 사람들이다. 보통 사람들은 이런 이야기들에 고개를 설레설레 내저을지 모르지만, 적어도 내게는 무한한 존경심과 공감의 탄식을 자아낸다. 그런 운명의 덫이 두렵지만 동시에 내심 한없이 부럽고 그 뒤를 따르고 싶은 충동도 생기곤 했다.

그러나 제일 부러운 사람은 다섯 권짜리 《로마사》―이 책은 현재 푸른역사 출판사에서 《몸젠의 로마사》라는 제목으로 2권까지 나와 있다―를 쓴 역사학자이자 비문학 작품으로 1902년 노벨 문학상까지 수상한 테오도어 몸젠이다. 그는 새벽 다섯 시면 어김없이 일어나 도서관으로 달려가 연구와 독서에 몰두했다고 한다. 로마 역사에 관한 책뿐만 아니라 무려 1천 종에 이르는 논문과 저서를 남기기도 했다니, 나의 짧은 재능과 게으름을 생각하면 한숨을 내쉬지 않을 수 없다. 위대한 독자이면서 위대한 작가가 될 행운의 별자리는 따로 있는 것일까?

문학에 대한 테오도어 몸젠의 열정은 가히 전설적이었다. 그에 관한 유명한 에피소드가 있다. 어느 날 몸젠은 합승마차 안에서 독서 삼매경에 빠져 있다가 바로 곁에서 어느 소년 하나가 시끄럽게 울고 있었다. 짜증이 난 몸젠은 소년을 꾸짖을 생각으로 이름을 물었다. 그러자 소년이 이렇게 대답했다.

"아빠는 내 이름도 몰라요! 내 이름은 하인리히잖아요!"

가히 엽기적이라고 할 만하지 않은가? 이뿐만이 아니다. 그가 85세 되던 해에는 서재에서 촛불을 들고 사다리를 타고 올라가 책을 찾고는 그 자리에 선 채로 책을 읽다 촛불이 머리카락에 옮겨붙어 얼굴 화상까지 입었다고 한다. 이런, 정말 해도 너무 했다.

다행히 나는 아직까지 그 정도로 미치진 않았다. 자칫 그런 덫에 걸릴 뻔한 위기의 순간도 있었지만, 거미줄에 걸린 파리가 용케 거미줄을 탈출하듯 겨우 빠져나왔다.(그렇지 못했으면 나는 이 책도 쓸 수 없었을 것이다.)

이 글을 쓰는 오늘 오후에도 나는 서점에서 책을 고르고 있다는 한 친구의 전화를 받았다. 부러워하면 지는 거야, 하며 억지로 독서 충동을 자제하긴 했지만 책이라는 세이렌의 노랫소리는 지금도 내 귓전에 왕왕 울려 퍼지는 듯하다.

나는 위에서 언급한 위대한 독자들의 대열 언저리에도 가기 힘든 독자다. 하지만 인생이라는 마라톤의 반환점을 이미 돌아버린 탓인지 아직 읽지 못한, 그러나 꼭 읽고 싶은 책들의 거대한 리스트를 생각하면 속이 얼얼해진다. 마음이 너무 자주 쓰기와 읽기의 충동 사이

제2부 · 사형수, 도둑, 선원, 알코올중독자 그리고 작가

에서 갈팡질팡한다.

세상의 모든 작가들은 인류 역사의 밤하늘을 수놓는 책의 성좌들 속에 자신이 쓴 책도 당당하게 불멸의 별자리로 남길 갈망하고, 나역시도 작가인 한 그런 야심을 완전히 떨쳐버리긴 어렵다. 그런 야심은 현대 예술가에겐 불가피한, 저주받은 야심이다.

밀란 쿤데라는 《커튼》이라는 에세이집에서 이렇게 쓰고 있다.

불가피하게 영광을 얻게 되는 직업들이 있다. 정치가, 모델, 운동 선수, 예술가. 그중에서도 예술가의 영광이 가장 끔찍하다. 왜냐하면 그 영광이 불멸할 것이라 생각하니까. 그것은 악마가 파놓은 함정이다. 예술가의 마음속에 불멸을 바라는 그로테스크하기까지 한과대한 야심이 반드시 있어야 예술가는 예술가로서의 사명을 성실하게 수행할 수 있으니 말이다. 진정한 열정으로 만들어진 소설이라면 너무도 당연하게 영구적인 미학적 가치를 즉 작가의 사후에도 여전히 살아남을 수 있는 가치를 인정받고 싶어 한다. 이러한 야망 없이 글을 쓰는 것은 파렴치한 일이다. 왜냐하면 평범한 배관공은 사람들에게 유익한 존재이지만 일부러 덧없고 진부하고, 판에 박힌 그래서 무익하고, 결국 성가시고 마침내 해를 미치는 책들을 만들어 내는 평범한 소설가들은 경멸당해 마땅한 존재이기 때문이다. 소설가의 성실함이 그 지나친 야망이라는 고약한 기둥에 묶여있다는 것, 그것이 바로 소설가에게 내린 저주다.

그런데 모든 작가들이 갖고 있는 이런 야심이 내겐 왠지 불필요한 허영으로 느껴진다. 내 능력과 재능에 대한 의심과 회의 때문이기도 하지만, 불멸하는 책들의 성좌로 등극하는 건 작가의 야심과 능력뿐 아니라, 더 크게는 행운과 인간의 변덕에 달려 있다는 사실도 잘 알고 있기 때문이다.

마르쿠스 아우렐리우스가 《명상록》을 쓸 때, 그는 단지 자기 자신만을 향해 썼다. 몽테뉴가 《수상록》을 처음 쓰기 시작할 때, 불멸하는 책에 대한 야심 따위는 고양이 발톱만큼도 없었다. 인류 역사상 가장 위대한 책들인 《일리아스》나 《오디세이아》, 《노자》나 《장자》, 《논어》, 심지어 《성경》조차도 그것을 쓴 진짜 작가들은 이름이 알려져 있지 않다. 또 그들이 책의 불멸성에 대한 불같은 야심을 가졌으리라곤 전혀 생각되지 않는다.

인류 역사상 처음으로 자신이 쓰는 작품의 가치를 의식했던 작가는 로마 건국의 대서사시 《아이네아스》를 쓴 로마 시인 베르길리우스였을 것이다. 베르길리우스는 20세기의 작가 프란츠 카프카가 친구 막스 브로트에게 자신의 원고를 불태워버리라고 부탁했던 것처럼, 자신이 쓴 미완성 초고를 없애버리라고 했다고 한다. 베르길리우스는 호메로스에게 경쟁의식을 느꼈고, 자신의 작품이 충분히 호메로스의 영광에 비교될 만하다고 확신하지 못했기 때문에 원고를 불태워버리라고 했던 것일까?

밀란 쿤데라가 작가들의 저주받은 야심에 관해 쓴 것은 그 자신이미 '저자'라는 개념과 지적 재산권이 중요해진 현대 작가이기 때문일 것이다. 사실 오늘날처럼 작품보다 작가가 더 중요하게 여겨지고, 작품보다 작가를 더 앞세우는 시대는 없었다. 그럼에도 밀란 쿤데라를 포함한 진정한 작가들은 작품 자체가 더 근본적이며 그것이 전부임을 명료하게 인식하고 있다.

모리스 블랑쇼는 그것을 작품에 대한 헌신 의무라고 주장했다. 밀란 쿤데라 역시 소설가들에게 지극히 높은 성실성을 요구한다. 그는 "덧없고 진부하고, 판에 박힌 그래서 무익하고, 결국 성가시고 마침내 해를 미치는" 소설을 쓰는 작가들을 파렴치한으로 몰아붙인다. 어쩌면 나 자신도 문학에 관해 너무 높은 기준을 스스로에게 적용하고 있는지도 모르겠다. 나 또한 쿤데라처럼 이 시대엔 제법 고리타분하게 느껴질 수도 있을 문학관을 갖고 있기 때문이다. 즉 문학이 예술로 남으려는 한 단순한 재미 이상의 무엇, 어떤 경이로움을 함축하고 있어야 한다고 믿고 있다.

나는 21세기에 접어들면서 문학을 비롯한 모든 예술 방면에서 근대라는 문명 시대가 낳을 수 있는 창조력이 거의 고갈되어버렸고, 이제는 주석과 반복만이 남은 것이 아닌가 하는 의구심을 갖고 있다. 슈펭글러의 역사철학을 끌어들이지 않더라도 그런 의심엔 충분한 이유가 있다. 한 문화가 가진 독창적인 창조력은 탄생과 성장, 그리고 절정기에 이른 후 쇠락기를 맞게 된다. 그런 쇠락기엔 그 문화를 종합하고 총정리하는 주석학과 이미 지나가 버린 위대한 양식들에 대한 변주나 조악한 반복만이 남게 되는 것이 필연적이다. 이런 시기에는 아무리 뛰어난 천재라도 전성기 거장들의 높이에 이르기란 거의 불가능해지고, 무엇보다 창작보다 비평적 담론들이 더 우세해진다.

기원전 4세기에 아리스토텔레스는 최초의 문학비평서이자 비극

창작 강의록이기도 한《시학》이란 책을 썼다. 하지만 그땐 이미 비극의 절정기가 지난 후였다. 그의 문학 제자들 가운데 아무도 걸출한 3대 비극작가인 아이스퀼로스나 소포클레스, 에우리피데스의 높이를 뛰어넘지 못했다.

어쩌면 나의 이런 시대 인식과 내가 가진 평범한 창조력에 대한 깊은 회의 때문에 더더욱 독서와 비평적인 주석에 치중하고 있는지도 모르겠다. 혹은 브레이크를 걸기 어려운 독서 충동에 대한 알리바이로 시대 탓을 하는 건지도.

분명한 사실 한 가지가 있다. 자신의 재능에 대한 자부심과 창조력에 대한 확신이 있는 작가들이라면 지나치게 독서에 열정을 쏟는 것은 위험하다는 것이다. 테오도어 몸젠이나 움베르토 에코, 보르헤스 같은 위대한 독자이자 걸출한 작가에게 주어지는 행운의 별자리는 슬프게도 따로 있는 듯하다. 작가들에겐 불가피하게 작가적인 야심이 있듯, 독자들에게도 피하기 어려운 독자의 야심이란 것이 있을 터이다. 나로 말하자면, 작가로서보다는 독자로서 더 많은 재능과 열정을 가진 것 같다. 그럼에도 나는 여전히 두 개의 야심 사이에서 우왕좌왕하며 방황하고 있다. 한심하고 어처구니없는 허영심이다.

에코의 서재와 보르헤스의 서재
그리고 내가 꿈꾸는 서재

　　아르헨티나의 소설가 호르헤 루이스 보르헤스는 천국을 도서관의 형태로 상상할 정도로 책을 열렬히 사랑했던 작가였다. (내가 아는 누군가는 천국을 세상 모든 종류의 빵과 케이크의 향기로 가득한 아름다운 빵집을 상상했다.) 또 경이로울 정도로 박학다식한 작가로도 유명했다. 나는 그를 상상할 때마다 어깨 위에 머리 대신 큰 도서관 하나를 얹고 사는 좀 우스꽝스러운 모습을 떠올리곤 했었다.

　　움베르토 에코는 《장미의 이름》이라는 소설로 널리 알려져 있지만, 사실 그는 뛰어난 기호학자였다. 또 그는 보르헤스 못지않은 박학다식으로 유명했는데, 보르헤스에게 받은 영향을 인정하면서도 그 영향에 대한 불안을 꽤나 의식하고 있었다.

　　그가 쓴 기호학 서적인 《칸트와 오리너구리》라는 책을 보면 그가 하필이면 인식론적인 문제의 상징으로 오리너구리를 택한 사연을

네 번째 책상 서랍 속의 타자기와 회전목마에 관하여

이야기하는 대목이 나온다. 그는 "보르헤스가 모든 것에 대해 말했지만 단지 오리너구리에 대해서는 말하지 않았다는 사실에서 위안을 얻었고, 그래서 영향에 대한 불안에서 벗어날 수 있다는 점을 즐겁게 생각하였다."

그런데 에코가 이 책의 원고를 인쇄업자에게 넘기려는 순간, 누군가 보르헤스가 어떤 대담에서 이런 말을 했다는 사실을 알려주고 만다.

"캥거루와 오리너구리 말고도 다른 동물들의 부분들로 합성된 끔찍한 동물로는 바로 낙타가 있다."

안타깝게도 책에서는 이 말을 들은 순간 자신의 기분이 어땠는지 밝혀놓지는 않았다. 다만 보르헤스가 말하지 않은 것은 없고 자신은 결코 보르헤스의 영향에 대한 불안에서 영원히 벗어날 수가 없구나, 하며 약간의 실망감은 느꼈을 것 같다.

●   **의외로 너무 소박했던
보르헤스의 서재**

보르헤스와 에코의 이야기를 꺼낸 것은 실은 서재 이야기를 하기 위해서다. 나는 보르헤스의 책과 그의 생애를 접하면서 그가 살던 집과 서재를 상상하기를, 웬만한 도서관을 방불케 할 정도로 엄청나게 책이 많을 것이라고 믿고 있었다. 적어도 수만 권의 책이 커다란 서재에 빼곡하게 늘어서 있지 않을까? 하는 생각을 했던 것이다. 알베르토 망구엘의 책을 읽기 전까지는 진심으로 그렇게 믿었다.

알베르토 망구엘은 현재 세계적으로 널리 알려진 작가이자 비평가, 번역자, 편집자이다. 그가 유명해진 건 보르헤스와 가졌던 아주 개인적인 인연 때문이었다. 그는 어릴 적 부에노스아이레스에 있는 '피그말리온'이라는 서점에서 점원으로 일했다. 그러던 중 당시 시력을 잃어가고 있던 보르헤스가 자신에게 책을 읽어주는 일종의 아르바이트를 제안했다. 그때부터 망구엘은 4년간 그 위대한 작가 보르헤스의 집에 무시로 드나들면서 보르헤스에게 책을 읽어주었고, 짧지만 날카로운 촌평을 하는 보르헤스의 말을 들었으며, 보르헤스를 통해 깊이 책과 문학세계로 빠져들게 되었다. 그리고 결국 보르헤스

보르헤스에게 책을 읽어주다 세계적인 작가가 된 알베르토 망구엘

네 번째 책상 서랍 속의 타자기와 회전목마에 관하여

와 만남은 알베르토 망구엘이라는 한 사람의 삶의 방향을 바꾸는 결정적인 계기가 되었다.

몇 년 전 망구엘이 쓴 《밤의 도서관》 한국어판이 나왔다. 내가 가장 사랑하는 작가에게 직접 책을 읽어준 기적 같은 행운을 거머쥐었던 사람의 이름을 잘 알고 있었기에 얼른 사서 읽었다. 마치 그의 문장에서 보르헤스의 숨결을 느낄 수 있기라도 한 것처럼. 망구엘은 그 책에서 보르헤스의 집에 있는 작은 몇 개의 책장들과 거기에 꽂혀 있는 책들을 소개하고 있었다. 나는 눈을 호박처럼 크게 떴고, 문장들을 원샷으로 집어삼킬 듯이 단숨에 읽어 내려갔다. 그가 전해준 이야기는 한마디로 충격이었다!

"세상에 보르헤스의 집에 책이 고작 수백 권밖에 없었단 말이야?"

나 같은 독자의 충격을 실컷 즐기려는 듯, 망구엘은 또 다른 놀라운 이야기를 들려준다. 보르헤스가 50대 중반이었을 때, 마리오 바르가스라는 젊은 작가가 그를 찾아온다. 망구엘의 책에 나온 말을 인용하면, 마리오 바르가스 요사 역시 나처럼 보르헤스의 서가에 관해 "책들로 가득한 공간, 책들로 넘치는 서가, 발 디딜 틈 없이 현관부터 막고 있을 인쇄물 더미, 요컨대 잉크와 종이의 정글을 기대"했다고 한다.

불행히도 그 젊은 페루의 작가가 발견한 것은 고작 몇 개의 소박한 책장밖에 없는 아담한 아파트였을 뿐이다. 적잖이 실망한 그는 보르헤스에게 책으로 넘치는 화려한 집에서 살지 않는 이유가 뭔지 물었다. 그런 그에게 보르헤스는 오히려 화를 내며 "리마에서는 작가들이 그렇게 살지 모르지만, 여기 부에노스아이레스 작가들은 요란스럽게 구는 걸 좋아하지 않는다네!" 하고 따끔하게 일갈했다.

실제로 보르헤스 집에서 서재라고 할 만한 것은 거실에 있는 세 개의 책장, 그리고 보르헤스의 침실에 있는 두 개의 책장, 모두 다섯 개의 책장이 전부였다 한다. 거실에는 그가 사랑하던 몇 종류의 백과 사전들과 그가 좋아하던 제임스 조이스와 헨리 제임스, 키플링 등의 작가들 책과 19세기 아르헨티나 작가들의 책이 있었고, 일부는 어릴 때부터 즐겨 읽던 손때 묻은 책들이었다 한다. 침실에 있는 작은 책 장 두 곳에는 영문학 전집이나 그가 연구하던 고대 영어에 관한 연 구서와 사전들, 시집들이 있었다. 무엇보다 놀라운 건, 그의 서가에 마르셀 프루스트, 라신, 괴테의 《파우스트》, 밀턴, 그리스 비극들이 없었다는 사실이다!

물론 망구엘의 말처럼 보르헤스가 그런 고전들을 읽지 않았을 리 는 없다. 다만 소장하고 있지 않을 뿐. 특이하게도 보르헤스는 자기 책들도 절대 소장하지 않았단다. 전 세계에서 번역된 그의 작품들을 생각하면 수십 개국 언어로 번역된 판본들도 있을 텐데 말이다. 집에 찾아온 손님들이 보르헤스 책의 초판본을 보고 싶어 할 때마다, 보르 헤스는 자부심인지 겸손인지 이렇게 말했다고 한다. "완전히 잊어도 좋을 이름이 인쇄된 책은 한 권도 지니고 있지 않습니다."

하느님 맙소사! 망구엘의 책을 읽으며 계산해보니, 보르헤스가 자신의 집에 소장하고 있는 책은 결코 1천 권도 안 되는 게 확실했 다. 어릴 때부터 책과 사랑에 빠졌고 이 세상 누구보다 많은 책을 읽 은 보르헤스의 집에 책이 고작 그 정도밖에 없다니!

물론 보르헤스는 어릴 때부터 도서관을 많이 이용했고, 도서관 사서로 일하기도 했다. 50대 들어서는 아르헨티나 국립도서관장을 맡기도 했으니 국립도서관 자체를 자기 서재처럼 활용했다고 말할 수도 있을 것이다. 나도 몇 년 전부터는 집에 책을 둘 공간이 현저히 부족해져서 되도록 도서관을 활용하고 있지만, 그런데도 책 욕심은 좀체 버리기 어렵다. 서점에 들르기라도 하면 책을 안고 나오지 않기란 거의 불가능하기도 하다. 그런 내게 소박해도 너무 소박한 보르헤스의 서재는 그저 벼락을 맞은 듯한 충격 그 자체였다.(차라리 벼락을 맞는 게 낫겠다!)

괴테와 동시대를 살았던 영국의 작가 월터 스콧이 살며 집필 활동을 했던 저택은 아직 남아 있다. 그 저택이 유명한 것은 많은 소장본이 있는 아름다운 서재 덕분인데, 그의 서재는 마치 학교 강당만큼이나 넓다고 한다. 2층 높이 천장까지 사방으로 책이 쌓여 있었고, 회랑식 테라스가 딸려 있어 책을 꺼내볼 수 있게 되어 있다. 그 서재 옆에는 그 방보다 두 배나 넓은 또 다른 서재가 있다, 그곳에도 벽면 전체는 물론 천장까지 책이 거대한 벽처럼 쌓여 있었다고 한다. 그러니까 한국의 작은 도시의 시립도서관 규모를 상상하면 될 것이다.

나는 보르헤스의 서재가 월터 스콧만큼은 아니어도 족히 수만 권은 소장하고 있지 않을까 하는 헛된 상상을 했으니 보르헤스가 들으면 얼마나 비웃을까?

나는 앞서 보르헤스만큼이나 박학한 움베르토 에코 이야기를 꺼냈지만, 에코가 쓴 어느 책에선가 자기는 집과 별장에 있는 서재를 합쳐 수만 권의 책을 소장하고 있노라고 쓴 걸 읽은 적이 있다. 순간 나는 극심한 질투에 사로잡혔다. '수만 권의 장서를 소장할 수 있는 서재가 있다니!' 하고.

한데 보르헤스의 서재 이야기는 나로 하여금 개인 서재에 대한 생각을 완전히 바꾸어 놓았다. 솔직히 말하면, 몽테뉴의 원형 탑 서재에 책이 고작 1천 권 정도밖에 없었다는 사실을 처음 알고서도 적 잖이 충격을 받은 적이 있었다. 지성과 소장한 책의 권수가 반드시 일치하지 않는다는 사실을 마지못해 인정하게 되었다. 많은 책을 소장하려고 애쓰는 것도 하나의 지적 허영심이나 어리석은 과시욕에 불과할 수도 있다는 사실도.

월터 스콧처럼 도서관 같은 휘황한 서재를 갖출 재정적인 능력이 되면 달리 생각해볼 수도 있겠다. 하지만 몽테뉴를 알게 된 후부터 나처럼 평범한 애서가들이라면 몽테뉴처럼 1천 권 정도면 충분하다 는 생각을 하게 되었다. 거기에 보르헤스의 서재 이야기는 그런 생각 을 더욱 확고하게 만들었다.

그런데도 나는 여전히 움베르토 에코의 서재에 대한 갈망을 완전히 버리지 못했다. 좁은 집안에 수천 권의 책을 곳곳에 쌓아두고 있고, 다락과 마당에 있는 창고에 있는 책들은 가엾게도 뽀얀 먼지를 뒤집어쓴 채로 깊은 어둠 속에서 늙어나고 있음에도 기증을 하거나 팔아버릴 엄두도 못 내고 있었던 것이다. 큰 서점에라도 한 번 들르게 되면, 서재에다 모셔두고 싶은 책들이 얼마나 많은지, 그저 내 주머니 사정과 좁은 집을 탓하며 한숨을 내쉬곤 했었다.

몽테뉴의 서재에 책이 1천 권 정도밖에 없었다고 하지만, 몽테뉴가 살았던 16세기 유럽에서 1천 권을 소장할 정도면 요즘의 1천 권과는 비교가 될 수 없을 정도로 대단한 것이었다. 당시엔 책이 너무나 귀했고, 책값도 어마어마하게 비쌌다. 몽테뉴가 1천 권을 소장하는데 들인 비용을 요즘 돈으로 환산하면 최소한 1만 권 이상을 거뜬히 소장하고도 남을 것이다. 또 요즘은 전 세계에서 책이 쏟아진다. 이런 걸 감안하면 동서고금의 문학과 철학, 역사 등 인문학 분야의 중요한 저작들만 소장한다고 해도 언젠가는 결국 1만 권에 이르고 말지 않을까? 움베르토 에코는 3만 권 이상을 소장하고 있는데, 그도 집필에 필요한 책이며 욕심나는 책들을 사 모으다 보니 그렇게되었을 터이다. 게다가 그는 세계적인 베스트셀러 작가여서 재정적인 능력도 넉넉했을 테니, 그런 그에게 과욕이나, 허영이나 과시욕이라고 하기는 어렵지 않을까?

아아, 나는 얼마나 모순적인 인간인가! 확실히 보르헤스가 따를 만하다고 말하지만, 수만 권을 소장할 서재를 가질 수 있었던 움베르토 에코가 또한 질투가 날 정도로 부럽기도 하니.

● 우리 서재에 꼭 필요한 책은 몇 권일까?

보르헤스의 서재와 에코의 서재 사이에서 방황하다가 이제는 마침내 확고한 결론에 이르게 되었다. 어느 날 불현듯 내가 책무덤 속에서 살고 있다는 사실을 깨닫게 된 것이다. 집이 사람을 위한 곳이 아니라 책창고로 변해가고 있었다. 그로 인해 내 삶조차 책의 무게만큼이나 무거울 뿐 아니라 그 자체가 내게는 하나의 거대한 부자유, 구속처럼 느껴졌던 것이다. 쉽게 이사 갈 엄두도 내지 못하고, 자유롭게 훌쩍 어딘가로 떠나버릴 수도 없는 부자유 속에 갇혀 있었다.

　도대체 내가 평생을 읽어도 다 읽지도 못할 수만 권의 장서를 무엇 때문에 짊어지고 살아야 하는가? 이는 책을 책이 아니라 우상으로 숭배하는 것이요, 장서가라는 거창한 이름에 대한 허영심의 발로일 뿐이지 않은가? 나의 처지와 분수, 운명을 생각해보건대 나는 자유와 인식과 창조를 위해 살기를 원하지, 거대한 책 피라미드를 쌓는 데 일생을 헌납할 이유는 조금도 없지 않은가? 쇼펜하우어가 독서에 관해 내뱉은 한 문장은 실로 나를 부끄럽게 만들었다.

　책을 통해 경험한 타인의 사상은 먹다 남은 찌꺼기, 즉 타인이 벗어던진 헌 옷에 지나지 않는다. 우리의 정신 속에 불타오르고 있는 이 영원한 봄날은 스스로 꽃을 피우고 싶어 한다. 그에 비해 타인의 책을 통해 습득한 사상은 묘비에 글을 새기는 것에 불과하다.

　또 르네상스 시대의 시인 페트라르카는 독서란 것이 책을 서가가 아닌 머릿속에 챙겨 넣는 작업이라고도 말하지 않았던가? 이후 나는 책과 멋진 서재에 대한 허영심을 완전히 버렸다. 지금 내가 꿈꾸는 이상적인 서재는 널찍한 나무 책상 하나와 그 책상 주변을 빙 둘러싸는 약 1천여 권 정도의 장서를 소장할 수 있는 방으로 이루어진 서재다. 그리고 기왕이면 제법 큰 도서관에서 가까운 집. 도서관이 가까이 있으니 굳이 수만 권의 책을 집안에 들여놓지 않아도 되고, 산

보 삼아 천천히 거리를 걸으며 사색을 즐길 수도 있으니 그 또한 좋은 일이요, 서재에는 동서 고전을 포함하여 1천여 권 정도면 내가 늘 곁에 두고 평생에 걸쳐 읽고 또 읽을 책의 양으론 충분하니 가히 만족할 만하지 않은가?

어느 슬픈 빠리 망명객의
삶과 책

책 때문에 서가를 뒤적이다 문득 한 권의 책에 시선이 머물렀다.《나는 봄꽃과 다투지 않는 국화를 사랑한다》라는 제목의 책. 1963년에 파리로 유학을 갔다가 불가피하게 정치적 망명객이 되어버린 이유진 선생이 쓴 자전 에세이다. 그 책을 처음 읽었을 때 가슴이 먹먹했던 기억이 생생하게 떠올랐다. 몇 년 전 우연히 헌책방에서 발견한 책이다. 이후 2004년에 필맥 출판사에서《빠리 망명객 이유진의 삶과 꿈》이란 제목으로 개정판이 나온 걸 알았다 (그 외에도 두세 권의 시집도 있다).

이유진 선생은 서울대 문리대를 졸업하고 파리 소르본 대학에서 심리학 박사 학위를 받았다. 아직 유학생이 귀했던 60년대였으니, 학업을 마치고 곧장 귀국할 수 있었더라면 대학교수직은 수월히 얻어냈을 것이다. 그는 당시 유학생들이 모두 그랬듯 험한 직업은 모두 겪었다. 접시닦이, 화장품 판매원, 관광 안내, 통역, 노동자 생활, 엽서 장사 등등. 그리고 나중엔 택시 운전사까지. 하지만 그는 끝내 귀국하지 못했다.

운명은 그가 전혀 원하지 않았던 길을 예비해 놓고 있었다. 그는 지식인다운 정신으로 그곳 프랑스에서 박정희 독재 정권에 반대하는 민주화 운동에 참여했다. 그것이 빌미가 되어 억울하게 '북괴 공작원', '아동 인질범'의 누명을 덮어쓰게 되었다. 간첩 누명을 쓴 그는 고국에 돌아올 수 없어 졸지에 망명객이 되고 말았다. 이야기가 여기까지였다면, 내가 그 책에서 그토록 깊은 감명을 받진 않았을 것이다. 예를 들어 홍세화 선생의 《나는 빠리의 택시 운전사》를 읽었을 때처럼, 정치적 분노와 안쓰러움, 부끄러움 같은 것만을 느끼는 데 그쳤을 것이다. 한데 이 책에선 그 이상의 무언가가 있었다. 나는 이유진 선생의 삶에서 불가해한 삶의 아이러니와 고통, 그리고 인간 정신의 숭고함을 읽었다.

생은 그에게 망명뿐 아니라 어쩌면 그보다 더 가혹한 시련을 안겨주었다. 아들이 심각한 선천성 장애아로 태어난 것이다. 간첩 혐의에다 상상조차 하지 않았던 장애아까지 숙명처럼 짊어지게 된 한 망명객. 그는 철저히 무너졌고 매일 독주를 마시며 차라리 죽기를 갈망했다. 아마 나라도 그랬을 것이다. 마치 불행의 밑바닥까지 내려와 버린 듯한 절망감. 그러나 인생이란 물건은 그 얼마나 아이로니컬한 것인가? 그에게 감당하기 버거운 지옥이었던 그 아이가 오히려 그의 삶을 바꾸어 놓게 될 줄이야. 생계를 책임진 아내를 대신하여 어쩔 수 없이 엄마 노릇을 오롯이 짊어져야만 했던 그는, 오히려 아이를 통해 진정한 사랑과 생에 대한 절대적 긍정을 발견하였다.

그는 말한다.

지금까지 어느 누구를 그토록 맹목적으로, 고통스럽게, 속절없이,
그러면서도 그토록 강렬한 마음으로 사랑한 적이 있던가?

그는 장애를 가진 아들을 통해 시련과 고통, 서러움과 분노로 가
득 찬 그의 생을 절대적으로 긍정하고 사랑하는 법을 배웠다. 니체적
인 순수 긍정, 허무를 극복한 허무, 삶을 있는 그대로 사랑하기. 무엇
보다 나는 이 책을 통해 우리가 잃어버린 전통적인 한국의 선비상을
보았다. 조국으로부터 버림받았으면서도 끊임없이 조국을 걱정하고,
지식인으로서 조금이라도 후학들에게 힘이 되고자 끝없이 책을 읽
고 탐구하며, 서양의 중심에 있으면서 오히려 우리가 외면하는 전통
의 정신과 지혜, 사상을 더 깊이 연구하고, 불의와 비굴함, 속된 것들
과 절대 타협하지 않는 고고함을 지닌 현대의 선비.

이제는 고국으로 돌아와 한 신문의 유명 칼럼니스트가 된 '빠리
의 택시 운전사' 홍세화 선생과는 전혀 다른 울림과 감동을, 그의 굴
곡 심한 삶에서 읽었다. 나는 지금까지 지긋지긋할 정도로 책 속의
삶을 살아왔다고 생각하지만, 이 책처럼 영혼의 가장 깊은 곳까지 흔
들어 놓는 책은 사실 그리 자주 만나보지 못했다.

안타깝게도 내가 잘못 알지 않는 한, 이 책은 독자의 사랑을 별로
받지 못했다. 홍세화 선생의 책들과 이후 홍세화 선생의 삶에 펼쳐진
모든 것들에 비하면. 그것이 또 하나의 쓸쓸한 안타까움이다. 어쩌

면 이 책이 하필이면 동아일보사에서 나왔다거나 심심한 제목이 이 책의 운명을 그렇게 만들었는지도 모른다. 2001년도에 초판이 나온 이 책의 운명은, 그의 설운 삶처럼 섧게만 느껴진다.

그의 책 속에서 발견한 또 하나의 아름다운 삶이 있었다. 이유진 선생의 책에 따르면 그 사람은 현재 70대의 나이이다. 책에도 이름은 나와 있지 않다. 그 역시 서울대 출신의 유학생이었고, 소르본 대학에서 철학 학위를 받았다. 학교로 돌아왔으면 이유진 선생의 말처럼 교수 자리는 "따논 당상"이었다.

그러나 그는 고국으로 돌아오지 않았다. 그는 짧은 기간 동안 프랑스 고등학교에서 철학 교사를 했다. 공부를 계속하기 위해 결혼도 하지 않았다. 더 이상 직업도 갖지 않았다. 그는 오랜 수십 년의 세월을, 파리의 외진 달동네에서 외롭게 살면서 오직 연구만 했다. "그는 우직하게 집 밖 출입도 잘 하지 않은 채 오직 책만 벗 삼아 지낸다."

그가 가난을 아내 삼고 책을 자식 삼아 평생 공부만 하고 있는 이유는 단 하나다. 아직 공부가 짧다. 공부가 짧다고 생각하기에, 책도 쓰지 않는다. 그렇게 가난한 그를 진정으로 이해하고 도와주는 것은 그의 프랑스 동창생들이다. 그들은 그가 오직 공부에만 집중할 수 있도록 쌈짓돈을 모아 틈틈이 생활비를 도와주고 있다. 과거 조선 시대 고아한 선비들의 사회에서나 볼 수 있는 진실로 아름다운 풍경이다. 한국 사회는 이미 오래전에 잃어버린 풍경이다.

이유진 선생은 책에서 이렇게 썼다.

무릇 피로 쓴 글만 가치가 있는 법이다. 이름 좀 내 보자고, 공부도 안 된 주제에 남의 생각 이리저리 그러모아 쓰레기 같은 글을 쓸 바에야 침묵하는 편이 아름답다.

나는 이유진 선생이 그렇듯이, 내가 이름도 얼굴도 주소도 알지 못하는 그 선생에게 경외심을 느낀다. 이유진 선생은 책에서 이렇게 썼다.

한국 사회가 그런 사람들의 아름다움을 발견할 때, 남을 짓밟고 진실마저 짓밟고 올라선 꼭대기 삶이나 60평 고급 아파트의 안락한 삶은 그런 조촐하고 가난한 삶에 감히 비견될 수도 없음을 깨달을 때, 잃어버린 우리의 맥을 되찾을 수 있을 것이라고 나는 아직도 희망을 버리지 않는다.

대학 시절, 쉽게 얻어온 외국 학위 하나로 교수 자리를 꿰차고는 권위적인 목소리로, 뻔뻔스럽게 삼류 논리를 펴는 교수들이 숱하게 많았다. 지금 사정이 크게 달라졌을까? 내 주변에서 공부하고 있는 친구나 후배들의 절망하는 목소리를 자주 듣는다. 그럴 때마다 나는 아직도 단 한 권의 책도 쓰지 않은 채, 겸손하게 진리를 위해 정진하는 수도승 같은 그 '이름 없는 학자'를 떠올린다. 마치 외국 학문의 해외 판매소 같은 한국의 지식전문가들을 떠올린다.

어쩌면, 그 이름 없는 학자가 세상을 뜬 후에야 그의 서재에서 그가 남긴 유고들이 책상 서랍 어디에선가 발견될지도 모른다. 그리고 그 유고를 통해 그의 삶은 비로소 이름을 얻게 될지도 모른다. 나는 정녕, 그렇게 되기를 바란다.

최한기 선생이 그랬다.

이옥 선생이 그랬다.

김려 선생이 그랬다.

로마의 철학자 루크레티우스는 책을 쓴 지 15세기나 지난 르네상스 시대에 와서 발견되었다.

프랑스의 소설가 파스칼 키냐르는 이렇게 말했다.

"나는 인류가 공들여 만든 대다수의 걸작품들이 영원토록 알려지지 않는다고 생각한다."

나는 노력하지 않아도 저절로 알게 되는 유행하는 것들은 믿지 않는다. 진짜 책은 잘 보이지 않는 곳에 숨어 있다. 휘황한 대형 서점의 베스트셀러 코너가 아니라, 서가의 어두운 구석 자리나 혹은 헌책방 같은 곳에. 내가 1984년도에 나온 범한사판 헤르만 블로흐의 걸작 《베르길리우스의 죽음》을 헌책방에서 만날 수 있었고 내 서가에 모셔올 수 있었던 것처럼. 정말로 좋은 영화도 마찬가지다. 애써 힘들게 찾지 않으면 결코 발견할 수 없다.

파리에 들르면 이유진 선생과 그 '이름 없는 학자'를 꼭 만나보고 싶었고, 그리고 진심으로 존경심 어린 큰절을 올리고 싶었다. 하지만 어떤 부끄러움이, 낯가림 같은 거리낌이 나를 가로막았다. 지금은 물론 크게 후회한다.

다만 한 가지는 분명하다. 봄꽃과 다투지 않는 아름다운 국화들은, 그렇게 숨은 곳에서 피어난다.

숨은 곳에서, 고독하게 피어나는 꽃.

나는 지금도 이유진 선생의 이 아름다운 책이 더 많은 사람들에게 사랑받기를 진정으로 소망한다.

네 번째 책상 서랍 속의 타자기와 회전목마에 관하여

세상에서 가장 멋진 독자의 이름, 폐지 압축 노동자 한탸

너무 매혹적인 나머지 경탄보다 격렬한 시샘과 질투를 불러일으키는 작품들이 있다. 이름도 낯선 체코 작가 보후밀 흐라발Bohumil Hrabal, 1914~1997의 소설《너무 시끄러운 고독》이 바로 그런 경우다. 이 작가가 국내에 소개된 건 2009년《영국 왕을 모셨지》라는 소설이 처음이고, 이 작품이 두 번째다. 이 책을 읽고서야 밀란 쿤데라가 "우리 시대를 대표하는 체코 최고의 작가"라는 찬사를 보낸 게 결코 빈말이 아님을 깨닫는다.

만일 당신이 소설을 좋아하는 독자라면 이 놀라운 작가 흐라발을 건너뛸 수는 없을 것이다. 고작 140쪽도 안 되는 얇은 작품이지만 이 소설은 세르반테스가 보여준《돈키호테》의 풍격과 프란츠 카프카가 성취한 그로테스크한 부조리의 미학까지 가볍게 아우르며 독창적인 예술의 성채를 쌓아 올렸다. 제목부터 이미 독특한 분위기를 예감케 하지만, 소설 전체가 역설과 아이러니한 희비극으로 점철되어 있다. 어쩌면 역설과 아이러니로 빚어진 이 소설은 이 작품을 쓴 작가 자신의 삶을 고스란히 반영하고 있기 때문인지도 모른다.

철학자 니체는 "세상에서 가장 고통스러운 동물이 웃음을 발명했다"라고 썼다. 깊은 고통 속에서 절망 섞인 울음을 직설적으로 토해내기보다는 그것을 영혼의 작은 항아리에서 발효시키고 숙성시켜 마침내 웃음과 풍자, 아이러니로 빚어낼 수 있는 경지에 도달하기 위해선 역설적으로 또 얼마나 많은 슬픔과 고독을 응축시켜야만 할까.

너무 시끄러운 고독의 매력

1914년생인 보후밀 흐라발은 마흔아홉이던 1963년에야 처음 소설을 쓰기 시작했다. 작가로선 매우 뒤늦게 데뷔한 셈이다. 그때까지 그는 온갖 직업들을 전전했다. 그의 삶에는 체코의 굴곡진 현대사가 고스란히 중첩되어 있다. 대학에서 법학을 전공했지만 2차 대전과 독일 나치의 점령, 사회주의화라는 역사적 격동 속에서 그의 삶은 거친 물살에 휩쓸리는 작은 돌멩이처럼 표류해야만 했다. 공증인, 서기, 창고업자, 전보 배달부, 전신 기사, 제강소 노동자, 철도원, 장난감 가게 점원, 보험사 직원, 약품상 대리인, 단역 연극배우, 폐지 꾸리는 인부 등 온갖 직업들을 전전하며 겨우 생존할 수 있었던 것이다.

그의 몸속에는 체코를 휩쓴 잔혹한 역사와 그런 역사로 인해 파괴된 체코 민중들의 삶의 이야기들이 쓰이지 않은 채로, 또 쓰이길 갈망하면서 겹겹이 쌓여 있었으리라. 그 무수한 이야기들은 그것에 어울리는 가장 정확한 형태인 소설이라는 예술 형식으로 압축되고 표현될 수 있을 때까지 보후밀 흐라발이라는 한 탁월한 장인의 뱃속에서, 그 장인이 마흔아홉 나이에 이르러 비명처럼 이야기를 터뜨릴 때까지 부글부글 끓으며 발효되고 있었으리라.

1968년 프라하의 봄이 소련군의 침공으로 좌절된 후 1989년 마침내 다시 해방을 맞을 때까지 그는 20여 년간 금서 작가로 낙인찍힌 채 공개적인 작품 활동을 할 수 없었다. 억압적인 국가권력으로 인해 펜의 자유를 잃어버린 밀란 쿤데라를 비롯한 작가들이 망명을 떠나는 동안에도 그는 끝내 체코를 떠나지 않았고 펜을 놓지도 않았다. 그의 글과 책은 오직 지하출판이라는 은밀하고 위험한 방식으로만 독자를 만날 수 있었다.

이 소설 역시 1977년에 지하출판물 형태로만 유통되다 1980년에 독일어로 출판되었다. 정작 체코에선 구소련이 붕괴한 1989년에 이르러서야 비로소 공개적으로 출판될 수 있었다. 이야기 디테일이 너무나 생생하게 실감 나는 것도 이것이 허구로 지어낸 이야기가 아니라, 그가 온몸으로 겪었거나 혹은 울분을 삭이면서 보고 들었던 실제 삶에 바탕을 둔 때문일 것이다.

35년간 폐지를 압축하면서 살아온 한 남자의 이야기를 담은 이 소설엔 그가 폐지 꾸리는 인부를 하면서 살았던 시기의 신산스러운 삶의 경험들이 고스란히 녹아 있다. 찰스 부코스키가 우체부로 생활하며 직접 겪었던 삶을《우체국》이라는 이야기로 꾸려냈던 것처럼.

찰스 부코스키가 녹록지 않은 현실을 시종 유쾌함과 시끌벅적함을 잃지 않는 강인함과 패기로 돌파해나가는 남성적인 힘을 사실적으로 묘사해낼 뿐이라면, 프란츠 카프카의 문학적 유산을 이어받은 흐라발은 조금 다른 길을 간다. 마치 사무엘 베케트의《고도를 기다리며》처럼 그로테스크한 초현실적인 분위기와 블랙 유머를 사용하며 희망 없는 암울한 현실을 탁월하게 풍자하고 있는 것이다. 그런 간결함 때문에 한편의 철학 우화로도 읽히지만, 이 소설은 책으로 상징되는 정신과 문화의 퇴락, 기계와 물질문명 속에서 소외되고 타락하는 인간성, 전쟁과 권력의 잔혹성 등을 더할 수 없는 섬세함과 풍성함으로 그려낸다.

무엇보다 이 소설을 매력적으로 만드는 것은 다름 아닌 주인공이다. 이 소설의 주인공은 흔치 않은 독특한 직업을 가진 남자다.

삼십오 년째 나는 폐지 더미 속에서 일하고 있다. 이 일이야말로 나의 온전한 러브스토리다. 삼십오 년째 책과 폐지를 압축하느라 삼십오 년간 활자에 찌든 나는. 그동안 내 손으로 족히 3톤은 압축했을 백과사전들과 흡사한 모습이 되어 버렸다. 나는 맑은 샘물과 고인 물이 가득한 항아리여서 조금만 몸을 기울여도 근사한 생각의 물줄기가 흘러나온다. 뜻하지 않게 교양을 쌓게 된 나는 이제 어느 것이 내 생각이고 어느 것이 책에서 읽은 건지도 명확히 구분할 수 없게 되었다.

소설의 첫 단락이다. 여기서 자신을 나라고 칭하는 주인공 이름은 한탸, 그는 말 그대로 35년간이나 지하실에 설치된 폐지를 압축하는 기계에 붙박인 삶을 살아온 남자다. 머리는 이미 다 벗겨졌고, 술에 절은 채 고독하게 살고 있는, 겉으로 보기엔 몹시 초라해 보이는 행색의 남자다. 작업장에서는 날마다, 그의 머리 위로 온갖 종류의 폐지들이 우박처럼 쏟아져 내린다. 작업장 소장의 잔소리와 질책도 무시로 천둥처럼 머리 위로 내리꽂힌다. 게다가 그의 지하실 작업장에는 지하세계의 주인인 쥐들이 천방지축으로 날뛰며 종이를 갉아 먹고 있어 주인공은 종종 쥐들과 전쟁을 벌여야만 한다.

이처럼 섬찟한 작업환경에서 고된 노동을 하는 하층 노동자 한탸이지만, 그를 단순한 폐지 압축 노동자로만 볼 순 없다. 그는 어느 순간부터인가 폐지 더미 속에서 인간 정신의 정수인 책들, 문학과 철학과 역사를 다룬 책들을 읽으면서 뜻하지 않게 교양을 쌓게 된 한 사람의 훌륭한 독자가 된다.

그는 고독하지만 책 속에서 자신의 고독을 달래줄 벗과 스승들을, 자신의 영혼을 위로하고 빛나는 아름다움으로 그를 도취케 할 문장들을 발견하며 행복을 느낄 줄 아는 독자이다. 세상의 외면과 홀대, 무시 속에서 길을 잃어버린 책들을, 최종적인 파괴를 통해 더 이상 '책'이 아닌 다른 무언가로 변질되어버릴 운명에 처한 책들을 마치 '귀중한 유물' 다루듯이 건져내어 자신만의 은밀한 도서관을 구축해내는 것이다. 그는 그 책들을 렘브란트와 모네, 클림트, 세잔을 비롯한 위대한 화가들의 복제화로 둘러싸 따로 꾸러미로 만들고, 그 꾸러미를 자신의 고독한 집으로 가져갈 것이다.

저녁이 되어 모든 꾸러미가 화물 승강기 옆에 나란히 놓일 때면 나는 그 눈부신 광경을 하염없이 바라본다. 여기엔 〈야간 순찰〉이 있고 저기엔 〈사스키아〉가 있다. 〈풀밭 위의 점심 식사〉와 〈목맨 사람의 집〉이 있는가 하면 〈게르니카〉도 보인다. 꾸러미마다 한복판에 《파우스트》나 《돈 카를로스》 같은 책이 활짝 펼쳐진 채 들어 있다는 사실을 아는 사람은 세상에 나뿐이다. 고약한 냄새를 풍기는 피 묻은 종이상자에는 《히페리온》이 들어 있고, 낡은 시멘트 부대 한 무더기는 《차라투스트라는 이렇게 말했다》의 피신처로 쓰인다. 어느 꾸러미가 괴테나 실러, 횔덜린, 니체의 무덤으로 쓰이는지 아는 사람도 나뿐이다.

그의 작업장은 인류 정신의 잔혹한 도살장인 동시에 독자를 잃어버린 책들이 마침내 최후의 독자와 눈물겨운 상봉을 하게 되는 은밀한 피난처 도서관이다. 그의 운명은 잔인하고 아이로니컬하다. 책을 죽여야만 하는 책의 숭배자, 자기 일을 혐오하면서도 동시에 사랑할 수밖에 없는 모순적인 운명 때문이다.

그에게 책은 그저 종이 더미가 아니다. 산사태처럼 쏟아지는 폐지 더미 속에서 굳이 시간과 노동, 소장의 질책을 감당하면서도 '책들'을 애써 찾아내는 까닭은 그가 책과 독서 속에서 아름다움과 사유의 매혹과 행복을 발견할 줄 알기 때문이다. 물질이 줄 수 없는 정신의 행복과 기쁨을 깨달았기 때문이다.

그의 작업실로 쏟아져 내리는 책들은 평범한 독자들이 읽고 버린, 혹은 독자들을 찾지 못해 쓸쓸한 죽음을 맞게 될 운명에 처한 책들만 있는 것이 아니다. 2차 대전의 광기 속에서 그의 지하실로는 왕실 도서관에 소장되어 있던 희귀하고 값진 장서들이 폐지 신세가 되어 쏟아져 들어오기도 하고, 전쟁이 끝난 후에는 나치 문학과 더불어 반사회주의로 낙인찍힌 책들이 죽음을 맞으러 들어온다. 책들이 파괴와 죽음의 운명을 맞는 것은 독자들의 외면뿐만 아니라 전쟁과 이데올로기, 흐라발 자신이 몸소 겪었던 국가 권력의 검열 같은 횡포로 죽음의 선고를 받아서이기도 하다. 흐라발은 폐지 압축공 한탸의 운명을 통해 인간 정신의 숭고함이 어떤 역사적 과정과 폭력으로 파괴되고 타락하게 되는지를 신랄하게 고발하고 있는 것이다.

그 많던 독자들은 다 어디로 갔을까?

작가 흐라발의 비판은 거기서 한 걸음 더 나아간다. 마치 오늘날 텔레비전과 영화, 컴퓨터와 스마트폰 같은 '기계 문명'의 산물에 책이 독자를 잃고 방황하고 있는 것처럼, 자신이 오랫동안 작업해왔던 압축 기계와는 비교가 되지 않을 정도로 거대하고, 열 배나 더 효율적인 컨베이어 시스템을 가진 번쩍이는 최신 압축 기계의 등장으로 한탸는 더 이상 책을 구해내지 못하고 작업장에서 쫓겨날 위기에 처한다. 그는 곧 인쇄소로 쫓겨나 단순히 백지를 꾸리는 일로 밀려나게 될 것이다. 책들은 이제 최후의 독자인 한탸마저 잃고 첨단 기계 속에서 완벽하고 효율적으로, 무자비하게 폐지로 압축되어 파괴되고 말 것이다. 그리고 그가 목격한 바처럼, 그 거대한 최신 압축 기계로 일하는 새로운 세대는 더 이상 책이 아니라, 여행이나 텔레비전 시청, 시시덕거리는 수다에서 즐거움을 찾게 될 것이다.

주인공 한탸는 자신이 막을 수 없는 책 파괴 과정의 한 축을 담당하고 있었다. 그럼에도 그는 폐지가 아닌 책을 구해내고, 또 자신이 독자로 남음으로써 죽어가는 책들에게 따뜻한 위로와 책들의 은신처가 되어줄 수 있었다. 그러나 더 이상 책과 함께할 수 없는, 인쇄소에서 그저 텅 빈 백지꾸러미만 접해야 할 운명에 처하게 된 독자 한탸에게 남은 선택은 과연 무엇인가? 평생 고락을 함께해온 연인, 자신이 숭배해온 신과도 같은 존재와 영원히 결별해야 한다면, 그런 후에 그의 삶은 무엇이 될 수 있을까?

그는 결국 자신의 사랑과 함께 최후를 맞기로 한다. 그는 자신의 폐지 압축기 속으로 마치 폐지처럼 몸을 구겨 넣는다. 그는 시인 노발리스의 책을 손에 쥐고 읽는다. "사랑받는 대상은 모두 지상의 천국 한복판에 있다"라는 문장을 마지막으로 읽는다. 세상에서 가장 멋진 독자의 너무 슬픈, 비극적인 죽음이다.

나에게 폐지 압축공 한탸의 슬픈 죽음 장면은 마치 인류 최후의 독자가 맞는 비장하고 장렬한 최후처럼 읽힌다. 물론 나는 최후의 독자는 최후의 인류가 될 것이고 인류가 존속하는 한, 독자는 절대 사라지지 않을 것이라고 믿는다. 세상의 모든 책들이 폐지 압축 기계에 휩쓸려 들어가는 순간이 오더라도 누군가 한 사람, 한탸 같은 독자가 남아 있게 될 것이라고 믿고 싶다.

그럼에도 다른 한편으로는 마음이 좀 쓸쓸하다. 흐라발의 이야기가 마치 책과 독자의 소멸에 관한 이야기로 읽히는 탓이다. 21세기 현대 문명이 혹시 한탸를 죽음에 이르게 만들었던 번쩍이는 최신 압축 기계를 닮아가고 있는 게 아닌가, 나아가 그 기계의 효율성과 첨단 기능의 매혹에 넋을 잃은 채 우리가 무엇을 잃어가고 있는지조차 망각하고 있는 게 아닌가 하는 생각을 떨치기 어려운 탓이다.

특히 우리 사회를 떠올리면 더욱 그러하다. 한 신문 기사에서 한국 성인 세 명 중 한 명은 1년 내내 책을 한 권도 읽지 않으며, 또 독자층도 점점 더 줄고 있다는 소식을 접해서인지 더더욱.

예전에 그 많던 독자들은 다 어디로 갔을까? 독자를 만나지 못한 책들은 다 어디로 사라지는 걸까? 우리가 텔레비전과 영화, 인터넷과 스마트폰에 빠져 있는 동안 독자를 잃어버린 책들은 헌책방과 고물상을 전전하다 마침내 잔인한 이빨을 가진 폐지 압축기에 쓸려 들어가 죽어가는 것은 아닐까? 이런 물음들 때문에 반세기나 전에 동유럽에서 쓰인 이 한 남자의 이야기는, 지금의 우리 현실을 비추는 거울처럼 보이기도 한다.

이 소설을 읽은 후에 나도 모르게 집안의 서가를 다시 휘 돌아보았다. 앙다문 침묵 속에서도 간절히 내 손길을 기다리고 있는 책들. 내 손때가 묻은 책들도 있지만, 언제부터 거기 있었는지도 알지 못할 정도로 오랫동안 외면당한 채 쓸쓸히 자리를 지키고 있는 책들도 눈에 밟혔다. '아아, 저들은 지상의 천국 한복판이 아닌, 망각의 검은 심연에 내던져져 있구나! 나는 여전히 부실한 독자구나, 게으른 독자구나'라는 자괴감에 마음이 아렸다. 다행히도, 책들은 아직 거기에, 내 서가에 머물고 있다. 아직 한탸처럼, "근사한 문장을 통째로 쪼아 사탕처럼 빨아 먹고, 작은 잔에 든 리큐어처럼 홀짝대며 음미" 할 시간은 충분히 남았다.

제3부

네 번째 책상 서랍,
타자기, 그리고 회전목마

모든 책은 마법이고 동시에 진짜 현실이기도 하다. 지금은 사라져버리고 없는 《세계의 책》이라는 한 권의 책이 시간과 공간 모두를 포괄하는 이 세계 자체와 일치하는 책이라면, 그 속에는 가능한 역사와 아직 쓰이지 않은 책도 모두 포함하고 있을 것이다.

그렇다면 그 우주적인 한 권의 책이야말로 실재이며, 세르반테스와 셰익스피어와 벤 존슨을 포함한 모든 작가와 그 작가들이 쓴 책들은 그 책의 한 부분이며, 따라서 허구이거나 책의 환영일 수도 있다. 어쩌면 보르헤스가 꿈꾸었던 〈바벨의 도서관〉 역시 그러한 한 권의 책 자체일 수도 있을 것이다.

아니, 책과 세계는 마치 꿈속에서 모든 것이 뒤죽박죽 뒤섞이듯, 서로가 서로를 꿈꾸면서 한데 뒤섞여 있는 것인지도 모른다.

네 번째 책상 서랍 속의 타자기와
회전목마에 관하여

/
환상적이고 우주론적이며 형이상학적인 책상과
서랍들의 세계에 대한 가설적인 서문

여기 하나의 책상이 있다. 누군가가 이 책상의 평면도를 그린다면, 그것은 중심은 하나이고 중심점에서 각각의 바깥 둘레에 이르는 거리는 일정한 사각형으로 보일 것이다. 중심점에서 각각의 바깥 둘레에 이르는 거리는 일정하되, 유한하면서도 동시에 무한한 거리라고 알려져 있다.

사람들이 말하기를 이 책상에는 열 개 혹은 열한 개의 서랍이 달려 있다고 한다. 이 책상은 마치 오디세우스가 페넬로페와 사랑을 나누곤 하던 그 침대, 20여 년에 걸친 방랑 끝에 돌아온 오디세우스를 시험해보기 위해 페넬로페가 옮겨보라고 말했던 침대, 즉 나무와 하나로 붙어 있어 절대 들어 올려 옮길 수 없는 그 기이한 침대처럼, 책상을 떠받치고 있는 거대하기 짝이 없는 어떤 나무에서 뻗어 나온 가지가 책상다리를 이루고 있다.

나무와 분리 불가능한 형태로 접속되어 있는 이 책상을 그 어떤 전지전능한 신이라 할지라도 나무 자체를 직접 옮기지 않는 한 다른 곳으로 옮길 수는 없다. 게다가 그 나무는 별도로 나무의 몸통 아래에 뿌리가 달린 것이 아니라 뿌리 자체가 나무를 이루고 있는 뿌리-나무 형태로 생겼고, 뿌리와 몸통과 가지를 구분하는 것조차 불가능하다. 이 뿌리-가지-나무는 한 마리의 우주적인 거북이가 떠받치고 있다. 그리고 이 우주 거북은 우유로 된 깊이와 넓이를 가늠할 수 없는 무한한 바다 위를 떠다니고 있다. 그 우윳빛 바다 아래에 무엇이 있는지는 알려진 바가 전혀 없다. (아우구스티누스란 이름의 한 성스러운 학자는《고백록》이란 책에서 천지창조 이전에 관한 불경스러운 질문을 던지는 자들을 위해 신은 지옥이라는 마땅한 장소를 마련해두었다고 주장한다.)

나는 앞에서 그 책상에는 열 개 혹은 열한 개의 서랍이 달려 있다고 말했다. 첫 번째 서랍을 열면 거기선 황홀한 음악이 들려온다. 그 서랍 안의 세계는 에우클레이데스가《기하학 원론Stoikheia》에서 내린 점에 관한 공리가 적용될 수 있는 세계다. 위치만 있고 가로와 세로와 높이가 절대적으로 제로인 연장 없는 점들의 집합이 바로 그 세계인 것이다.

혹자들은 이 서랍이 무수한 선들로 이루어진 세계라고 주장하기도 하지만, 공리에 충실하게 말하자면 두 가지 이유에서 선분의 형성이 불가능하다. 만일 두 점이 일치한다면 그 두 점 사이의 거리는 동일하게 연장(크기와 높이)이 없으므로 제로가 된다. 두 점이 일치하지 않는다면 두 점 사이의 거리가 제로보다 커지므로 공리를 위반하게 된다. 그럼에도 이 서랍에서 음악이 흘러나오는 것은 음악이 음표의 위치와 한 방향으로만 흐르는 시간의 속성이 마법적으로 결합한 결과이다.

이 서랍 속에는 또 무한하게 많은 모래 알갱이 같은 점들의 집합이 있는데, 〈모래 계산자〉라는 논문을 통해 우주에 존재하는 모든 모래 알갱이들의 개수를 계산해냈던 아르키메데스가 다시 살아난다 하더라도 위치만 존재할 뿐인 그 무한한 점들의 총합계가 얼마인지는 계산해낼 수 없다. (왜냐하면 오늘날 우주는 아르키메데스가 상상했던 것보다 무한히 더 크며 무한의 최종 경계를 확정할 수 없기 때문이다.)

두 번째 서랍 속에서는 무한하게 많은 회화작품, 영화, 드라마를 발견할 수 있다. 물론 무한하게 많은 선이 모여 평면을 이룰 수 있다는 가정은 비과학적인 결론일 것이다. 왜냐하면 면은 선분 자체에는 내재하지 않은 어떤 다른 방향으로 움직였을 때 나타나는 자취일 뿐이기 때문이다. 사실 첫 번째 서랍과 두 번째 서랍의 실제 내용물에 관해선 여전히 미확인 상태다. 드넓고 무한한 우주의 모든 것들이 그렇듯이 가설로서만 이야기될 뿐이다.

세 번째 서랍은 독일 철학자 이마누엘 칸트가 '현상 세계'라고 불렀던 것과 유사한 세계와 사물들로 이루어져 있다. 이 세계는 간략하고 구체적으로 언급하자면 에우클레이데스가 기하학의 용도를 묻는 학생에게 동전 한 닢을 쥐여주고 내쫓았던 세계이고, 한 로마 병사가 그가 누구인지도 모르는 채 아르키메데스의 목을 칼로 베었던 세계이다. 노자가 검은 물소를 타고 건넜던 함곡관이 있는 세계이며, 진시황이 책들을 불살랐고, 이성계가 위화도에서 군사들을 되돌리는 세계다. 유럽인들이 수천만에 이르는 아메리칸 인디언들을 총과 매독 같은 병으로 학살하거나 죽였던 세계이고, 카를 마르크스라는 수염이 덥수룩한 한 남자가 섬나라의 도서관에 죽치고 앉아 열심히 연구한 끝에《자본론》이라는 두꺼운 책을 쓰던 세계이며, 멕시코의 어느 날 깊은 밤중에 스탈린이 보낸 암살자가 트로츠키를 끔찍하게도 도끼로 내리쳐버리는 세계다. 비행기와 원자폭탄, 퍼스널 컴퓨터와 합법적이거나 불법적인 상거래들과 인터넷 블로그와 고독과 사랑, 탄자니아 커피와 보르도 와인, 높이 치솟은 공장 굴뚝들과 탁한 매연 공기, 더러운 하수도, 슬픔과 질병들과 죽음이 난무하는 세계다.

이 세계는 무엇보다 보이지 않는 거대한 손이 지배하는 세계다. 이 서랍 속에서는 그 비가시적인 손의 무시무시한 손가락들이 — 손가락 개수가 몇 개나 되는지는 아무도 모른다 — 모든 사물들과 심지어 모든 생명체들까지 굳세게 움켜쥐고 있다. 그래서 생명체들은 종종 호흡곤란 증세를 호소하고, 게다가 더욱 나쁜 것은 정신적으로 우울증이나 신경증, 조현병 같은 정신병들이 창궐하거나 페스트, 면역결핍증, 신종인플루엔자 같은 악성 전염병들이 느닷없이 출현하여 사람들을 공포와 패닉상태에 빠뜨리기도 한다. 이 세계에서는 아무런 마법적인 요소들이 없다. 그 때문에 사람들은 대부분 권태에 짓눌려서 살며 일부 학자들은 전쟁이나 결투, 사랑이나 온갖 오락거리들이 모두 권태를 물리치기 위한 고육지책이라고 주장하기도 한다.

한 마디로 이 서랍은 판도라의 상자 같은 세계다. 뚜껑 열린 판도라의 상자처럼 열자마자 부패와 매연, 질병과 고독, 권태의 고약한 냄새들이 튀어나오기 때문에 서둘러 도로 닫아버리게 되는 그런 서랍. 전설에 따르면, 모든 나쁜 것들이 상자에서 다 튀어나온 후에 그

상자 속에 남은 것은 오직 희망이라는 그 실체가 모호한 한 가지뿐이라고 한다. 이 세계 사람들은 오직 그 희망이란 것에 기대어서만 겨우겨우 버티며 살아갈 따름이다.

네 번째 서랍은 그 실체가 뚜렷하지 않다. 다만 세 번째 서랍보다 시간이라는 환상의 차원이 덧붙여진 세계라고 알려져 있다. 이 서랍을 열면 냄비를 투구인 양 쓰고 조랑말을 탄 한 늙은 기사가 맨 먼저 튀어나온다. 뒤이어 가르강튀아와 팡타그뤼엘이라는 이름을 가진 거인족이 그 기사를 쫓고 있고, K라는 이름으로만 알려진 한 측량기사가 어리둥절한 표정으로 사방을 둘러보며 성으로 가는 길을 물을 것이다. 또 대칭적인 관계에 있는 어른이며 아이이고 총합주의자인 필리도르 박사와 분석주의자인 안티필리도르가 번갈아 가면서 한 번씩 대칭적으로 총질을 해대는 모습도 발견할 수 있을 것이다. 여기엔 또 나뭇가지에 걸린 채 축 늘어진 시계들과 동일한 시각을 가리키고 있는 커다란 시계들에서 동일한 사람이되 각각 다른 시대에 속하는 그 사람이 걸어 나오는 모습도 발견할 수 있다. 혹은 쇠붙이를 먹으며 커지는 전설의 괴물 불가사리도 이 서랍 속에 들어 있다.(이 불가사리가 내뿜는 불에 엉덩이가 데지 않도록 각별히 조심해야 한다.)

레메디오스 바로Remedios Baro, 1908~1963라는 저명한 여성 초현실주의 화가 겸 과학자(?)에 따르면 이 세계의 진화는 아주 특이한 것이다. 바로는 한 과학잡지에 〈호모 로당스De Homo Rodans〉라는 논문을 발표했다. 이 논문에 따르면 인간이 사용하다 버린 지팡이들이 돌로 진화했고, 그중 초월적인 욕망을 갖고 있던 일부 지팡이들은 익룡으로 진화했으며, 익룡의 초월적 욕망은 어느 날 한 익룡을 '최초의 우산'

으로 진화하도록 만들었다고 밝혔던 것이다. 오늘날 비 내리는 날이면 어김없이 쓰고 다니는 우산은 모두 지팡이와 익룡에서 진화한 결과인 것이다.

이 지팡이의 초월에 관한 더 자세한 정보는 기원전 23세기에 어느 무명의 페르시아 시인이 쓴 서사시와《무루티미로트 카딘시오스》제5권에 충실하게 기록되어 있다고 한다. 이 세계 사람들은 유독 고양이를 좋아하는데, 고양이들의 털을 쓰다듬으면 불꽃이 튀면서 거대하고 대단히 복잡한 전기장치가 형성되어 그 전기로 멋진 최신 유행의 파마도 할 수 있다. 이 신기하고 놀라운 이야기는 레메디오스 바로가 쓴《레메디오스 바로, 연금술의 미학》에 그녀의 그림들과 함께 실려 있다.

마우리츠 코르넬리스 에셔Maurits Cornelis Escher, 1898~1972라는 화가는 이 세계에 관한 탁월한 이미지들을 그려냈다. 그가 그린 2차원과 3차원을 넘나드는 도마뱀들과 새들, 손 그림들과 상승과 하강이 동일한 어느 건물의 이미지가 그것이다. 이 세계는 에우클레이데스의 다섯 가지 공리와 다섯 가지 공준들이 무의미해지는, 특히 세 번째 서랍의 관점에서는 도무지 난센스로밖에 볼 수 없는 그런 기이한 사건들과 현상들이 무시로 출현하는 곳이다.

이 서랍 속에는《이상한 나라의 앨리스》와《거울 나라의 앨리스》그리고《실비와 브루노》라는 책들이 있는데, 그 책들에서 펼쳐지고 있는 온갖 흥미진진한 사건들이 바로 이 세계에서 일어나는 일들이다. 체셔 고양이, 우주를 꿈꾸는 잠자는 붉은 왕, 양철 나무꾼, 뇌 없는 허수아비, 겁쟁이 사자들이 살고 있고, 잡으려고 하면 사라져버리는 스나크라는 괴물, 심해를 항해하는 네모 선장의 환상적인 서재도 여기에서 발견할 수 있다.

이 세계는 끝없이 새롭게 창조된다. 그래서 이 세계는 오로지 가변성, 창조성, 환상성으로 특징지을 수 있다. 그런 이유로 수많은 나라들과 왕국들이 존재하는데, 워터멜론 슈가, 에메랄드 시티, 유토피아 왕국, 새로운 아틀란티스, 전기양을 꿈꾸는 안드로이드 왕국 같은 나라들도 여기에 속한다. 특히 루타바가Rutabaga라는 나라에서는 돼지들이 턱받이를 하고 있고 기찻길은 지그재그로 이어지며 슈크림으로 만든 마을들이 바람에 이리저리 날리는 기상천외한 나라이기도 하다. 또 이 서랍 속에는 각 방이 정육면체로 된 구체 모양의 도서관도 있다. 그 도서관에선 이미 출판된 책들뿐만 아니라 아직 출판되지 않은 책들까지도 단 한 권도 빠짐없이 모두 소장하고 있다고 알려져 있다. 작가들은 이 도서관에서 앞으로 쓰일 책들에 대한 정보를 얻고자 혈안이 되어 도서관 구석구석을 뒤지곤 하지만, 그 도서관에 한 번 발을 디딘 이후 그곳에서 되돌아 나온 사람은 아직 없었다는 소문이 있다. 왜냐하면 그 도서관은 미로 형태를 띠고 있어 아리아드네가 도와주지 않는 한, 거기에서 빠져나올 가능성은 거의 없기 때문이다.

특히 이 서랍에서 가장 주목할 만한 것은 '이야기하는 마법의 타자기'이다. 이 타자기는 네 번째 서랍 한가운데 위치하고 있다. 타자기는 스스로 타자를 치면서 끊임없이 환상적이고 경이로운 이야기들을 자아내는데, 그 이야기들은 이야기되자마자 곧장 이 세계에 출현하여 새로운 세계를 덧붙이곤 한다. 바로 이 마법의 타자기가 끊임없이 이야기를 지어내기 때문에 이 네 번째 서랍 속의 세상은 그 형태가 수시로 변하는 것이다.(어떤 과격한 환상론적 형이상학자는 우윳빛 바다를 포함한 거북이와 뿌리-나무, 그리고 책상과 서랍들의 세계 모두가 실은 이 이야기하는 마법의 타자기가 지어낸 이야기일 뿐이며 타자기가 고장 나서 멈추는 날엔 모든 세계가 붕괴된다고 주장하기도 한다. 그 순간이 바로 세상 종말의 순간이며, 일정한 시간이 흐른 후에 스스로 다시 작동하기 시작하는 타자기는 새로운 이야기-우주를 창조한다는 것이다. 그러나 이런 이론도 하나의 가설일 뿐이며 증명된 바는 없다.)

이 타자기는 스스로 회전하는 회전목마가 둘러싸고 지키고 있다. 누군가 이 타자기를 훔치기 위해 접근하려 하면 회전목마가 빛의 속도로 회전하는데 그 무시무시한 회전속도는 가까이 접근하는 모든 사물들을 모래알처럼 산산조각 내버린다. 목마들은 유니콘의 형상을 하고 있고, 그 목마들은 이 세계의 중심이자 기원인 타자기를 충실하게 지키는 영원한 파수꾼이다. 이 타자기가 존재하는 한, 이 세계는 무한히 새로운 마법적이고 환상적인 세계를 만들어낼 것이다. 네 번째 서랍의 세계는 첫 번째부터 세 번째 서랍에서 살고 있는 사람들이 밤이면 밤마다 꿈속에서라도 가서 만나보고 싶어 하는 황홀하고 행복한 세계다. 누군가가 용기와 열정, 그리고 무엇보다 지극히 애타하는 사랑하는 마음 때문에 타자기와 회전목마를 서랍 속에서 꺼내려고 한다면, 어느 날 밤 꿈속에서 그 타자기와 회전목마를 만날 수 있다고도 한다. 그리고 타자기는 아직 누구에게도 들려주지 않은 신비롭고 황홀한 이야기를 귀에다 속삭여준다고도 한다.

전설에 따르면 세 번째 서랍에 살고 있는 코울리지라는 이름의

한 시인이 바로 그런 일을 겪었는데, 꿈속에서 한때 몽고라는 이름을 가졌던 거대한 제국의 황제 쿠빌라이 칸과 그 사라진 왕국에 관한 멋들어진 300행이나 되는 운문 형태의 이야기를 그 타자기에게 듣고서 그 일부를—유감스럽게도 나머지는 갑자기 찾아온 손님 때문에 잊어버렸다고 한다—시로 남겼다고 한다.

네 번째 서랍을 추종하는 일군의 사람들은 그 이야기를 전설이 아니라 객관적인 사실로 믿고 있다. 그들은 이 세계가 현실과 환상, 혹은 현실과 꿈이 이분법적으로 확연하게 구분되는 것이 아니라고 믿는다. 네 번째 책상 서랍과 세 번째 책상 서랍의 세계는 마치 뫼비우스의 띠와 같은 기이한 방식으로 연결되어 있거나 인간과 동물들이 꾸는 꿈과 환상이라는 통로를 통해 수시로 상호작용한다고 믿는다. 나아가 어떤 형이상학자들과 작가들은 네 번째 책상 서랍의 세계야말로 더 진실한 세계이며, 세 번째 책상 서랍의 세계는 네 번째 책상 서랍의 일그러진 반영이거나 그림자라고 믿기도 한다. 인도에서는 어느 한 신이 낮잠을 자는 동안에 그의 배꼽에서 피어난 한 송이 꽃이 바로 우주이며, 그 신이 낮잠을 깨면 이 우주는 사라진다고 한다. 파르메니데스와 플라톤 같은 철학자들 또한 그런 상상을 했다. 그들은 이 세계가 거울에 비친 흐릿한 실재의 환영에 불과하다고 말했던 것이다.

네 번째 책상 서랍의 연대기에서 가장 중요한 예술 운동으로 초현실주의 운동이 있다. 이 초현실주의 예술가들도 플라톤과 비슷한 생각을 갖고 있었다. 그들은 꿈이야말로 참된 실재라고 생각했다. 프로이트에게 영향을 받은 그 운동은 무의식과 꿈이야말로 진짜 현실

제3부·네 번째 책상 서랍, 타자기, 그리고 회전목마

이라고 믿었고, 일상적 현실 대신 초현실을 탐구하는 데 온 열정을 다 바쳤다. 다른 이유에서이긴 하지만 19세기 프랑스의 상징주의 시인 스테판 말라르메는 이 세계를 대체할 수 있는 한 권의 책을 꿈꾸었다. 유대 카발라주의자들과 이슬람 신비주의자들 또한 성스러운 한 권의 책 속에 이미 우주의 전 역사가 기록되어 있다고 믿었다.

그러나 나는 세르반테스야말로 기이한 환상의 서랍들로 이루어진 이 세계의 모습을 가장 명료하게 포착했다고 믿는다. 예를 들면 《돈키호테》 제1권 6장에서 신부와 이발사가 돈키호테의 장서를 검열하는 장면이 나온다. 그런데 검열대상 가운데는 세르반테스 자신이 쓴 《갈라테이아》라는 소설도 있고, 심지어 이발사가 나서서 그 소설에 관해 창의성은 돋보이지만 문제만 제기할 뿐 아무런 결론도 맺지 못한 작품이라며 신랄하게 비판하기도 하는 것이다. 더욱이 《돈키호테》 제2권에 등장하는 인물들은 당시 스페인에서 출판된 후에 유명한 베스트셀러가 되었던 제1부를 읽은 독자들이다. 즉 《돈키호테》의 등장인물들이 바로 《돈키호테》를 읽었던 독자들인 것이다! 나아가 세르반테스는 소설 속에서 이 소설이 톨레도 시장에서 우연히 입수한 아랍어 필사본의 번역본이라고 천연덕스럽게 쓰고 있기도 하다.

세르반테스에게 깊은 영향을 받은 소설가 호르헤 루이스 보르헤스는 《만리장성과 책들》이라는 책에 실린 〈돈키호테의 부분적 마법〉이라는 에세이에서 이런 식으로 허구와 현실을 전복하는 것이 묘한 불안감을 불러일으킨다고 썼다. 왜냐하면 책을 읽는 독자인 우리를 오히려 허구적인 존재로 만들어버릴 위험을 암시하기 때문이다.

근대 영국의 희곡작가 윌리엄 셰익스피어는 그의 마지막 희곡인 《템페스트Tempest》 제4막 1장에서 이런 멋진 시구를 남겼다.

우리는 꿈이라는 질료로 만들어진 존재들, 짧은 우리의 생은 잠으로 둘러싸여 있네.

18세기 영국의 경험주의 철학자 버클리 신부는 존재하는 것은 단지 우리 마음에 지각된 것일 뿐이라는 유명한 명제를 입증하려 한 적이 있다. 데이비드 흄은 우리 외부에 완전히 독립적이고 객관적인 세계가 존재한다는 일상적인 믿음은 엄밀하게 검토해보면 인간의 상상력이 빚어낸 환상에 불과하다고 지적했다. 우리가 외부 세계에 대해 무언가를 알 수 있다면, 그것은 오직 우리 마음이라는 내면의 프리즘을 통해서일 뿐이다. 외부 세계 전체가 우리 마음이 빚어낸 환영이 결코 아니라는 인식론적 확신을, 우리는 결코 가질 수 없다. 물론 이런 극단적인 생각은 우리를 유아론으로 이끌고 가지만, 유아론 자체도 외부 세계가 존재하지 않는다는 것을 증명할 수 없는 한, 결코 정당화될 수 없다. 이 문제를 철학적으로 파고들면 들수록, 흄이 그랬듯 철학적 신경증이나 우울증에 걸릴 공산이 크다.

환상적 관념론의 은밀한 지지자였던 보르헤스는 결국 돈키호테에 관한 그 짧은 에세이의 결론에서 칼라일의 말을 빌려 이렇게 쓰고 있다.

우주의 역사라는 것은 모든 이들이 쓰고 읽고 이해하기 위해 애쓰고 있으며, 한편으로는 그런 그들 스스로가 묘사되고 있는 무한으로 이어지고 있는 성스러운 한 권의 책이다.

이 말은 우리가 모두 우주 전체가 담겨 있는 단 한 권의 책에 쓰인 한 문장이거나 혹은 한 단어, 문장 부호이면서 동시에 그 책을 읽고 있는 독자라는 뜻이다. 혹은 나의 우주적인 환상의 책상론에 따르면, 세 번째 책상 서랍과 네 번째 책상 서랍 사이는 마치 서로를 비추는 거울 속의 세계처럼 서로를 무한히 비추는 현기증 나는 마법의 세계일 수도 있다는 의미다. 그리고 이 거울들의 세계 자체도 이야기하는 하나의 타자기가 지어내는 이야기들의 무수한 변주일지도 모른다. 세르반테스가 상상한 것처럼 독자들은 책을 읽지만, 독자들 자체가 이미 이야기 속의 한 등장인물일 수 있고, 그렇게 기이한 서로를 비추는 관계는 무한히 이어진다….

다섯 번째부터 열한 번째 서랍까지는 그 서랍을 열어본 사람이 아무도 없기 때문에 온갖 추측들만 요란하다. 학자연한 사람들은 다섯 번째 서랍 속엔 모든 것이 가능하기에 모든 것이 불가능한 그런 무의미들만 가득 들어있고 여섯 번째 서랍에는 네 번째 서랍보다 더 우스꽝스럽고 기이한 사건들이 무시무시한 속도로 출몰했다간 사라지는 세계이며, 일곱 번째 서랍에는 어떤 외로운 신이 살고 있다고 한다.

일곱 번째 서랍부터 열한 번째 서랍들에 관해서는 그저 상상에 내맡기는 것이 좋을 듯하다. 세 번째 서랍에서 살았던 비트겐슈타인이라는 사람은 이미 오래전에 말할 수 없고 모르는 것에 관해선 아

네 번째 책상 서랍 속의 타자기와 회전목마에 관하여

에 침묵하는 것이 유일한 해결책이라고 주장했다. 이 사실만 다시 언급하는 것으로 충분하리라.

프로스페로의 서재와
제임스 본드에 관한 짧은 농담

셰익스피어는 자신의 마지막 작품인《템페스트》에 사소해 보이지만 미묘한 수수께끼 하나를 숨겨놓았다. 프로스페로Prospero가 태풍을 일으키고, 요정들을 부리고, 눈에 보이지 않는 기이한 원형 감옥을 만들어내는 경이로운 마법을 부릴 수 있도록 허락했던 마법의 책에 관해 어떠한 정보도 노출하지 않은 것이다. 작품에서 책은 마법의 책으로만 언급될 뿐이다. 물론 작가의 그런 태도에는 작품의 미학과 관련한 필연성이 있다. 책 이름을 거론함으로써 관객과 독자들의 관심이 작품 외적인 것에 쏠릴지도 모를 우려를 사전 방지할 필요가 있었던 것이다.

하지만 세르반테스는 다르다.《돈키호테》제1부 6장에서 마을 신부와 이발사, 하녀들이 돈키호테를 광기에 빠뜨린 책들을 열람하고 있다. 세르반테스는 소설 머리 부분에서 돈키호테가 기사도 소설에 홀린 나머지 환상을 현실로 착각하는 광기에 빠져들었다고 충분히 이야기하고 있다. 그런데도 다시 제1부 6장에서 돈키호테의 서재를 독자들에게 공개하고 신부가 그 서재의 일부 책들에 관해 비평하게 만든 까닭은 세르반테스가 그 작품을 쓰게 된 동기와 깊이 연결되어 있다.

자기 운명을 미리 알았던 아이네아스와는 다르게 세르반테스는 자신이 먼 훗날 근대 소설의 창시자가 되리라곤 짐작조차 하지 못했다. 현실적인 삶이라는 맥락과 무관한 허황된 판타지로 전락해가고 있던 당대 기사도 문학을 비판하고 풍자할 의도만을 품고 있었을 따름이다. 그렇기 때문에 세르반테스는 《돈키호테》에서 비평적인 한 파트를 할애할 만한 충분한 이유가 있었다. 심지어 거기에 자기 작품인 《갈라테아》까지도 비평 대상에 올려놓았다.

돈키호테의 서재에는 장정이 훌륭한 100권이 넘는 대형 책들과 소책자 몇 권이 있었다. 그 가운데 《아마디스 데 가울라》와 《돈 벨리아니스》를 비롯한 약 35권의 책이 목숨을 건지거나 화형을 당한다. 35권이면 서재의 책 중 3분의 1에 해당하는 양이다. 그런데 《돈키호테》를 열광적으로 사랑하는 독자라면 분명 돈키호테의 서재를 장식하고 있었다는 100권이 넘는 책의 목록이 무척 궁금할 터이다. 또 학자들이라면 그 책들의 전체 목록을 둘러싼 생사를 건 투쟁조차도 마다하지 않을 것이다. 아직 그런 멋진 논쟁이 벌어지지 않은 게 의아하긴 하지만.

사실은 나로선 더욱 의아한 것이 프로스페로의 서재에 관한 학자들의 침묵이다. 돈키호테의 광기를 좀 더 잘 이해하고자 한다면 서재를 장식하고 있던 적어도 서른 권 이상 되는 책들을 직접 찾아 읽을 수 있다. 그런데 프로스페로가 읽었던 그 기적 같은 마법의 책은 마치 마법이 사악하고 불순한 무엇인 듯 혹은 셰익스피어의 농담인 듯 무관심과 침묵 속에 유폐시켜버리는 것이다.《템페스트》를 진정 사랑하는 열렬 독자라면 한 번쯤은 프로스페로의 서재에 호기심을 품었으리라. 아쉽게도 오직 영국 영화감독 피터 그리너웨이Peter Greenaway만이 〈프로스페로의 서재Prospero's Books〉라는 상징과 은유로 가득한 신비한 한 편의 영화를 통해 그 서재와 책들에 경의를 표했을 뿐이다.

나는 여기서 프로스페로의 서재에 감추어진 비밀을 풀 실마리로 존 디John Dee, 1527~1608라는 인물을 언급할 필요성을 느낀다. 존 디는 셰익스피어와 동시대를 살았던 수학자이자 천문학자였다. 무엇보다

존디와 엘리자베스 1세 여왕의 초상화

점성술과 연금술, 의혹을 자아내는 온갖 마법으로 명성을 떨쳤던 수수께끼에 둘러싸인, 한마디로 '기이한 마법사'로 더 잘 알려진 인물이다. 그는 당시 여왕 메리와 공주 엘리자베스의 운명을 측정한 죄목으로 재판에 회부되는 스캔들을 일으켰다. 엘리자베스 여왕이 즉위할 때 즉위식 날짜를 결정하는 권한을 가졌을 정도로 엘리자베스 여왕의 총애를 받았고, 점성술과 학문의 조언자인 동시에 여왕의 은밀한 비밀 첩보원 역할도 수행한 것으로 보인다.

런던 외곽 템스 강변의 모트레이크Mortlake에 있던 그의 집 서재는 당시 영국 최고의 도서관이었고 학계의 주목받는 중심지였다. 무엇보다 위험한 소문들과 질투와 시샘, 막연한 두려움과 공포의 근원지이기도 했다. 당시 유럽의 종교재판정은 여전히 굳건했다. 1600년 이탈리아 종교 재판소는 철학자 조르다노 브루노를 의심스러운 책을 쓰고 미심쩍은 비밀 의식을 행했다는 죄목으로 이단 심문을 한 끝에 화형에 처해버렸다.

런던의 대중들은 카발라와 연금술, 신비와 어둠에 싸인 기이한 마법에 심취하고 있는 유명 인사 존 디를 숨죽인 채 지켜보며, 그들끼리 몰래 수군거리고 있었다. 그런 분위기 속에서도 그는 대학에서 유클리드의 복잡하고 난해한 기하학 문제들을 강의했고, 지리학과 영국사와 정치에 관한 책들과 영국의 식민지 개척에 대한 열망과 전망을 담은 긴 제목을 가진 책들을 썼다. 또 히브리 카발라를 다룬 《히브리 카발라에 관한 개요서Cabala Hebraicae compendiosa tabella》라는 책을 쓰기도 했다. 마침내 1564년, 그는 《상형문자 단자론Monas Hieroglyphica》이라는 독창적인 신비학 저서를 발표했다. 이 저술은 연금술과 카발라, 라이프니츠 단자론의 기묘한 혼합물로 이루어져 있는데, 이 책으로 인해 불멸의 명성과 악명, 두려운 소문이 더욱 부풀려졌다.

그의 서재를 이루고 있던 신비한 마법에 관련된 책들 가운데 가장 비밀스러운 책은 아마도 《M서》라고 알려진 《세계의 책Liber Mundi》이라는 책일 것이다. 존 디가 속해 있던 비밀 서클─장미십자회로 변신하게 된 것일지도 모르는─에서 은밀하게만 떠돌던 그 책의 저자 이름은 놀랍게도 솔로몬 왕이었다. 동양과 서양의 모든 지혜를 능가했고, 신과 천사들과 직접 소통했다고 알려진 바로 그 솔로몬 왕! 그 책은 세계의 과거와 현재 미래, 그리고 세계를 창조한 신의 이름이 감추고 있는 비밀을 포함하고 있었다고 한다. 기묘하게도 셰익스피어 사후에 노골적으로 자신의 존재를 드러내기 시작한 장미십자회의 한 책자에는 이 책이 다른 보물들과 함께 장미십자회의 창시자인 크리스티안 로젠크로이츠의 지하 납골당에 숨겨져 있다고 암시한다.

셰익스피어의 진짜 이름으로 유력하게 거론되는 철학자 프랜시스 베이컨은 솔로몬의 사라진 책들을 새로운 아틀란티스에서 찾을 수 있다고 주장하기도 했다. 1662년 영국의 점성술사이자 장미십자회 단원인 존 헤이든John Hayden은 한 편의 논문을 썼다. 그 논문에서 헤이든은 베이컨이 쓴 《새로운 아틀란티스The New Atlantis》에 기초해 그 책이 실제로 새로운 아틀란티스에 안전하게 보관되어 있다고 진술했다. 또 존 디의 서재에는 필리푸스 파라켈수스의 저작들과 안토니우스 고가바, 코르넬리우스 아그리파, 로저 베이컨, 스페인의 신비주의

네 번째 책상 서랍 속의 타자기와 회전목마에 관하여

자 라몬 룰의 저작과 모세스 데 레온의 《조하르Zohar》를 비롯한 카발라 저작들뿐 아니라 헤르메스 트리스메기스투스Hermes Trismegistus, '세곱으로 위대한 헤르메스'가 썼다고 전해지는 위대한 신비학 저술인 〈에메랄드 타블렛Emerald Tablet〉도 한 자리를 차지하고 있었을 것이다.

존 디는 사라져버린 에녹어를 사용했고, 수정 구슬을 이용하여 천사와 소통할 수 있다고 주장하곤 했다. 1583년 존 디는 자신의 영광과 명예를 드높이고 오직 자신만이 아는 은밀한 임무를 수행하기 위해 중부 유럽의 여러 왕국으로 떠났다. 그의 들뜬 기대와는 달리 그 여정이 불쾌한 표류와 고통으로 끝나버린 1589년, 6년 만에 다시 서재로 돌아왔을 때 그의 장엄한 서재에서 발견한 것은 무자비한 약탈의 낯선 흔적뿐이었다. 위대한 장서들은 사라졌고, 선망과 질투의 대상이던 서재는 폐가처럼 흐릿한 어둠 속에 웅크리고 서 있었다.

이후 그가 사망하는 1608년에 이르는 20여 년간의 활동은 흐릿한 안개 너머에 가려져 있다. 그의 영예는 서재의 파멸과 함께 사그라들고 말았다. 1603년 엘리자베스 여왕 뒤를 이은 경건한 후계자는 모든 종류의 신비학과 마법을 불신했고, 전 여왕과는 달리 존 디에게 어떤 호의도 베풀지 않았다. 여론은 그에게 등을 돌렸고, 싸늘한 의혹의 시선만을 던졌을 뿐이다. 그러나 존 디의 죽음이 마법과 연금술, 신비학에 대한 대중들의 관심을 없애진 못했다. 오히려 그는 신화의 일부분이 되었고, 장미십자회와 작가들의 영혼 속에서 부활하고 있었다.

셰익스피어의 동료이자 경쟁자이기도 했던 벤 존슨은 1610년, 셰익스피어가 《템페스트》를 쓰던 같은 시기에 희곡 《연금술사》를 썼다. 그는 작중에 나오는 영혼에게 '디'라는 이름을 붙여주었다. 크리스토퍼 말로의 희곡《파우스투스 박사》는 영혼을 악마에게 판 인물인 존 디를 빗대어 비난하는 작품이라는 풍문이 돌았다. 셰익스피어는 1610년 혹은 1611년에 프로스페로라는 마법사를 주인공으로 하는《템페스트》를 썼다. 셰익스피어가 존 디라는 이름과 그의 서재, 그의 신비스러운 책들에 관해 전혀 몰랐을까? 오히려 그런 가정이 성립하기 어렵다는 사실을 독자들은 충분히 납득할 수 있으리라. 나는 셰익스피어가 프로스페로의 마법에 관해 밝히지 않은 것에는 어쩌면 미학적인 이유 외에도 또 다른 비밀스러운 이유가 있을지도 모른다는 생각을 한다.

눈치 빠른 독자들은 내 추론의 결과를 이미 알아챘을 것이다. 존 디가 바로 프로스페로이고, 프로스페로의 서재가 바로 존 디의 서재라는 것을. 어떤 급진적인 독자는 사라진 존 디의 책들이 밀라노의 공작 프로스페로에게 넘어갔다고 주장할 수도 있으리라. 셰익스피어는 프로스페로라는 인물을 통해 존 디를 회상했고, 은근한 경의를 표하고자 했고, 프로스페로의 서재에 있던 불가사의한 책들은 허구가 아니라 진실이며, 어딘가에 프로스페로의 서재가 실제로 존재한다는 사실을 은밀하게 전하고 싶었는지도 모른다.

즉 내가 이 에세이에서 말한 존 디의 서재에 있던 책들이 프로스페로의 서재에서 가장 영광된 자리를 차지하고 있었던 것은 아닐까? 혹은 나는 프로스페로가 읽었던 책은 단 한 권이며, 그것은 바로《세계의 책》일 것이라는 생각도 한다. 왜냐하면 그 책 한 권만으로도 프로스페로가 부린 모든 마법은 가능할 것이기 때문이다.《세계의 책》

은 프랜시스 베이컨이 주장한 대로 어딘가에 존재할 새로운 아틀란티스에 있는 한 도서관의 서가에 어둡고 비밀스러운 목소리를 감춘 채로 누군가의 손길을 기다리고 있을지도 모른다.

내가 프로스페로의 장서들에 관해 추적하면서 무엇보다 주목하게 된 사실들이 있다. 007이라는 암호명을 가진 제임스 본드를 탄생시켜 유명해진 영국의 추리소설 작가 이언 플레밍에 관련된 이야기다. 놀랍게도 이언 플레밍도 존 디를 잘 알고 있었다! 존 디는 당시 엘리자베스 여왕의 비밀첩자 역할도 수행했는데, 그가 여왕에게 보낸 은밀한 서신들에서 사용했던 암호가 바로 두 개의 눈과 행운의 숫자 7을 결합한 007이었다. 이언 플레밍이 제임스 본드의 암호명으로 007을 선택한 건 바로 존 디 때문이었던 것이다. 한 마디로 제임스 본드는 20세기의 존 디였던 것이다.

호러 소설의 대가 H. P. 러브 크래프트는 단편소설 〈던위치의 공포The Dunwich Horror〉에서 존 디를 영국에 최초로 사령술死靈術을 도입한 인물로 그려냈다. 존 디는 《푸코의 추》와 《해리 포터》 속에서도 이름과 모습을 바꾼 채로 살아 있고, 지금 이 순간에도 어느 작가의 책 속에서 발견되길 기다리고 있을지도 모른다. 그리고 이 모든 책들은 인간 영혼 속으로 스며들어와 영혼을 물들이고 삶을 다양한 형태로 변모시킨다. 그것은 책이 스스로 전개할 수 있는 작은 마법들 중의 하나일 것이다.

보잘것없는 나의 추적은 여기서 사실상 끝난다. 나를 포함한 독자들의 또 다른 추적이 남아 있다. 그것은 위에 언급한 책들을 실제로 찾아서 읽어보는 것. 그것이야말로 프로스페로의 궁극적인 진실에 한 걸음 더 다가갈 수 있는 가능한 한 방법일 것이라고 나는 믿는 다. 그리고 이런 추적 자체가 또 다른 이야기를 만들어낸다. 이런 식 으로 이야기는 끝없이 이어진다.

그러므로 모든 책은 그 자체가 하나의 마법이다. 지금은 사라져 버린《세계의 책》이 과거와 현재, 그리고 미래까지 모두 포함하고 있 고 따라서 책 제목이 시사하는 것처럼 이 세계 자체와 일치하는 책 이라면, 그 속에는 가능한 역사와 아직 쓰이지 않은 책들도 모두 포 함하고 있을 것이다. 그렇다면, 그 책이야말로 실재이며 존 디를 비 롯한 세르반테스와 셰익스피어와 벤 존슨을 포함한 모든 작가와 그 작가들이 쓴 책들은 그 책의 한 부분이며, 따라서 허구이거나 책의 환영일 가능성을 포함한다.

보르헤스가 〈돈키호테의 부분적 마법〉이라는 에세이에서 현기증 을 느끼며 언급한 것처럼, 돈키호테가 제2권에 이르러 자신이 주인 공인《돈키호테》제1권을 읽는다는 것은 저자와 독자 모두를 허구로 전락시키고, 나아가서는 돈키호테야말로《세계의 책》이 꿈꾸는 첫 번째 꿈의 영상이고, 세르반테스는 돈키호테가 꿈꾼 2차 환영이라는 사실을 유추할 수 있게 한다. 이는 부분적인 마법이 아니라 총체적인 마법이라는 경악할 만한 가능성을 제기한다.

이런 생각을 더 밀고 나가면 프로스페로—그 이름이 무엇이든 —라는 존재는 우리가 말하는 '신' 그 자체이며 그가 읽고 있던 책은 우주의 창조에서 종말에 이르는 모든 시간과 존재를 포함하는 말 그 대로 '세계의 책'이라는 등식이 성립한다.

헤르메스 트리스메기스투스가 쓴 〈에메랄드 타블렛〉에는 이런 문장들이 있다고 한다.

아래에 있는 것은 위에 있는 것과 같고, 위에 있는 것은 아래에 있
는 것과 같다. 모든 것은 이 '하나인 것'의 반영이며, 또한 모든 것
은 이 '하나인 것'의 변화와 적용으로서만 만들어진다. 모든 것은
이 하나인 것의 기적을 이루기 위한 것이다.

우리는 얼마나 많은
이야기를 필요로 할까?

　　보르헤스는 《문학을 말하다》라는 책의 〈이야기하기〉라는 꼭지에서 서사시를 이야기의 즐거움과 시의 기품이 합쳐진 것이라고 말하면서 서사시의 소멸을 안타까워하고 있다. 그에 따르면 소설은 서사시의 퇴화물에 불과하며, 서사시의 기품으로 되돌아갈 필요가 있는 어떤 것이다.

　　인간은 이야기를 하고, 이야기를 듣는 것을 좋아한다. 그것을 이야기 본능이라고 말해도 좋을지 모르지만, 모든 문명권에서 신화와 전설, 구전 설화들이 전해 내려오고 있고, 오늘날에도 소설이나 드라마, 영화를 통해 끊임없이 이야기가 소비되는 걸 보면 인간은 서사적인 동물이라는 정의조차 틀린 말은 아닌 것 같다.

　　그런데 보르헤스는 인간이 그토록 많은 이야기를 필요로 하지 않는 것 같다고 말한다. 《일리아스》나 오디세우스의 모험담, 성경에 나오는 예수 이야기 같은 몇 가지 이야기의 원형들이 존재하며, 나머지 이야기들은 그 원형적인 이야기에 새로운 명암을, 훌륭한 명암을 부여하는 것만으로도 충분할 수 있다는 것이다. 현대 소설은 공연히 플롯만 복잡할 뿐이며 그런 복잡한 플롯들도 근본적인 몇 가지 플롯의 변형에 불과하다고 지적한다.

나 역시 몇몇 고대 서사시들을 읽을 때마다 이야기의 원형과 인간 존재 속에 각인된 원형적인 본성에 대해 다시금 생각하게 된다.

《길가메시 서사시》는 19세기 중엽에 메소포타미아 지역의 니느웨 궁전터에서 발굴된 점토판에 고대 수메르어로 쓰인 것이다. 호메로스보다 1500년 이상 앞서는 고대 서사시의 발견은 당시 유럽 고고학계를 발칵 뒤집어 놓았다. 그 서사시는 자그마치 기원전 2000년 이전에 창작된 인류 역사상 가장 오래된 영웅 서사시일 뿐 아니라, 구약성경에 나오는 많은 신화적 이야기들의 기원도 밝혀주었기 때문이다.

주인공 길가메시 왕은 친구 엔키두가 죽자 인간 존재의 유한성에 절망하여 영원한 생명을 찾아 우트나피슈팀이라는 불멸의 인간을 찾아간다. 우트나피슈팀은 '생명을 본 자'라는 뜻을 가진 이름인데, 그는 신들이 일으킨 대홍수에서 유일하게 살아남은 생존자다. 이 서사시에 나오는 대홍수와 우트나피슈팀 이야기는 구약성경에 나오는 대홍수 신화의 원형이자, 노아의 원형이기도 하다. 구약성경과 다른 결정적인 차이가 딱 하나 있는데, 노아와 달리 우트나피슈팀은 신들의 특별한 가호로 불멸의 생명을 얻었다는 점이다. 우트나피슈팀은 딜문이라는 특별한 장소에서 영원한 삶을 살아가게 된다. 영웅 길가메시는 천신만고 끝에 우트나피슈팀을 만나고 그의 도움으로 영원한 생명의 꽃을 꺾게 된다. 그러나 기쁨도 잠시, 피곤에 지쳐 잠깐 눈을 붙인 사이에 뱀이 그 꽃을 훔쳐버리고 그는 빈손으로 귀향해서 죽는다.

이 서사시의 주제는 인간의 유한성이다. 영원한 생명을 찾아 헤매던 영웅도 결국 죽는다. 인간의 몸을 입고 태어나는 한, 길가메시 같은 위대한 왕도 죽음이라는 종말을 피할 수 없다. 죽음은 인간의 숙명이자 그것을 의식하며 살아갈 수밖에 없는 존재의 영원한 고뇌이다.

《길가메시 서사시》를 읽으면 그토록 오랜 고대에도 이미 아름다운 서사시가 만들어지고 있었다는 사실과, 인간 존재와 운명에 대한 깊은 철학적 숙고가 시를 통해 표현되고 있었다는 사실에 놀라게 된다. 또 구약성경의 창세 신화뿐 아니라 호메로스의《일리아스》나 《오디세우스》같은 고대 그리스 서사시의 기원 또한 고대 메소포타미아 지역에 있었다는 사실에도.《길가메시 서사시》의 발견은 고대 그리스를 인류 문명의 기원으로 상정하며 역사를 서술해온 서구-유럽 중심주의적 오만과 편견을 일거에 깨뜨렸다. 실제로 호메로스의 작품들은 고대 메소포타미아 문명이 흥망성쇠를 겪었던 지금의 터키 지역에서 구전되어 오던 것이 기원전 6세기경에 비로소 지금의 아테네 지역에서 문자로 정착된 것이다.

《길가메시 서사시》는 고대 메소포타미아 문명뿐 아니라 호메로스의 서사시를 만들어낸 고대 그리스인의 마음 밑바탕에 깔린 근본적인 정서를 다시 환기한다. 그것은 인간의 유한성에 대한 깊은 자각이다. 메소포타미아 문명도 그렇지만, 고대 그리스 문명도 기본적으로는 '불멸하는 존재들과 필멸하는 존재들'이라는 세계 감정을 갖고 살았다. 그들이 스스로에 대해 가진 기본적인 인식이란, 바로 '죽어야만 하는 존재'였던 것이다. 그들은 불멸과 필멸이라는 대조를 통해 자신들을 바라보았고, 불멸에 비하면 인간의 삶이란 '하루살이의 그것'과 별다를 바 없는 것이었다. 따라서 그들에게 내재해 있는 가장 근원적인 질문은 필멸하는 존재가 어떻게 불멸에 다다를 수 있는가 하는 것이었고, 그 답을 그들이 아레테arete라고 불렀던 고귀한 '탁월함'을 통해 명예로운 이름을 남기는 것에서 찾았다.

탁월함을 통해 이르는 영광과 영예, 그것을 고대 그리스인들은 '클레오스kleos'라고 불렀다. 클레오스란 말의 어원은 '음성'을 말한다. 그러던 것이 차츰 그들이 귀로 들을 수 있었던 영광, 그로 인해 얻어지는 '불멸의 명성'을 뜻하는 것으로 바뀌었다. 고대 그리스인들에게 삶의 가치의 근원이 바로 그 클레오스를 획득하는 것이었다.

《일리아스》에서 영웅 아킬레우스가 어머니를 통해 평범하게 무명으로 오래 사는 삶과 전쟁에 참가하여 영웅으로 죽는 삶 중에서 하나를 선택할 수 있다는 이야기를 듣고, 서슴없이 전쟁에 참가하여 영웅으로 죽기를 선택한다. 이 이야기에서도 클레오스에 대한 고대 그리스인들의 전형적인 갈망을 읽을 수 있다.

길이 명예로운 이름으로 기억될 만한 아름답고 고귀한 행위나 이야기를 남기는 것, 그것이 호메로스의 서사시에 담긴 윤리학이요, 실제 그리스인이 추구했던 삶의 최고 목표였다.(호메로스 시대의 윤리에 비하면 이후의 그 어떤 윤리학도 그보다 더 나아진 것 같진 않다. 오히려 부자 되기가 유일한 목표가 되어버린 듯한 현대의 삶에 비하면, 차라리 훨씬 더 숭고해 보인다.)

그런데《길가메시 서사시》나《일리아스》같은 서사시는 인간 역사의 불변하는 어떤 '원형'이 되는 주제와 이야기들을 제시한다.

결국 역사적으로 보더라도《길가메시 서사시》에서 호메로스의 서사시가 나왔고, 그것은 구약성경 이야기에 영향을 미쳤다. 또 호메로스에서 그리스 비극작품들이 나왔고, 비극작품들은 다시 로마의 세네카와 영국의 셰익스피어와 프랑스의 라신과 코르네이유, 몰리에르를 낳았고, 그것들은 오늘날 우리가 읽고 있는 소설이라는 이야기 장르로 변형되어 왔다. 다시 말해 이 거대한 서사시들 속에는 인간이란 존재의 유한한 생에서 일어날 수 있는 역사적이고 개인적인 사건이 거의 모두 들어 있다고 해도 과언이 아니다. 사랑과 우정, 전쟁, 탐욕, 시기심, 분노, 허영심, 기만과 위선, 명예욕, 고뇌와 비탄, 슬픔 등등 그 모든 것이.

물론 그런 '시대를 초월하는 보편성' 때문에 오늘날에도 그것을 읽는 독자의 마음을 흔들어 놓는다. 하지만 그 시대를 초월하는 보편성이란 것이 따져보면 결국 불변하는 인간성이 빚어내는 빤하디빤한 드라마의 반복과 재탕이 아닌가? 마치 계속해서 똑같이 생긴 인형이 들어 있는 러시아의 마트료시카처럼.

오늘날 과학계에서는 프랙털이라는 원리로 단순한 기본 구조가 끝없이 반복되는 현상을 설명하기도 하지만, 나는 때로는 인간이 만들어낸 모든 이야기들도 결국 단 몇 권의 보편적인 책으로 압축될 수 있다는 생각을 한다. 마치 지금까지 존재했고 지금 존재하고 또 앞으로 존재할 모든 개별 인간들을 궁극적으로는 아담과 이브라는 원형으로 압축할 수 있듯이, 모든 이야기들도 호메로스와 성경책으로 압축할 수 있으리라는 생각. 모든 인간들이 아담과 이브라는 원형의 변주이듯, 세상의 모든 이야기들이 호메로스와 성경책의 변주일 수도 있다는 생각은 완전히 허무맹랑한 생각만은 결코 아닐 것이다.

이런 생각은 내게 기쁨과 행복보다는 어떤 멜랑콜리한 슬픔의 감정을 자아낸다. 왜 멜랑콜리한가? 호메로스는 물론이고 구약성경을 한번 들추어보라. 그 속에 든 이야기는 온통 잔혹한 전쟁, 학살, 살인, 권력투쟁의 암투, 강간과 간통, 신과 종교를 둘러싼 투쟁과 갈등, 고통과 고뇌로 가득 찬 이야기들이 아닌가? 지난 20세기와 현재 지구의 표면 위에서 벌어지고 있는 실제 현실과 한 번 비교해보라. 그토록 오랜 세월이 흘러도 인간은 절대 변하지 않는구나, 하는 생각이 절로 들지 않겠는가?

내가 앞에서 우트나피슈팀 이야기를 꺼낸 것도, 그리고 《일리아스》 이야기를 한 것도, 사실은 언젠가 인간과 인류의 역사를 돌아보며 '인간이란 무엇이며 역사란 무엇인가?'라는 질문을 스스로 다시 던지면서 이런저런 상념에 잠길 때, 문득 이런 공상을 해 본 적이 있었기 때문이다.

'만일 영원한 생명을 얻은 우트나피슈팀이 수천 년을 계속 살아서 인간 만사를 다 지켜보고 있었다면 무슨 생각을 할까? 인간이란 존재에게 경탄과 희망을 품고 있을까, 아니면 깊은 실망과 혐오감을 느끼게 될까? 혹은 끝없이 변주될 뿐인 인간의 희비극에 질려버린 나머지 완전히 무관심한 상태가 되었을까?'

호메로스는 신들이 인간에게 끝없이 고통을 내려주는 까닭이 이야기를 지어내도록 하기 위해서라고 썼다. 그런데 고통은 끝없이 이어지되, 인간들이 만들어내는 이야기들이란 것이 결국은 《일리아스》적인 이야기의 무수한 변주곡들에 불과하다면? 사랑과 증오, 질투와 선망, 탐욕과 허영, 갈등과 전쟁이 형태만 조금씩 바뀔 뿐 근본적으로는 똑같은 이야기들의 반복에 불과하다면?

활과 창이 총과 대포가 되고 미사일과 핵무기로 바뀐 것 외에 전쟁은 끝없이 반복된다. 사랑과 부귀영화를 둘러싼 투쟁, 가진 자와 못 가진 자간의 투쟁 역시 예나 지금이나 그 투쟁 방식과 규모만 변했을 뿐 근본적으로는 달라진 게 없다. 한마디로 말해, 똑같은 주제가 조금씩 변주되면서 무한히 반복되는 이야기일 뿐이라는 것이다. 일찍이 구약성경의 코헬렛(전도서) 저자가 "지금 있는 것은 언젠가 있었던 것이요, 지금 생긴 일은 언젠가 있었던 일이라. 하늘 아래 새로운 것이 그 무엇이 있겠는가"라고 외쳤던 것처럼.

로버트 버턴은 1621년에 발표한 《우울증의 해부》라는 책에서 씁쓸한 심정으로 인간 세상에 대한 실망감을 토로하고 있다.

이 세상은, 그렇다면, 과연 무엇인가? 어떤 곳인가? 온갖 종류의 사람들과 사건, 생활방식이 얽히고설키어 뒤범벅이 된 하나의 거대한 혼돈으로 그 변화와 변덕스럽기는 마치 바람과 같은 것이다. 불순물로 가득 찬 용광로요, 걸어 다니는 유령과 도깨비들의 북새통이요. 위선자들의 무대요, 악당들과 아첨하는 자들의 집합소요, 악행을 길러내는 온상이요, 수다쟁이들과 험담꾼들의 낙원이요, 정신이상자들을 길러내는 대학이다. 상대를 죽이든 상대방에게 죽음을 당하건, 싫든 좋든, 싸워야 하는 전쟁터다. 이 전쟁터에서는 누구나 자기밖에는 모른다. 자기의 생명, 자기의 이익만이 존재하며, 자기 스스로 자기를 지켜야만 하는 곳이다. 타인에 대한 자비심이나 사랑, 우정, 신에 대한 두려움, 협동, 협력, 협조, 종교가 가르치는 덕목 같은 것들은 없는 곳이다.

또는 더 적나라한 고발로는 쇼펜하우어가 쓴 문장을 들 수도 있을 것이다.

인생은 끊임없는 사냥이며, 우리는 거기서 포수가 되기도 하고 쫓기는 짐승이 되기도 하면서 서로 고기를 빼앗는다. 세계라는 이 고통스러운 박물지—그것을 펼쳐보면 동기 없는 욕망과 끝없는 고뇌, 투쟁과 죽음이 들어 있다—가 세기에서 세기로 이어져 내려가며 지구가 금이 가서 가루가 될 때까지 계속되는 것이다.

만일 19세기의 쇼펜하우어가 주장한 대로 "지구가 금이 가서 가루가 될 때까지" 욕망과 고뇌, 투쟁과 죽음이 들어 있는 이 세계라는 고통스러운 박물지가 계속된다면, 신들도 마치 똑같은 드라마를 수십 수백 번 반복해서 보는 것 같은 지겨움에 하품을 길게 늘어놓고는 아예 리모컨을 들어 텔레비전을 꺼버리지 않을까? 우트나피슈팀도 어느 날 딜문에 틀어박혀 다시는 인간 세상에 발을 들여놓지 않으리라 결심하지 않을까?

지금보다 훨씬 젊었던 시절, 나는 불멸의 존재인 우트나피슈팀이 어느 날 소설가인 나를 찾아와 하룻밤 긴 대화를 나눈다는 설정으로 한 편의 소설을 써 볼 생각도 했었다. 아직 쓰지 않은 이 소설에서 내가 끝까지 망설였던 것은 결론 부분이었다. 인간에 대한 희망과 회의 사이에서 망설였던 것이다.

그러나 지금 이 소설을 쓰게 된다면 내가 내릴 결론은 명확하다. 우트나피슈팀이 더 이상 참을 수 없을 정도로 지루해졌고, 인간이란 동물에겐 관심도, 인간 세상이 점점 더 나아지고 변할 거라는 희망도 완전히 사라졌으며, 그래서 이젠 그만 죽기로 결심했다고. 그 말을 듣는 나는 어깨를 으쓱하며 이렇게 대답하는 것이다.

"당신의 그 심정, 충분히 이해하고도 남습니다. 저는 아직 반세기도 채 살지 않았는데도 벌써 인간으로 사는 게 지겨워 죽겠는걸요! 이게 다 애초에 신들이 인간을 잘못 설계한 탓이지요. 좀 더 나은 존재로 만들었으면 좋았을 텐데요. 그러니 어쩌겠어요? 안녕히 가세요. 행운을 빕니다!"

기이한 백과사전과
책의 분류법에 관하여

내가 곁에 두고 자주 읽곤 하는 책들 가운데《만리 장성과 책들》이라는 보르헤스의 에세이 모음집이 있다. 지적으로 무척 까다롭고 심원한 사유를 보여주는 산문들이지만, 그의 우아하고 간결한 문체 속에 담긴 은근한 유머 또한 놓칠 수 없는 기쁨을 준다. 그 가운데 〈존 윌킨스의 분석적 언어〉라는 꼭지에 나오는 한 대목은 미셸 푸코 같은 진지한 철학자조차 배꼽을 잡고 웃게 만들었다. 바로 중국의 한 백과사전에 나온다는 황당한 동물 분류법 이야기다. 그 백과사전은 동물을 다음과 같이 분류한다.

(a) 황제에 속하는 동물들 (b) 박제된 동물들 (c) 훈련된 동물들 (d) 돼지들 (e) 인어들 (f) 전설의 동물들 (g) 떠돌이 개들 (h) 이 분류 항목에 포함된 동물들 (i) 미친 듯이 날뛰는 동물들 (j) 헤아

릴 수 없는 동물들 (k) 낙타털로 만든 섬세한 붓으로 그려진 동물들 (l) 그 밖의 동물들 (m) 방금 항아리를 깨뜨린 동물들 (n) 멀리서 보면 파리로 보이는 동물들

미셸 푸코는 이 대목에서 깔깔대며 웃었지만, 그 웃음 속에서 자기 "사유의 전 지평을 산산조각 부숴버리는 듯한" 경험을 했다고 한다. 이 우스꽝스러운 환상적인 분류법을 통해 보르헤스가 보여주고 싶었던 것은 궁극적으로 '이 세계가 가진 근원적인 불가해함과 인간의 지적 불완전성'이었다. 존 윌킨스가 비록 창의적으로 이 세계를 완벽하게 파악할 수 있게 해줄 완벽한 언어를 추구했지만, 궁극적으로는 "우리가 세상이 무엇인가 알지 못하고" 그렇기 때문에 보르헤스는 세상을 분류하는 모든 행위가 결국 자의적일 수밖에 없다는 사실을 풍자한 것이었다.

인간이란 존재는 대개 혼돈을 싫어하여 세계를 이성과 개념으로 깔끔하게 줄 세우고 명료한 분류체계 속에 집어넣어야만 직성이 풀린다. 모든 인간의 언어, 개념은 근원적으로는 사물에 대한 일종의 폭력이다. 이름 짓기라는 행위는 사물을 명확하게 경계 짓고, 그 경계들을 통해 사물을 통제하고 지배하려는 행위와 다름없기 때문이다. 이런 이유로 모호한 것, 혼란스러운 것은 두려움과 불안을 자아낸다.

그러나 세계는 근본적으로 카오스적이다. 예를 들어 실제 존재하는 동물과 식물 사이에는 탈경계적인 혹은 잡종적인 것들이 너무나 많다. 움베르토 에코가 책 제목으로까지 삼았던 오리와 너구리가 합

성된 듯한 동물 오리너구리를 비롯하여 곤충을 잡아먹는 식충식물들, 그리고 생물과 무생물의 경계지대에 존재하는 DNA도 없이 자가 조립하는 박테리아들이 그 전형적인 예다. 또 최근 남미 안데스산맥의 고지대에서는 곰의 얼굴에 너구리 크기만 한 올링귀토라는 동물이 새로 발견되기도 했다.

● **혼돈과 잡종성, 인위적인 구별 너머**
  세상의 본래 모습 상상하기

세계와 사물들에 대한 이런 철두철미한 분류 욕망은 어찌 보면 지극히 근대적인 강박관념처럼 보이기도 한다. 전근대인들은 오히려 이런 잡종성과 혼돈을 즐겼다는 증거들이 있기 때문이다. 《장자》의 〈응제왕〉편에 나오는 우화인 혼돈混沌 이야기를 보면, 장자는 인간의 인위적인 질서화有爲가 자연의 본모습인 무위無爲을 해치는 것이라고 신랄하게 비판하는 듯하다.

남쪽 바다의 임금을 숙이라 하고 북쪽 바다의 임금을 홀이라 하며 중앙의 임금을 혼돈이라고 한다. 숙과 홀이 때마침 혼돈의 땅에서 만나게 되었다. 혼돈은 숙과 홀에게 융숭한 대접을 하였다. 숙과 홀은 혼돈에게 보답을 하고 싶었다. 그래서 숙과 홀은 의논을 하게 되었다. '사람은 누구나 일곱 구멍이 있어서 그것으로 보고 듣고 먹고 숨 쉬는데 이 혼돈에게만은 그것이 없다. 어디 시험 삼아 구멍을 뚫어 주자.' 이렇게 숙과 홀은 의논의 합치를 보았다. 그래서 날마다 한 구멍씩 뚫었다. 7일이 지나자 그만 혼돈은 죽고 말았다.

그러나 장자라는 책보다 더 오래된 기원을 가진 것으로 보이는, 오늘날과 같은 하나의 중국이 형성되기 이전 시기 고대 동북아시아의 신화를 묶은 《산해경》이란 책에서는 가히 상상력의 극한이라고 할 정도로 잡종과 혼돈의 유희를 보여준다. 이 책은 고대 중국의 오래된 지리·의학·역술·신화 등의 보고인데, 이 책이 그려내고 있는 세계상은 우리에게 익숙한 현실세계와는 완전히 다른, 요즘 표현으로 말한다면 '초현실적인' 세계다. 이곳은 왜 이런 세계가 존재하는지에 대한 의문도, 필연성도 제기할 필요가 없는 세계다. 그저 있는 그대로 보이고 드러나는 세계일 뿐. 산, 바다, 동물, 식물, 인간, 모든 것이 즐겁게 뒤섞여 있고, 나란히 수평적으로 존재한다. 책의 순서도 동서남북이 아니라 남서북동, 그리고 중앙의 순서로 나아간다. 이런 식이다.

작산鵲山에는 계수나무가 많고 금과 옥이 많이 난다. 이 산에 나는 어떤 풀은 모양이 부추 같은데 푸른 꽃이 핀다. 축여祝餘라고 하는 이것을 먹으면 배가 고프지 않다. … 이 산의 어떤 짐승은 긴꼬리 원숭이처럼 생겼는데, 귀가 희고 기어 다니다가 사람같이 서서 두 발로 달리기도 한다. 이름은 성성猩猩이며 이 짐승의 고기를 먹으면 달리기를 잘 할 수 있다.

《산해경》에 등장하는 동식물들의 분류체계는 오늘날 우리가 알고 있는 이성적이고 질서정연한 분류체계와는 달라도 너무 다르다. 그것들은 이성적인 분류체계 바깥에 존재한다.

가슴에 구멍이 나 있는 관흉국 사람들, 사람 얼굴에 물고기의 몸에 발이 없는 저인국 사람들, 너무 큰 귀를 두 손으로 붙들고 살고 있는 섭이국 사람들, 머리 하나에 몸이 셋인 삼신국 사람들, 입에서 불을 토해내는 염화국 사람들이 있다. 또 뱀의 몸에 인간의 얼굴을 촉음이란 생명이 있는데 촉음이 눈을 뜨면 낮이 되고 눈을 감으면 밤이 된다. 또 그가 입김을 토하면 겨울이 되고 입김을 내쉬면 여름이 된다. 촉음은 물을 마시지도 음식을 먹지도 않으며 숨을 쉬지도 않는다. 그가 숨을 쉬면 바람이 된다.

보르헤스는 《보르헤스의 상상동물 이야기》라는 재미있는 책에서 역사에 등장하는 온갖 기괴한 상상 속의 동물들을 소개하고 있지만, 이 《산해경》이란 책에 등장하는 무수한 기이하고 신비한 상상동물들에 비하면 아무것도 아니다. 어느 산에는 호랑이 무늬를 한 말이 있는데 머리는 희고 꼬리가 붉다. 말인가 했더니 이름이 녹촉鹿蜀이다. 즉 말의 몸통을 가진 사슴이다. 하늘에는 꿩 같이 생긴 새가 턱 밑의 수염으로 하늘을 난다. 물에선 뱀 꼬리에 날개를 갖고 있고 가슴지느러미를 달고 있는 소처럼 생긴 물고기, 새의 머리를 하고 살무사 꼬리를 한 거북이가 헤엄치고 있다. 돼지처럼 생겼지만, 날개가 달렸고 눈, 코, 귀, 입도 없는 혼돈의 신 제강이라는 동물도 있다.

이처럼 《산해경》이란 책은 무한히 넓은 상상세계의 지리학을 펼쳐 보이며 편협한 인간 이성의 분류 강박을 비웃는다. 그 세계는 자신을 이성적으로 정당화할 필요가 없는 세계다. '스스로 그저 그렇

혼돈의 신 제강

게 존재하는' 무위자연의 세계다. 인간 중심의 세계상이 아니라, 그것이 어떻게 생겼든, 그저 존재한다는 사실만으로도 순수하게 긍정하면서 나란히 평화롭게 공존하는 세계, 차별이 없는 세계다. 인종차별, 민족차별, 종교차별, 이념차별, 성차별로 끊임없이 자기중심적인 편견으로 차별과 싸움을 일삼는 우리가 살고 있는 이 세계와는 얼마나 다른가? 보르헤스의 중국식 백과사전 분류법에 미셸 푸코가 한바탕 웃음을 터트린 것은 이런 모든 구별과 차별에 대한 통렬한 깨달음 때문이다.

그러므로 중요한 것은 이성이 아니라 상상력이다. 철학자 니체는 모든 개념이 은유에 불과하다고 주장했다. 분별과 엄격한 경계와 존재들의 위계질서를 추구하는 개념이 사실과 진리를 표방할 때, 그것은 세계와 사물의 혼돈에 억지로 구멍을 뚫는 행위가 되고, 폭력이된다. 상상력의 작동이 빚어내는 시적 은유는 일종의 혼돈과의 유희다. 오직 그런 시적 상상력만이 세계의 혼란스러운 본래 모습과 나란히 갈 수 있다.

보르헤스는 《보르헤스의 상상동물 이야기》의 서문에서 이렇게 썼다.

이 책의 제목은 햄릿 왕자, 점, 선, 평면, 관처럼 생긴 것, 입방체, 모든 창조와 관련된 단어들 그리고 우리들 한 사람 한 사람과 신을 정당화시켜줄 수 있을 것이다. 다시 말해 그것은 모든 것의 총체, 즉 우주이다.

죽기 전에 돈키호테나
한 번 더 읽을까?

추위가 한창이던 어느 겨울날 일요일 오후, 밀린 원고를 쓰고 있는데 하필이면 난로의 가스가 떨어지고 말았다. 일반 주택인 데다 방마다 큰 창이 있는 탓에 난로 없이는 책상 앞에 앉아 있기 힘들다. 일요일은 가스를 배달하는 집도 쉬는 날이라 난감했다. 나는 하는 수 없이 일을 접고 동네 카페에 들어가 책을 읽다 밤이 되어서야 돌아왔다. 추위를 핑계로 그냥 침대 속으로 들어가면 될 텐데, 낮보다 밤에 더 정신이 말짱해지는 편이라 그냥 잠자리에 들기는 왠지 섭섭했다. 얇은 담요를 다리에 둘둘 감고선 작은 온풍기 바람으로 한기를 버티며 책을 읽었다. 하고 있는 모습이 스스로 생각하기에도 조금 우스꽝스러웠다. 그 순간 조선 후기 정조 시대의 선비였던 청장관 이덕무의 일화를 떠올린 건 자연스러운 일이었으리라.

청장관 이덕무는 풍열로 눈병에 걸려 눈을 뜰 수 없는 중에도 어렵사리 실눈을 뜨고 책을 읽을 정도로 책벌레였다. 열 손가락이 다 동상에 걸려 손가락 끝이 밤톨만 하게 부어올라 피가 터질 지경인데도 친구에게 책을 빌려달라는 편지를 써 보냈다. 그는 말 그대로 처절하게 열심히 공부한 선비였다. 이와 관련된 유명한 일화가 있다.

서얼 출신인 데다 가난하기 짝이 없는 살림으로 근근이 살아가던 그는 혹독하게 추운 어느 겨울날, 불을 때지 않아 한데나 다름없는 방에서 차디찬 손가락을 호호 불며 책을 읽고 있었다. 문제는 잠을 잘 때도 고작 여름용 홑이불밖에 없었다는 사실이다.

그대로 잠들었다간 얼어 죽을 것만 같아서 고민 끝에 하는 수 없이 그가 그토록 존경하는 성인인 공자의 책《논어》를 병풍처럼 늘어세워 웃풍을 막고,《한서》를 이불 위에 물고기 비늘처럼 잇대어 덮고서야 겨우 얼어 죽기를 면할 수 있었다고 한다.

이덕무의 일화를 떠올리곤 나는 피식 웃었다. 이덕무에 비하면 지금 나는 얼마나 따뜻한 집에서 살고 있는가! 잠잘 땐 돈이 들긴 하지만 보일러나 전기장판을 켜면 된다. 지금은 조금 서늘하지만 작은 온풍기가 있어 그나마 손가락만은 따뜻하니 이 정도면 호강하고 있다고 해야 하지 않는가! 가스야 내일 배달시키면 되는 일. 이렇게 생각하니 이 공간의 작은 추위쯤은 아무것도 아니라는 생각이 들었다.

사실 추위가 문제가 아니다. 정신의 헛헛함이 더 추운 것이다. 하루하루 세월의 흐름을 의식하지 않고자 하지만, 문득 시간이 이메일 전송 속도보다 더 빨리 지나가 버린다는 느낌이 들 때는 마음을 파고드는 어떤 초조감, 불안 같은 감정을 떨치기 어렵다. 시간에 대한 의식을 가지는 것이 인간성의 징표이기도 하지만, 동시에 그것은 잔인한 형벌 같기도 하다.

그러면서 드는 생각 하나. '내가 책으로 겪은 경험과 직접 몸으로 겪은 경험 가운데 어느 쪽이 더 클까?'

● **책이 곧 삶
자체일 수는 없지만**

나는 그야말로 '책-인간'이라고 할 몇몇 사람을 떠올렸다. 스피노자, 칸트, 니체, 비트겐슈타인, 그리고 남미의 소설가 보르헤스. 보르헤스는 그야말로 책 속에서 살다 간 인물이라고 해도 과언이 아닐 정도로 평생을 책과 문자에 파묻혀 살았다. 더욱이 50대 초반부터 거의 실명 상태였으니, 이 세상을 눈으로 보고 겪는 일과는 더더욱 거리가 멀었던 사람이다. 그리고 실존 인물은 아니지만, 괴테의 파우스트조차 평생을 책 곰팡내 속에 파묻혀 살다 온몸으로 세상을 경험해보기 위해 메피스토펠레스에게 영혼을 팔지 않았던가?

책이 곧 삶 자체일 수는 없다. 한 권의 책을 위해 온 삶을 다 바치게 되어 있는 것이 작가의 운명일 수도 있겠지만, 그런 삶은 그 자신에겐 또 얼마나 쓸쓸할 것인가? 그런 시선으로 보르헤스가 85세에 쓴 〈순간들〉이라는 시를 다시 읽으면 마음이 어찌나 짠한지, 모든 책을 다 팽개쳐버리고 파우스트처럼 세상 속으로 완전히 뛰어들고 싶은 마음이 든다.

네 번째 책상 서랍 속의 타자기와 회전목마에 관하여

내가 인생을 다시 산다면

다음번엔 좀 더 많은 실수를 저지를 테다.

덜 완벽해지기 위해 노력하겠다.

좀 더 편해질 것이다.

진짜로, 심각한 일은 조금만 만들 것이며

덜 깔끔 떨 것이다.

위험을 더 감수할 것이며

더 많은 곳을 여행할 것이며

더 많은 석양을 볼 것이며

더 많은 산을 오를 것이며

더 많은 강에서 헤엄치련다.

내가 가보지 못한 곳을 갈 테다.

아이스크림을 더 먹을 거고, 콩은 조금만.

더 많은 – 진짜 – 근심거리를 가지고, 상상만 하는 일은 조금만 하
련다.

나는 매순간을 신중하고 풍성하게 살아온 사람 중의 하나이다.

물론 – 어떤 면에서는 – 즐거운 순간이었다. 하지만

다시 되돌아갈 수만 있다면 좀 더 좋은 순간을 위해 노력하련다.

인생이 무엇으로 이루어지는지 모른다면,

지금 이 순간을 놓치지 말지니.

나는 체온계와 보온물병 그리고 우산과 낙하산 없이는

어느 곳도 갈 수 없는 사람이었다.

내가 다시 살 수 있다면 밝은 곳을 - 온전한 시력으로 - 여행할 것이다.

내가 다시 살 수 있다면, 초봄부터 늦가을까지 맨발로 - 농부로 - 일해볼 것이다.

손수레도 더 끌어볼 것이다.

좀 더 많은 일출을 바라보고, 더 많은 아이들과 놀 테다.

내게 인생이 더 허락된다면 - 하지만 난 85세다.

- 그리고 내가 죽을 거라는 걸 알고 있다.

보르헤스는 85세에 이 시를 썼다. 그는 뒤늦게 자신의 삶을 돌아보며 흰 백지와 검은 문자 사이에서 살았던 것을 탄식하는 것 같기도 하다. 인간이라면 자신이 선택하지 않았고 그래서 놓쳐버린 가능세계를 부러워하는 것이 인지상정이기도 하지만, 그럼에도 보르헤스의 시에서는, 진짜 현실이 아닌 책 속의 가상세계에서 더 많이 더 오래 살았던 한 '책-인간'의 회한이 진실하게 묻어난다.

지나온 내 생을 돌아보면서, 나는 기묘한 이중적인 감정에 휩싸인다. 보르헤스처럼 온전히 책-인간으로 살지도 못했고, 그렇다고 메피스토펠레스에게 영혼을 판 파우스트처럼 온전히 온몸으로 세상을 겪는 데 열정을 바치지도 못한 어정쩡한 상태로 세월을 보내버렸다. 더욱이 재능도 초라하기 짝이 없는데, 양쪽의 균형을 완벽하게 잡는다는 것도 어불성설이다. 한 우물도 제대로 파지 못하면서 이곳저곳을 파헤치고 다니는 꼴이랄까. 이런 생각을 하니 마음 한편이 또다시 아릿해진다.

조지 기싱의
서글픈 한탄

보르헤스의 시를 읽고 마음이 심란해진 끝에, 나는 책상 앞에 멍하니 앉아 있었다. 그러다 마음속에서 절로 어떤 한 문장이 떠올랐는데 왠지 그 문장이 나의 것이 아니라 어느 책에선가 읽었던 것 같은 기분이 들었다. 나는 긴가민가하면서 서가를 둘러보며 기억을 더듬었다. 그리고 마침내 눈길이 머문 한 권의 책. 역시나 내 기억은 틀리지 않았다.

내가 찾은 그 책은 나의 애독서이기도 한 조지 기싱George Robet Gissing, 1857~1903의 《헨리 라이크로프트 수상록》이라는 에세이집이다. 내가 찾았던 문장은 이것이었다.

몹시 알고 싶은 지식의 양은 아주 많은 데 비해 실제로 배우기를 희망할 수 있는 지식의 양은 무척 적다는 생각에 괴로워하면서 나는 오늘 종일 멍하니 지냈다.

나의 일생은 늘 시험적인 것이었고, 헛된 출발 및 희망 없는 새 시작으로 엮어진 일련의 단속적인 과정이었다. 만약 내가 나에게 기분 내키는 대로 행동하는 것을 허용한다면 아마도 나는 두 번 다시 기회를 허용해주지 않는 운명에 항거하고 싶은 심정이 될 것이다…. 지난 세월에 내가 얻은 경험만으로 다시 출발할 수만 있다면! 내 지적 일생을 새로이 시작할 수만 있다면! 다른 것은, 오, 다른 것은 아무 것도 원하지 않으리라!

  그는 자신의 시간과 잠재력을 허비해버렸음을 한탄하고, 또 무엇보다 독서의 즐거움에 빠져 "지성의 헛된 노력"에 시간을 탕진했음을 통탄하고 있다. "지성의 헛된 노력"이라는 문구를 읽는 순간, 내 숨이 턱 막히는 기분이었다. 나 역시 그와 비슷한 생각을 하고 있었던 탓이다.
  그는 지성의 헛된 노력을 보여주는 대표적인 사례로 역사학과 과학을 든다. 자연과 문학을 열렬히 사랑했던 탓에 과학의 반인간화를 비판하고 싶었던 것이다. 그는 "과학이 삶의 모든 순박함과 우아함 그리고 세상의 모든 아름다움을 파괴하는" 것으로 보고 있고, 머지 않아 "과학이 인류에게 무자비한 적이 될 것이라는 신념"을 토로한다. 그러면서 자신은 과학이라는 폭군을 왕좌에 오르게 하는 데 아무런 역할도 하지 않았다는 사실에 약간의 위안을 얻기도 한다.
  조지 기싱이 이 책을 발표한 것이 1903년, 지금으로부터 꼭 한

1901년 5월 조지 기싱

세기 전이다. 지난 한 세기 동안 과학과 인간의 삶 사이에서 어떤 일들이 벌어졌는지, 그의 말대로 과학이 인간의 자연스러운 감정을 메마르게 하고 소박한 아름다움을 추방해버렸는지 어땠는지는 평자마다 다르게 판단할 것이다.

과학기술의 힘을 빌려 인간 사회의 모든 문제를 해결하고 나아가서는 인간이란 생물학적 한계조차 초월할 수 있다고 믿는 진정한 낙관적 트랜스 휴머니스트인 레이 커즈와일 같은 사람이라면, 조지 기싱의 그런 발언에 관해 코웃음을 치며 당치도 않는 헛소리라고 할 것이기 때문이다. 인간 평균수명이 지금 80세가 넘고 한 세기쯤 후면―그때까지 세상이 망하지 않는다면―유전공학과 의학의 발달로 100살 이상도 거뜬히 살 수 있는 시대가 올 수도 있는데, 그 모든 게 과학 덕이 아니고 무엇이란 말인가? 머지않아 니체가 부르짖었던 초인의 경지에 정신의 힘으로 힘들게 도달하지 않아도 과학의 힘으로 손쉽게 닿을 수 있는 날이 올 텐데! 조지 기싱이 지금까지 살아 있었다면 이런 논리에 대해 어떤 재반론을 했을지 자못 궁금하지만, 각자 알아서 생각하도록 놓아둘 일이다.

다만 한 가지, 학문과 과학이 지난 한 세기 동안 양적으로나 질적으로 이전 모든 세기들의 지식을 다 합친 것보다 훨씬 더 많은 것들을 축적한 건 사실이다. 그럼에도 예나 지금이나 삶의 내용은 별로 달라지지 않았다는 사실만은 인정할 수밖에 없을 듯하다. 대문자 역사에 대한, 진보에 대한 낙관과 신뢰는 오히려 거의 사라져버렸다. 기싱은 이미 한 세기도 전에, 그런 대문자 역사를 신봉하는 이들에 대해 "인간성에 대해서는 아는 게 별로 없다고 해야 할 것"이라고 넌

지시 조롱하고 있는 것이다.

조지 기싱은 평생 동안 고치지 못하는 고질병이자 결점으로 지식을 추구하는 마음의 습성을 들고 있다. 그는 애초에 과학지식에 대한 관심은 놓아버렸고, 고질적인 인문주의자답게 문사철에 집중하는 독서편력을 거쳤지만, 생의 말년에 이르자 역사니 철학이니 하는 것에도 관심을 끊고 뒷맛이 씁쓸하지 않은 책이나 읽으며 시간을 보내는 것이 낫다고 생각하게 되었다. 그리하여 나는 "자, 그러니 이제는 죽기 전에 《돈키호테》나 한 번 더 읽을까 보다" 하고 쓰게 되는 것이다.

위에서는 조지 기싱이 삶을 되돌릴 수만 있다면, 하고 한탄하지만 실은 그렇게 되돌린다고 해도 반드시 자기가 바라는 대로 되리란 보장이 없다는 사실도 잘 알고 있다. 나도 인생 말년에 이르면, 인생 전반에 걸친 과오와 실수, 실패들에도 불구하고, 조지 기싱처럼 마침내 이렇게 말할 수 있기를 진심으로 바란다.

누가 알랴? 아마도 지금 내가 행복함을 느끼고 있는 이런 지적, 정서적 상태에 이를 수 있게 해 준 유일한 조건이 다름 아니라 내가 지금 이처럼 유감스럽게 여기고 있는 그 실수와 과오가 아니었을까 싶다.

나는 조지 기싱이 이 책을 쓰던 한 세기 전과 지금을 비교해본다. 조지 기싱은 그 시대에도 '지적 절망감'을 느낄 정도로 지식의 범위가 너무 광대해졌다고 탄식했지만, 이 시대를 사는 우리의 관점으로

네 번째 책상 서랍 속의 타자기와 회전목마에 관하여

보면 그 시대엔 지식이 얼마나 소박하고 좁았는가를 떠올리게 된다. 더구나 그 시대엔 어쩌면 인문주의자들이 과학이란 문제에 그다지 크게 신경 쓰지 않아도 되었을지도 모른다. 조지 기성이 죽은 한두 해 후에 아인슈타인이 상대성 원리를 발표했고, 또 곧이어 양자역학이 등장했고, 달을 정복했고, 매스미디어와 인터넷 혁명이 일어나고, 유전혁명, 그리고 지금 인지신경과학 혁명이 일어나고 있고….

나 역시 조지 기성 못지않은 인문주의자임에도 과학주의 시대라는 시대적 징후에 완전히 무관심할 순 없어 올해 내내 내 지적 역량으로 감당하기 버거운 과학서적들을 뒤적이며 보냈으니. 한 해가 기울어져 가는 요즈음, 까닭 없는 심란함이 마음 한구석에 자리하고서 나를 흔들고 있다.

아마도 나는 어떤 지적인 멀미 혹은 울렁증 같은 걸 요즈음 느끼고 있는 것이다. 며칠 전 한창 철학 연구에 빠져 있는 내 친구 K에게 전공도 아닌데 왜 그렇게 열심히 책을 읽고 공부하느냐고 물은 적이 있다. 그는 담담하게 삶을 변화시키기 위해서, 라고 대답했다. 나보다 더한 지적허무주의자다운 대답이었고 우문현답이었지만, 그 대답이 그날따라 무척이나 신선하게 느껴졌던 게 사실이다. 그래, 그에게는 아무런 지적 야심 같은 게 없다. 그저 자신의 삶을 위해서 책을 읽는 것이다. 조지 기성이라면 즐거움을 위해서 책을 읽는다, 라고 할 것이다. 요즘의 내게 누군가 똑같은 질문을 던진다면 나는 뭐라고 대답할 것인가? 나는 아마도 이렇게 답할 것 같다.

"내 무지의 깊이를 깨닫기 위하여. 또 인간이 결국 아무것도 알 수 없다는 걸 다시 깨닫기 위하여."

요즘 몇 가지 문제에 관해 더 깊이 살펴보기 위해 데이비드 흄을 다시 읽고 있는데, 가장 철저한 회의주의자이기도 한 흄이 실은, 누구보다도 자연스러운 인간의 직관과 상식을 옹호하는 것을 보곤 여러 가지를 생각하게 되었다. 흄은 이렇게 말한다.

어느 정도로 온건한 회의주의 및 인간의 모든 능력을 넘어선 주제에 대한 무지의 솔직한 고백보다 더 철학에 걸맞은 것은 없다.

흄의 그 문장은 나를 부끄럽게 했다. '인간의 모든 능력을 넘어선 주제에 대한 무지의 솔직한 고백'을 인정하지 않으려는 앎들이 오늘날 인류의 삶에서 얼마나 광적인 분출을 하고 있는지 슬픈 마음으로 돌아보게 만들었다. 만일 누군가 한 세기 뒤의 사람이 이 시대의 지식과 그 시대의 지식을 비교하게 되면 어떤 말을 하게 될까? 내가 조지 기싱의 시대를 '순박했던 시대'라고 말하는 것처럼, 이 시대를 지적으로 순박하고 조악한 시대라고 말하게 될까? 아니면, 진정으로 니체가 말한 '최후의 인간' 시대를 개막했던 시대라고 할까?

보르헤스의 도서관엔
과연 프루스트가 있을까?

/

도서관은 무한하며 더구나 주기적이다.
보르헤스 <바벨의 도서관>

20세기가 낳은 가장 위대한 작가이자 사상가이기도 한 호르헤 루이스 보르헤스는 만일 천국이란 곳이 존재한다면 그것이 도서관을 닮길 바랐다. 천국 취향치곤 좀 유별나 보인다. 부끄럽게도 나 역시 그런 별종 취향에 속하는 사람임을 고백하지 않을 수 없다.(불행히도, 설사 그런 천국이 존재한다 하더라도 무수한 죄와 불경으로 천국행 티켓을 얻기란 나로선 애초에 기대하기 힘든 일이란 걸 잘 알고 있다. 나는 단테의 《신곡》을 읽으며 내가 몇 번째 지옥의 원에 머무르게 될지를 심란하게 생각해보곤 한다.)

그런데 아이로니컬하게도 도서관 천국을 꿈꾸었던 보르헤스가 문학 작품 속에 상상해서 만들어낸 도서관은 천국의 이미지와는 사뭇 다른, 어쩐지 으스스한 호러물 같은 분위기의 도서관이다. 차라리 '도서관 지옥도' 비슷하다고나 할까?

이 도서관 이름은 바로 '바벨의 도서관'이다. 도서관 이름부터 벌써 불경스럽기 짝이 없다. 잘 알려져 있다시피 구약성경 속에서 오만과 불경의 죄로 혹독한 대가를 치르게 된 그 바벨탑 이야기를 떠올리지 않을 수 없기 때문이다. 심지어 보르헤스가 그려낸 바벨의 도서관엔 도대체가 온통 책으로 가득한 서가 이야기만 있을 뿐 식당이라든가, 커피를 마시며 쉴 수 있는 휴게실, 산책할 수 있는 정원 따위에 관한 이야기는 눈을 씻고 찾아봐도 없다. 더욱이 이 도서관에 근무하는 사서들은 도무지 아무도 행복해 보이지 않는 데다가 거의 모두 신경증 환자 혹은 편집증 환자를 연상케 한다. 혹시 생전에 책을 지나치게 사랑한 나머지 삶을 무시한 대가로 도서관 지옥 근무라는 형벌을 받고 있는 게 아닌가 싶을 정도로.

행여나 이 도서관을 이용해보려는 이용객들에게도 나쁜 소식이 있다. 보르헤스가 창조한 이 무시무시한 도서관엔 상상할 수 있는 세상의 모든 책이 모두 소장되어 있다. 그런데 재미있는 소설책 한 권이라도 찾아 읽으려 했다간, 그 책이 위치한 서가를 찾다가 평생을 보내야 할지도 모를 정도로 미친 듯이 복잡한 구조로 되어 있다. 바벨의 도서관은 육각형 형태의 진열실들이 헤아릴 수 없이 많으며, 도서관 건물 전체는 그 육각형 형태의 진열실이라는 기본 단위를 무한히 확장한 것이다. 한마디로 벌집을 연상케 하는 구조인데, 도서관의 규모는 우주만큼이나 거대하다! 내가 원하는 한 권의 책이 하필이면 내가 있는 자리에서 안드로메다은하만큼 떨어진 거리에 있다면, 살아생전 그 책을 읽을 가능성은 별로 없어 보인다. 나는 도서관 사서라는 직업을 늘 부러워하곤 했는데, 바벨의 도서관 사서 자리라면,

네 번째 책상 서랍 속의 타자기와 회전목마에 관하여

나는 맹세코 절대 수락하지 않을 작정이다.

　보르헤스가 그려낸 기이하고 끔찍한(?), 그럼에도 매혹적인 이 상상의 도서관은 많은 독자들을 매혹과 호기심, 혼란, 분노와 절망에 빠뜨렸다. 독자들과 비평가들은 이 도서관을 둘러싼 문제들로 심각한 논쟁을 벌였고, 건축가들은 이 도서관 구조를 모형물로나마 재현해보려고 무모한 열정을 쏟기도 했다.

　'도대체 이 도서관엔 얼마나 많은 책이 소장되어 있는가? 도서관의 실제 규모는 얼마나 거대한가? 이런 도서관을 실제로 건축할 수 있을까? 무엇보다 이 도서관엔 특정한 책, 예를 들어 마르셀 프루스트가 쓴 《잃어버린 시간을 찾아서》 같은 여러 권으로 이루어진 책이 소장되어 있을까?' 하는 문제들은 〈바벨의 도서관〉을 읽은 독자들의 머릿속에서 절로 떠오르게 마련이다. 이 글은 바로 이런 문제들에 관해 짧은 생각을 정리해보고자 시도하는 것이다. 이 시도가 비록 혼란에 혼란을 하나 더 하는 방식에 불과할지라도, 나보다 훨씬 더 나은 어떤 독자가 나중에 이 혼란을 말끔히 정리해주길 기대하는 마음으로 문제를 제시해보는 것이다. 그런 의미에서 중요한 건 답변이 아니라 올바른 질문이다.

●　**중심은 모든 곳에 있으나 원주는 어디에도**
　　존재하지 않는 무시무시한 구체인 바벨의 도서관

　보르헤스가 이 기묘한 단편소설 〈바벨의 도서관〉

을 발표한 건 1941년이다. 이 작품이 시선을 끄는 이유는 여러 가지가 있지만, 그 가운데 하나는 이 작품이 우주에 관한 새롭고 매혹적인 '은유'를 창안했기 때문일 것이다. 보르헤스는 프란츠 카프카의 《소송》에서 드러나는 초현실적 미로 형태를 가진 법정의 구조를 의식하면서 이를 도서관이라는 은유 형태로 변주했던 것이다. 하필이면 도서관이라는 메타포를 사용한 것은 평생 책과 도서관을 사랑했던 보르헤스에겐 자연스러운 일인지도 모른다.

보르헤스는 1950년에 발표한 에세이 〈파스칼의 구〉에서 우주에 대한 은유의 역사를 개관한다. 거기에 〈바벨의 도서관〉의 모티브가 되는 무한한 우주에 대한 아름답고 오래된 은유가 인용되고 있다.(이 에세이는 《만리장성과 책들》이라는 내가 몹시 사랑하는 아름다운 에세이집에 수록되어 있다.)

신은 중심은 모든 곳에 있으나 원주는 어디에도 존재하지 않는, 지적 구체이다.

이 문장은 12세기 프랑스 신학자 알랭 드 릴의 책에 나오는 문장이다. 그로부터 몇 세기가 지난 17세기에, 프랑스의 철학자이자 수학자인 파스칼은 생전에 출판하지 않았던 《팡세》의 초고 원고에서 "무시무시한effroyable"이라는 형용사를 추가하여 그 문장을 다시 인용하고 있다.

무시무시한 구체. 중심이 도처에 있으며 원주는 그 어느 곳에도 없는 그런 무시무시한 구체.

바벨의 도서관 비유는, 위에 인용한 파스칼의 무시무시한 구체를 도서관으로 비유한 것이라고 볼 수 있다. 왜냐하면 보르헤스 자신이 마치 벌집 형태를 연상시키는 육각형 방들로 이루어진 그 경이로운 바벨의 "도서관은 구체로 되어 있다. 그것의 중심은 각 개의 육각형이고, 그것의 원주는 추측이 불가능하다"라고 쓰고 있기 때문이다.

즉 바벨의 도서관은 무한하고 주기적으로 반복하는 우주에 대한 또 다른 은유이고 또 '무한'이라는 단어가 내포하고 있는, 파스칼로 하여금 "무시무시하다"(effroyable이라는 프랑스어 단어는 '무시무시하다, 끔찍하다, 가공할 만하다'라고 번역할 수도 있을 것이다)고 탄식하게 만든 그러한 형이상학적 현기증에 대한 매혹이다. 여기에 한 가지 더 첨가한다면 인간은 결코 세계 혹은 우주가 무엇인지, 그 비밀을 영원히 알 수 없다는 불가지론적이고 비관주의적인 견해일 것이다.

우리가 바벨의 도서관을 이해하려면, 보르헤스 자신이 설명한 방식으로 그 구조를 먼저 명료하게 인식하지 않으면 안 된다. 바벨의 도서관의 기본 형태를 위에서 인용한 파스칼의 문장을 활용하여 정의하면 이렇게 될 것이다.

바벨의 도서관은 구체로 되어 있다. 이 도서관의 중심은 도서관을 이루는 각 개의 육각형 진열실인데, 그러므로 중심은 어디에나 있다. 따라서 바벨의 도서관의 원둘레는 추측이 불가능할 정도로 어디에도 없다.

중심은 어디에나 있으나 원주(원둘레)는 어디에도 없는, 그래서 무시무시하게 무한한 구체, 이것이 바로 바벨의 도서관 형태다. 이를 이해하기 쉽게 풀어서 설명한다면 이런 말이 될 듯하다. 우리가 고개를 들어 밤하늘을 올려다볼 때 보이는 저 광막한 우주 아무 곳에나 점을 찍으면 그것이 곧 우주의 중심일 수 있다. 말 그대로 아무 데나, 모든 점이 중심이다! 그러니 원둘레를 추측하는 것이 불가능할 수밖에 없는 건 당연한 이치다. 이런 우주가 실제로 존재할 수 있는지 모르겠지만, 하여튼 그런 구체를 어렴풋이 상상할 수는 있다. 다만 원둘레, 즉 구체의 윤곽선을 결코 상상 속에서도 그릴 수 없을 뿐이다.

일단 바벨의 도서관이 이렇게 빌어먹을 형태로 생겼다는 사실만 생각하고 보르헤스가 구체적으로 도서관 내부는 어떻게 꾸몄는지, 그리고 그가 그 도서관에 도대체 얼마나 많은 책들을 어떤 방식으로 구겨 넣었는지, 그 책들이 어떤 방식으로 쓰였는지 살펴보자.

바벨의 도서관은 가운데에 환기구가 뚫린 동일한 육각형 형태를 가진 헤아릴 수 없이 많은 진열실들로 이루어져 있다. 즉 바벨의 도서관 건물을 구성하는 기본 단위가 바로 육각형 모양의 진열실이다. 도서관 건물 전체는 그 기본 단위를 무한히 확장한 것이다. 각 진열실들은 물론 여섯 개의 벽면으로 이루어져 있다. 그 가운데 두 벽을 뺀 네 개의 벽마다 5단으로 된 같은 형태의 서가가 설치되어 있다. 각 서가에 수납된 책은 32권이다. 모든 책의 형태는 동일하고, 각 책은 모두 410페이지로 이루어져 있다. 각각의 페이지는 40행으로 구성된다. 한 행은 약 80자의 검은 소문자 고딕체 활

네 번째 책상 서랍 속의 타자기와 회전목마에 관하여

자들로 이루어져 있다. 그리고 그 모든 책들을 채우고 있는 알파벳 기호, 즉 철자는 25개다. 이 25라는 숫자는 기본 알파벳 22개와 쉼표와 마침표, 그리고 문자나 문장 사이의 여백까지 합친 숫자이며, 불행히도 위대한 아라비아 숫자는 포함되지 않는다. (0부터 9까지의 숫자까지 더해진다면, 책의 권수는 더더욱 무한해지리라.)

이처럼 바벨의 도서관은 방이 모두 육각형 벌집처럼 생겨서 그생김새도 유별나지만, 거기에 소장된 책들도 전체주의적이다 싶을 정도로 획일적인 구조로 되어 있다. 도서관에 소장된 모든 책은 생긴 것도, 페이지도, 각 페이지의 행수도, 심지어 활자체도 똑같다.

여기까진 그렇다 치고, 이제 남은 문제는 이 거대한 도서관에 진열될 책들이 어떤 방식으로 쓰인 것인가, 어떤 종류의 책들이 소장되어 있는가 하는 것이다. 여기엔 어떤 모호한 점이 남아있다. 보르헤스는 도서관을 채우고 있는 그 방대한 책들이 누가 쓴 것들인지에 관해서는 명확하게 언급하고 있지 않기 때문이다. 보르헤스는 유대 카발라주의자들의 오래된 희망과 절망의 표상이자, 13세기 스페인의 학자 겸 수도사인 라이문두스 룰루스Rymundus Lullus, 1232~1316의 문자 수레바퀴와 파울 굴딘에 이르는 기이한 알파벳 조합주의의 유토피아를 끌어들이고 있는 듯이 보인다.

보르헤스는 작품 속에서 "도서관은 알파벳의 모든 가능한 조합을 포함하고 있으며, 온갖 언어의, 적어도 표현이 가능한 모두를 포함하고 있다"고 쓰고 있다. 그리고 25개의 알파벳을 무작위로 무한히 조합하면 상상 가능한 모든 형태의 책이 쓰일 수 있다. 바벨의 도서관 가이드인 보르헤스 혹은 소설 속의 이름 없는 사서는 이렇게 말한다.

미래의 세밀한 역사, 천사장의 자서전, 도서관의 믿을 만한 목록, 수천 가지의 가짜 목록, 그러한 목록의 허위성에 대한 논증, 진실한 목록의 허위성에 대한 논증, 바실리데스의 그노시스파 복음서, 이 복음서에 대한 논평, 이 복음서의 논평에 대한 논평 … 각각의 책의 모든 언어로의 번역, 각각의 책의 모든 책 속으로의 삽입….

이 인용문만으로도 바벨의 도서관을 이용하려는 사람들은 오금이 저릴 정도로 주눅이 들겠지만, 보르헤스는 만일 시간만 "무한히"주어진다면, 무한한 알파벳 산술조합으로 과거와 현재, 미래의 상상 가능한 모든 책이 쓰일 수 있다고 생각한다. 바벨의 도서관에 비치될 책들이 사실상 무한하다면, 도서관의 규모 또한 무한해질 수밖에 없다.

바벨의 도서관의 독특한 구조와 현기증을 일으키는 무한한 알파벳 조합은 독자들에게 무한한 상상력과 영감을 불러일으킨다. 보르헤스의 열렬한 독자인 나 역시도 그 작품을 읽을 때마다 무한에 대한 상상이 불러일으키는 현기증에 쩔쩔매면서도, 어쩔 수 없는 지적 호기심에 굴복한 나머지 결국 몇 가지 몽상들을 펼쳐보게 되고 만다. 그 몇 가지 몽상이란, 다음과 같은 질문들에 관련된 것이다.

우선 보르헤스의 말처럼 바벨의 도서관을 채우고 있는 책들이 25개 기호의 가능한 모든 조합으로 이루어져 있고, 그 도서관엔 가능한 모든 책이 모두 비치되어 있다고 가정해보자. 우리는 여기서 아

네 번째 책상 서랍 속의 타자기와 회전목마에 관하여

주 흥미로운 몇 가지 질문들을 던져볼 수 있다.

① 바벨의 도서관에 비치된 책의 총 권수를 계산할 수 있는가? 만일 계산 가능하다면, 바벨의 도서관의 크기가 얼마나 될까?

② 과연 25개 알파벳의 무한한 조합이 지금까지 쓰였거나 쓰이지 않은, 그리고 미래에 쓰일 책을 모두 포함할 수 있을 것인가?

③ 더 구체적으로 말해서, 어떤 한 권의 책, 예를 들어 프란츠 카프카가 쓴 장편소설 《소송》이나 프루스트의 《잃어버린 시간을 찾아서》 같은 소설이 무작위적인 문자조합술만으로 우연히 바벨의 도서관에 출현할 확률이 과연 존재하는가? 존재한다면 그 확률은 어떻게 계산할 수 있는가?

④ 무한하며 또한 주기적인 바벨의 도서관에 책을 유한하게 보유하고 있다는 이라는 일견 모순되어 보이는 보르헤스의 진술은 무엇을 의미하는가? 바벨의 도서관엔 일종의 패러독스가 내포되어 있는 것인가?

● **바벨의 도서관에 비치된 책은
총 몇 권일까?**

유대 카발라주의자들은 제한된 수의 성스러운 히브리 문자들을 무한하게 조합함으로써 언젠가는 신의 비밀스러운 이름을 깨닫게 되리라는 희망을 품었다. 이들이 촉발시킨 문자 조합을 통한 산술 조합의 유희는 중세부터 근세까지 서양의 수많은 지식인들을 매료시킨 바 있다.

17세기 독일의 하르스되르퍼는《수학과 철학의 즐거운 시간》이라는 책에서 다섯 개의 바퀴에다 264개 단위들(접두사들, 접미사들, 문자들, 음절들)을 배치하여 조합을 시도하면, 현존하지 않는 단어들까지 포함하여 모두 97만 9600개의 독일어 단어를 만들어낼 수 있다고 주장하였다.

그러나 100만 단어도 되지 않는 그의 조합은 파울 굴딘Paul Gouldin, 1577~1643이 시도한 것에 비하면 가소로울 정도다. 17세기 스위스 수학자이자 예수회 수도사인 파울 굴딘이 쓴《조합 기술의 산술 문제》라는 책은 입이 딱 벌어질 정도로 경이로운 문자 조합술을 보여준다.

그는 라틴어 알파벳으로 2개에서 23개까지 다양한 길이로 만들어낼 수 있는 모든 단어들을 계산해보았다. 계산 결과 그는 무려 70억조 개가 넘는 단어들에 도달하였다. 그 단어들을 각 줄마다 60글자가 들어가고 각 페이지마다 100행이 들어가는 1천 페이지짜리 책들에다 모두 기록하여 그 책들을 사방 각 면이 432피트, 미터법으로 계산하여 각 면이 약 135미터인 정사각형의 도서관에 모두 보관한다고 한다면, 무려 80억 5212만 2350개의 도서관이 필요할 것이라고 쓰고 있다! (135 곱하기 80억 미터면 그 길이가 얼마나 될지 계산해보라.)

보르헤스가 〈바벨의 도서관〉을 쓰면서 이러한 문자조합주의의 실례들을 참고하였고, 그 원리를 바벨의 도서관을 채울 장서들을 쓰는 방식에 적용했다는 사실은 두말할 나위가 없다. 그렇다면 25개의 알파벳 철자를 조합하여 만들어낼 수 있는 가능한 총 장서 수는 얼마나 되겠는가?

　이에 대한 계산이 완전히 불가능하지는 않다. 왜냐하면 보르헤스는 분명, '광대한 도서관에 똑같은 책은 없다'고 전제하고 있으며, 또한 '도서관 책의 권수는 유한하다'고 주장하고 있기 때문이다.

　그렇다면 과연 바벨의 도서관에 비치된 책의 총 권수는 몇 권이나 될까? 나는 이 잠정적인 계산을 일본의 작가 히라노 게이치로가 바벨의 도서관을 비평적으로 재해석한 매력적인 단편〈바벨의 컴퓨터〉─이 작품은《방울져 떨어지는 시계들의 파문》에 수록되어 있다─에서 계산한 것을 먼저 살펴봄으로써 시도해보고자 한다.

　히라노 게이치로는 바벨의 도서관에 비치된 책이 총 몇 권인지 계산하기 위해 이런 방식으로 확률을 계산한다. 바벨의 도서관에 비치된 책의 한 페이지를 먼저 생각해본다. 모든 페이지는 한 행이 80자이며 각 페이지는 모두 40행으로 이루어져 있다. 따라서 각 페이지는 모두 3200개의 알파벳으로 이루어져 있다. 그러므로 25개 기호로 가능한 각 페이지의 가능한 조합의 수는 25의 3200제곱(25^{3200})이다. 그런데 책 한 권은 410페이지로 이루어졌다. 따라서 가능한 페이지 조합의 총수는 25의 3200제곱의 다시 410제곱, 즉 25의 131만 2000제곱이다. 히라노 게이치로는 위에 언급한 그 단편에서 바벨의 도서관 장서의 총수가 바로 이 거대한 숫자, 즉 25의 131만 2000제곱 권이라고 단정하고 있다.

　나아가 그는 그러한 장서의 총수에 의지하여 도서관의 규모까지 계산해내고 있다. 보르헤스에 따르면 바벨의 도서관을 구성하는 육각형 진열실 각 방에는 모두 640권이 비치된다.(32권씩 20개의 서가에 비치되어 있으므로.) 한 권의 책 두께를 10센티미터로 잡으면, 육각형 방의 각 면은 약 3.2미터가 된다. 그리고 추정 가능한 모든 육각형 진열실의 개수는 25의 131만 2000권을 640으로 나누면 나오는 유한한 숫자의 방이다. 즉 도서관의 규모는 25의 131만 2000제곱 나누기 640이라는 것이다!

물론 유감스럽게도 내가 여기서 파울 굴딘이 생각한 각 면이 약 135미터인 정사각형이 모두 80억 5212만 2350개인 방으로 이루어진 하나의 도서관과 각 면이 약 3.2미터인 정육각형의 각 진열실에 모두 640권이 들어가는, 25의 131만 2000제곱 권으로 이루어진 바벨의 도서관 중 어느 쪽이 더 클지는 정확하게 계산하기 어렵다. (대단한 계산 성능을 가진 슈퍼컴퓨터라면 쉽게 계산할 수 있을지도 모른다.)

여하튼 우리의 직관으로는 25의 131만 2000제곱 나누기 640이라는 숫자가 말해주듯 바벨의 도서관 크기가 거의 무한하게 느껴질 정도로 거대한 것만은 사실이다. 그럼에도 이 거대한 도서관도 엄밀한 계산에 따른다면, 마치 자연수나 정수가 그렇듯 결코 절대적으로 무한한 것은 아니다. 왜냐하면 어떻게 하든 총 권수가 있다는 말은 한계를 가진다는 뜻이기 때문이다. 이것이 보르헤스가 세계는 한계를 가진다고, 즉 유한하다고 주장한 까닭이다.

만일 히라노 게이치로의 계산이 맞는다면, 바벨의 도서관은 분명 한계를 가지는 유한한 크기를 가진다는 사실을 인정해야만 한다. 그러나 과연 도서관의 소장권수에 대한 히라노 게이치로의 계산이 맞을까? 만일 그의 계산이 맞는다면, 바벨의 도서관은 애초에 보르헤스가 그 도서관 형태를 설명한 "중심은 어디에나 있고 원둘레는 어디에도 없는 기이한 구체"라는 정의에 부합하는 것일까? 히라노 게이치로의 계산과 보르헤스의 정의 사이에는 기묘한 간극, 모순이 존재하는 것 같다. 이 모순은 어디에 기인하는가?

● **원숭이가 무한한 시간 동안 무작위로 타자기를**
  두들겨 프루스트의 소설을 쓸 확률은?

이 모순을 더 깊이 파고들기 전에, 우리는 먼저 다음과 같은 질문에 답해야 할 것 같다. 즉 히라노 게이치로의 계산이 맞다고 가정했을 때 현실세계에 존재하는 책이 바벨의 도서관에 비치되어 있을 가능성이 있을까, 하는 문제다. 예를 들어 일곱 권으로 된 마르셀 프루스트의 대작 소설《잃어버린 시간을 찾아서》가 그 속에 들어갈 수 있는가? 즉 25의 131만 2000제곱이라는 유한한 확률 조합 가운데에는 반드시, 필연적으로 마르셀 프루스트의 소설이 쓰이게 될까?

히라노 게이치로는 단편〈바벨의 컴퓨터〉에서 나오는 다른 방식의 질문을 던지고 있다. 그는 프루스트의《잃어버린 시간을 찾아서》라는 일곱 권짜리 소설이 과연 제1권부터 제7권까지 순서대로 같은 서가에 순서대로 나란히 배치될 수 있을까, 하는 질문을 던지고 있다. 그는 지극히 낮은 확률이지만 그럴 수 있는 가능성은 인정한다. 다만, 분권되어 있는 책의 속편을 찾아내는 일이나, 그것이 정말로 유일한 속편일 가능성을 발견하기란 무한히 불가능에 가깝다는 지적을 한다. 그것은 정당한 지적이다.

보르헤스는 바벨의 도서관에서 제1행부터 마지막 행까지 오직 MCV라는 철자들로만 집요하게 반복되는 책을 언급하고 있다. 바벨의 도서관에는 이처럼 의미를 알 수 없는 철자들의 단순 반복으로만 이루어진 책들도 무수히 많을 것이며, 의미 있는 단어들의 조합으로 만들어진, 우리가 읽을 수 있는 책의 형태도 무수히 많은 것이다. 그 중에는 우연히 오늘날 우리가 알고 있는 책과 완벽하게 일치하는 책이 존재할 가능성도 있을 것이다.

문제를 이해하기 쉽도록 간명하게 만들어보자. 이 문제와 관련하여 자주 언급되는, 무한의 원숭이를 불러오자.

한 원숭이가 우연히 컴퓨터 앞에 앉아 재미로 자판을 두들긴다. 자판은 보르헤스가 말한 대로 모두 25개의 철자로 이루어져 있다고 가정하자. 원숭이는 타이핑을 하는데 재미를 붙여서 무작위로 자판을 두들긴다. 그리고 그 원숭이에게 무한한 시간이 있다고 가정하자. 원숭이는 순전히 무작위적으로 아무 문자나 두들길 것이다. P, R, T, O⋯. 이런 식으로.

그리고 나는 예이츠의 한 시를 떠올린다. 제목은 〈잃어버린 아이 The Stolen Child〉라는 그의 초기 시 가운데 하나다. 여기서, 원숭이가 무작위로 자판을 두들겨 예이츠의 저 시 제목을 써낼 확률은 얼마나 될까?

가상의 원숭이가 우연히 첫 글자로 t를 칠 확률은 정확하게 25분의 1이다. t 다음 글자로 h를 칠 확률은 25분의 1 곱하기 25분의 1이다. 같은 방법으로 다음 글자로 e를 칠 확률은 25분의 1의 세제곱

네 번째 책상 서랍 속의 타자기와 회전목마에 관하여

이다. 이런 식으로 계산해서 14개의 철자로 이루어진 똑같은 문장을 원숭이가 쓸 확률은 25분의 1의 14제곱이다. 즉 25의 14제곱(25^{14}) 번의 실행 속에서 우연히 한 번 정도는 같은 문장을 쓸 확률이 나오는 것이다.

그러면 한 페이지에 3200개의 알파벳이 들어가는 바벨의 도서관에 비치된 어떤 책을 생각해보자. 위와 똑같은 방법으로 확률을 계산했을 때, 3200개의 알파벳으로 이루어진 한 페이지를 원숭이가 똑같이 써낼 확률은 히라노 게이치로가 계산한 것처럼 25의 3200제곱(25^{3200}) 분의 1이다. 바벨의 도서관에 있는 모든 책들은 한 권이 410페이지로 이루어졌다. 따라서 가능한 페이지 조합의 총수는 25의 3200제곱의 다시 410제곱, 즉 25의 131만 2000제곱이다. 다시 말해 예이츠의 시가 들어 있는 시집 한 권과 완벽하게 일치하는 한 권의 책을 가상의 원숭이가 써내려 갈 확률이 바로 25의 131만 2000제곱 분의 1인 것이다.

그 거대한 숫자의 확률 속에 셰익스피어의 《햄릿》이나 제임스 조이스의 《피네건의 경야》와 프란츠 카프카의 《심판》, 나아가 마르셀 프루스트의 일곱 권짜리 소설조차도 '논리적으로는' 이 바벨의 도서관에 비치될 가능성이 있다.

그러나 그보다 중요한 사실은 이런 것이다. 만일 가상의 원숭이가 무작위로 25개의 부호를 무한히 타이핑한다면, '논리적으로는' 모든 책을 쓸 수 있다는 것이다. 다시 말해 잠재적으로는 보르헤스가 그려낸 바벨의 도서관에는 인류가 썼고, 앞으로 쓰게 되거나 쓰게 되지 못할 책까지, 모든 책들이 이미 존재한다는 경악스러운 결론에 도달하게 된다.

만일 바벨의 도서관에 비유되는 이 세계에서 잠재적으로는 이미 모든 책이 다 쓰여 있다면, 불면과 고독과 번민 속에서 방황하며 책을 쓰는 모든 노력이 무슨 의미가 있단 말인가? 굳이 내가 아니더라도 언젠가는 내가 쓰려고 하는 책을 누군가가 쓰게 될 것이라면, 굳이 내가 힘들여 한 권의 책을 쓸 까닭이 어디에 있단 말인가?

보르헤스도 이런 결론에 당혹한 나머지 바벨의 도서관에서 이렇게 쓰고 있다. "그러나 모든 것들이 이미 글로 씌어 있다는 확실성은 우리들 전체를 무로 되돌리거나 또는 우리를 황홀경에 빠져들게 한다."

다행히도, 우리를 확실하게 위로해주는 한 가지 사실이 있다. 바로 시간의 문제다. 원숭이로 하여금 컴퓨터 자판을 두들겨 책을 쓰게 하는 사고실험에서 반드시 고려해야만 할 문제가 바로 원숭이가 자판을 두들기는 데 걸리는 시간이다.

가령 원숭이가 알파벳 하나를 치는 데 1초가 걸린다고 해보자. 원숭이가 1년 동안 쓸 수 있는 알파벳 총 숫자는 약 3200만 자다.(60×60×24×365) 그런데 위에서 예를 든 예이츠의 시 제목, 고작 알파벳 14개로 이루어진 그 문장을 원숭이가 무작위로 타이핑해서 우연히 일치하게 될 확률인 25의 14제곱이라는 숫자만 해도 원숭이의 타이핑 속도로는 적어도 수만 년 이상 걸리는 방대한 숫자다. 그러니 고작 3200개의 알파벳으로 이루어진 단 한 페이지짜리 책이라 하더라도, 무작위 문자 조합술로 우연히 일치하게 만들려면 얼마나 오랜 시간이 걸리겠는가? 한 페이지가 아니라 410페이지로 이루어진 한 권의 일치하는 책을 우연히 만들어내려면, 즉 최대 25의 131만 2000제곱에 이르는 숫자만큼의 알파벳을 타이핑하려면 거의 무한한 시간이 필요하게 될 것이다.(만일 0과 1로 이루어지는 현재의 컴퓨터가 아닌 양자 컴퓨터로 쓴다면 그 시간은 조금 단축될 것이다.)

그러므로 지금까지 논의한 문자 조합술로 거의 모든 책이 쓰일 수 있다는 논리적 가능성 때문에 현실 속의 인류가 주눅 들 필요는 없을 것이다. 논리적으로 가능하다고 해서 현실적으로 가능하다는 말은 결코 아니다. 논리의 함정에 빠져들 필요는 없다. 그런 논리가 가능한 것은 오로지 전지전능한 신의 머릿속에서 뿐이다.

지금까지 알려진 우주의 나이는 약 137억 년 정도이다. 무한의 원숭이 한 마리가 무작위 타이핑으로 카프카의 소설 한 권과 동일한 책을 써내려면 지금까지 알려진 우주의 나이보다 더 긴 시간이 필요하다. 그런 생각을 하면 고작 수십 년이라는 짧은 시간 동안에 여러 권의 소설을 써내는 인간의 창조력은 가히 불경스럽게도 '신적'이라고 불러도 될 만큼 경이롭지 않은가! 또한 설사 앞으로 양자 컴퓨터가 나와 가상의 원숭이처럼 무작위로 알파벳을 타이핑한다고 하더라도, 카프카의 소설 한 권에 맞먹는 그런 작품을 써내는 것은 아마도 인류의 최후의 시간까지 거의 실현 불가능할 것이다.

무엇보다 문학은 단순히 '철자와 문자의 조합'이 아니다. 단어와 문장, 문단 등을 의미가 통하게끔 짜임새 있게 통합하고 있는 전체, 그것이 바로 문학이다. 약 600페이지에 달하는 한 권의 소설에 포함되어 있는 수십만 단어와 수만 개의 문장의 유기적인 결합은 25개 알파벳을 모든 가능한 형태로 조합한다고 해서 생성될 수 있는 것이 아니다. 만일 그렇지 않다면, 문학은 기껏 어느 탁월한 문자조합 기술자에게 무한한 시간만 주어진다면, 세상의 모든 문학 작품들을 생성할 수 있는 단순한 기술적인 문제에 불과할 것이기 때문이다.

무엇보다 문학 작품은 기묘한 사물이다. 문학을 포함하여 예술에 발전이나 진보가 가능하다는 생각만큼 어리석은 생각은 없을 것이다. 활과 화살이 발명되었을 때, 그 기술 속에는 잠재적으로는 이미 대포와 미사일이 포함되어 있다. 수동식 전화기에는 휴대폰이, 라디오에는 텔레비전이 필연적으로 포함되어 있다. 테크놀로지는 비인격적이며, 익명적인 자기발전의 논리를 갖고 있다. 반면에《돈키호테》속에 필연적으로 제임스 조이스의《피네건의 경야》나 카프카의《심판》, 보르헤스의〈바벨의 도서관〉이 포함되어 있다고 믿는 것은 불가능하다. 각각의 예술 작품은 유일무이하고 대체 불가능한 한 개성의 표현이며, 그런 의미에서 가장 인간적인 무엇이다.

바벨의 도서관이 우주에 대한 하나의 비유일 뿐일지라도, 그것을 쓸 수 있었던 사람은 오직 보르헤스라는 이름을 가진 한 고유한 인격체에게서만 가능한 것이었다.

또 바로 그런 이유로, 책은, 특히 언어의 예술인 문학은, 인간이란 존재가 지닌 정신적 우아함과 아름다움을 가장 탁월하게 표현한 그 무엇이다.

러셀의 역설과
바벨의 도서관의 역설

　　그러나 아직 가장 어려운 문제가 하나 남아 있다.(독자들이여, 조금만 더 인내심을 가져주길!) 위에서 문제를 제기했던 그 '모순' 문제이다. 히라노 게이치로가 계산한 그 한계를 가지는 유한한 도서관의 크기와 보르헤스가 정의한 도서관의 외벽 둘레를 가능할 수 없는 무한성 사이의 모순.

　　히라노 게이치로는 혹시 바벨의 도서관 구조가 가진 독특한 미스터리를 외면한 채 바벨의 도서관을 마치 현실 속에 존재하는 보통의 도서관 건축물인 양, 단지 규모만 어마무시하게 거대한 어떤 것인 양 취급한 게 아닐까? 다시 말해 바벨의 도서관 구조는 현실 속에서 재현 불가능한 특징을 가진 게 아닐까? 나는 그렇다고 믿는다. 왜냐하면 보르헤스 자신이 이미 그런 암시를 충분히 주고 있기 때문이다.

　　우리는 이미 "중심은 어디에나 있고 원둘레는 어디에도 없는 구체"라는 기묘한 정의를 살펴본 바 있다. 만일 바벨의 도서관 구조가 이와 같은 형태라면, 그 도서관 규모는 결코 확정할 수 없다. 실제로 보르헤스는 〈바벨의 도서관〉의 마지막 문단을 이해하기 지극히 난해한 기이한 문장들로 끝내고 있다.

　　세계가 무한하다고 생각하는 것은 비논리적인 것이 아니라고 나는 말한다. 그것에 한계가 있다고 말하는 사람들은 먼 곳에서 복도나 계단이나 육각형이 믿을 수 없이 끝나 있다고 가정하는 까닭이다.

그것은 분명 어리석기 그지없는 생각이다. 또 그것이 무한하다고 상상하는 사람은 책의 보유량이 한정되어 있다는 사실을 잊고 있다…. 도서관은 무한하며 더구나 주기적인 것이다. 가령 영원한 나그네가 어떤 방향으로든 도서관을 가로질러 간다면 몇 세기 후에는 같은 책들이 같은 무질서로 반복된다는 것을 발견할 것이다.

물론 보르헤스 자신도 작품의 본문에서 25개의 알파벳으로 조합 가능한 책의 권수는 유한하다고 분명하게 밝히고 있다. 조합 가능한 모든 책의 권수는 그것이 아무리 무한해 보여도 원주율의 값과 같은 소수로 끝나지 않는 한, 유한수다. 책의 권수가 유한하다면, 도서관의 크기도 장서 수에 제한을 받아 크기가 유한해야만 한다. 그것이 논리적으로 일관성 있는 합리적인 대답이다.

그럼에도 보르헤스는 도서관의 무한한 형태를 설명하는 "중심은 어디에나 있고 그 둘레는 어디에도 없는 구체"라는 명제를 포기하지 않는다. 어떤 구체의 중심이 임의의 한 점이라면, 그 원둘레를 확정 지을 수 없는 것이 논리적으로 타당하다. 그러나 그것이 구체의 형태를 가지는 한, 그 구체의 표면 한 지점에서 직선으로 계속 내달리면 언젠가는 원래의 지점으로 되돌아오게 마련이다. 그가 도서관의 주기성을 말한 까닭이 바로 그것이다. 그럼에도, 보르헤스는 "그것에 한계가 있다고 말하는 사람들은 먼 곳에서 복도나 계단이나 육각형이 믿을 수 없이 끝나 있다고 가정하는 까닭이다. 그것은 분명 어리석기 그지없는 생각이다"라고 구체의 표면 둘레를 실제로 발견할 가능성을 배제하고 있다.

결국 바벨의 도서관은 무한하면서도 무한하지 않다는 기이한 역설에 봉착한다. 만일 실제로 그 구체가 "중심이 어디에나 있고 원둘레는 어디에도 없는" 것이라면, 그 도서관은 말 그대로 무한하여 25개의 알파벳으로 모든 가능한 조합을 다 동원해도 결코 그 도서관을 다 채울 수 없을 것이다!

그렇다면 히라노 게이치로는 계산에 오류를 범한 것일까? 내 생각엔 답은 그렇다, 이다. 악마적일 정도로 치밀하고 정교한 보르헤스는 히라노 게이치로가 행한 것과 같은 단순한 수학적 계산법으로는 치명적인 함정에 빠져 실수를 범할 수밖에 없도록 바벨의 도서관 속에 수수께끼 같은 신비한 패러독스를 숨겨놓았던 것이다. 그걸 간과한 히라노 게이치로는 결국 보르헤스가 파놓은 함정에 빠져든 것이고.

그렇다면 보르헤스는 이 기이한 바벨의 도서관에 무슨 함정을 숨겨놓은 것일까? 그것은 바로 '버트런드 러셀의 역설'이다.

나는 무한하면서도 무한하지 않은 기이한 바벨의 도서관 구조 자체가 이미 러셀의 역설을 전제하고 있다는 생각을 한다. 보르헤스는 〈돈키호테에 어렴풋이 나타나는 마술성〉이라는 다른 에세이에서 조시아 로이스의 책《세계와 개인》의 문장을 인용한다.

아주 평평한 영국의 어느 지표면 위에 지도 제작자가 영국 지도를 그렸다고 상상해보자. 그가 그린 지도는 완벽해서 제아무리 세세한 부분이라 해도 영국 땅 위의 것이라면 하나도 빠짐없이 다 그려져 있다. 모든 것이 일치된 상태로 그 지도 속에 담긴 것이다. 그렇다면 그 지도 속에는 그가 그린 지도가 들어 있을 것이고, 그가 그린 지도 속에는 또 다른 지도가 들어 있을 것이고, 이런 상황은 무한히 이어질 것이다.

위에 인용한 글 속의 영국 지도는 말 그대로 무한하여 영국 지도가 도대체 몇 개나 될지 상상할 수 없다. 우리는 인형 속에 똑같이 생긴 또 다른 인형이 들어 있고, 그 속에 똑같은 인형이 또 들어 있는 러시아의 마트료시카에 대해 잘 알고 있다. 오늘날 우리는 그런 방식으로 자기 유사성을 가진 단순한 구조가 끊임없이 반복되면서 복잡하고 묘한 구조를 만들어내는 것을 프랙털fractal 구조라고 부르기도 한다.

보르헤스는 〈바벨의 도서관〉에서 다른 모든 책들에 대한 완전한 개요가 들어 있는 어떤 책에 대해 이야기를 한다. 바벨의 도서관에 있다고 하는 "다른 모든 책들에 대한 완전한 개요서"라는 표현 자체가 이미 그런 마트료시카 구조, 혹은 프랙털 구조의 무한한 반복성을 암시하고 있다.

다른 예를 들어 쉽게 설명해보자. 어떤 카탈로그가 있다고 하자. 구두 카탈로그라고 하면 구두의 집합이다. 구두 카탈로그, 문구 카탈로그, 안경 카탈로그, 자동차 카탈로그도 가능할 것이다. 그런데 수없이 많은 카탈로그를 모두 망라한 또 하나의 카탈로그가 있다고 해보자. 그 카탈로그는 '카탈로그의 카탈로그'가 될 것이다. 그런데 이 카탈로그는 모든 카탈로그를 망라한다고 했으니까 당연히 자기 자신도 그 카탈로그에 포함해야만 한다. 그러면 다시 상위의 카탈로그

의 카탈로그의 카탈로그가 필요하게 된다. 이런 식으로 자기를 포함하는 모든 카탈로그의 카탈로그는 무한히 자기 자신을 복제하는 프랙털 구조를 가지게 된다. 영국을 완벽하게 복제한 지도가 그렇듯이.

마찬가지로 바벨의 도서관에 있는 "모든 책들에 대한 완전한 개요서"도 카탈로그의 카탈로그와 같은 구조를 가지게 되어 버린다. 따라서 바벨의 도서관 장서 수는 무한정 늘어나고, 한계는 사라져버린다.

보르헤스는 〈바벨의 도서관〉에서 이미 그런 역설을 암시하고 있다.

신비주의자들은 종교적 열락에 이르면 둥근 책 하나가 놓여있는 둥근 방이 보인다고 한다. 그 책의 책등은 끝이 없고, 하나의 완전한 원인 벽들을 따라 둘러져 있다…. 그 책은 《신》이다.

또는 〈바벨의 도서관〉 마지막 문장에 대한 주석의 형태로 단 한 권의 책이면 충분한 어떤 책에 관해 언급한다. 무한히 얇은 종이들의 무한한 페이지들로 되어 있고, 9 또는 10호 활자 크기로 인쇄된, 일반적인 형태의 한 권의 책.

패러독스는 인간으로서는 절대로 해결 불가능한 현기증 나는 모순이다. 기이한 바벨의 도서관 구조 자체가 이미 패러독스적인 프랙털 구조를 갖고 있다. 무한하면서도 유한한 구체, 이것이 패러독스가 아니고 무엇이란 말인가? 원둘레를 경계 짓는 것이 불가능한 구체, 이 또한 패러독스적인 구성물이 아니고 무엇이겠는가? 바벨의 도서관을 읽는 독자들이 끊임없이 혼란에 빠질 수밖에 없는 것이 그것의 구조 자체가 이미 패러독스이기 때문이다.

만일 도서관의 구조가 패러독스라면, 히라노 게이치로가 시도했던 것처럼 도서관이 소장하고 있는 총 장서 수를 수학적으로 확정하려고 애쓰는 수고 자체가 어리석기 짝이 없는 노릇이리라. 영국 땅과 완벽하게 일치하는 지도의 패러독스를 해결하려고 덤벼드는 어리석은 사람이 있을까? 마찬가지로, 도서관의 총 장서 수를 계산하고 그 토대 위에서 도서관의 규모를 계산하려는 노력도 마치 손으로 바람을 잡으려 하는 것처럼 헛되고 헛된 일이리라. 바벨의 도서관이 역설을 내포하고 있다면, 모든 논리적이고 수학적인 계산은 원천적으로 무효화되기 때문이다. 또한 그것은 무한히 풍부한 의미를 가지는 시적 메타포를 단순하고 논리적인 산술로 환원시키려는 히라노 게이치로식 시도에 대한 유머러스한 반박이기도 할 것이다.

유한한 인간의 지성으로 무한한 우주를 가늠하려는 것 자체가 이미 불경을 저지르는 일인지도 모른다. 우리가 살고 있는 이 우주 역시, 마치 상대성 원리와 양자 역학이 화해 불가능한 모순을 낳고 말듯이, 인간으로선 짐작하기 어려운 온갖 신비와 패러독스로 가득 차 있는 것일지도 모른다.

그런 의미에서 우주가 "중심은 어디에나 있고 원둘레는 어디에도 없는 구체"라는 경이로운 비유는 여전히 유효하고, 보르헤스가 그것을 도서관에 비유한 산문 또한 문학적 가치뿐만 아니라 심오한 형이상학적 의미를 가진다고 확신할 수 있다. 그러므로 내가 이 에세이에서 시도한 온갖 어리석은 계산들과 추측들은 히라노 게이치로가 범한 것과 마찬가지로, 무한하고 경이로운 바벨의 도서관, 즉 우

네 번째 책상 서랍 속의 타자기와 회전목마에 관하여

주에 대한 하나의 어리석고, 오만하고, 끔찍할 정도로 불경스러운 해석일 것이다.

에필로그

잃어버린 말은 비밀을 간직한다,
그리고 독자는 책과 함께 자신만의 비밀을 간직한다

나는 내가 아무것도 쓸 수 없다는 것을 말하는 책들을 씀으로써 문단에 데뷔했다. 내가 무언가 쓸 것이 있을 때, 나의 사유는 내게 가장 거부반응을 일으키는 것이었다. 내가 글을 쓴 것은, 나는 결코 아무것도 하지 않았다는 것을, 아무것도 할 수 없었다는 것을 그리고 무엇인가를 하면서도 실제로는 아무것도 하지 않았다는 것을 말하기 위해서일 뿐이다. 나의 전 작품은 구축된 것이며, 무의 바탕 위에서가 아니면 이루어질 수 없었을 것이다.

이것은 프랑스의 작가 앙토냉 아르토 Antonin Artaud, 1896~1948가 쓴 문장이다. 어떤 이야기를 꺼낼수록, 그것이 단어와 문장들에 실려 나올수록, 자꾸만 펜은 멈추어서고 만다. 어떤 의혹들이 펜의 걸음을 더

네 번째 책상 서랍 속의 타자기와 회전목마에 관하여

디게 만들고, 부끄러움이 말문을 막는다. 글을 쓰면 쓸수록, 나는 점점 더 침묵 속으로 뒷걸음질 친다. 나는 알고 있다. 나 자신이 아무 말 없이 고요한 침묵 속에 침잠해 있을 때가 가장 많은 말을 하고 있는 때라는 사실을.

침묵이 스스로 넘치고 범람하지 않는 한, 설사 죽음이 눈앞에 닥쳐온다 할지라도, 함부로 단어를 말해서는 안 된다. 침묵 자체가 하나의 글쓰기다. 글쓰기가 시간과 무관한 영원한 현재라는 장소에서 이루어지는 것과 마찬가지로 침묵 역시 시간과 무관하다. 침묵이 시간과 무관한 것처럼, 책 역시 시간과는 무관한 것이다. 아니, 모든 시간들과 함께하며 모든 시간들을 자신 속에 집어넣고 있는 책들이 있다.

나는 또 루크레티우스Titus Lucretius Carus라는 이름으로 알려진 사람이 쓴 한 권의 책을 떠올린다. 로마 공화정 시대의 사람인 루크레티우스는 생전에 전혀 알려지지 않았다. 키케로가 단 한 줄의 문장 속에 그의 이름을 언급했을 뿐이다. 로마 공화국이 그를 외면하자, 로마 제정도 그를 무시했다. 그리고 잊혔다. 루크레티우스의 책은 약 1500여 년 동안 잊혔다.

이탈리아 시인 포지오Poggio, 1380~1459가 1415년 알사스 지방의 한 수도원 옛 필경실의 오래된 책장 속에서 루크레티우스의 육필원고를 발견했다. 아리스토텔레스가 쓴《시학》도 비슷한 과정을 거쳤다.

서유럽에서 그 책은 아리스토텔레스 사후 17세기 동안이나 잊힌 책이었다. 그 책은 르네상스 시대에 와서야 비잔틴 제국으로부터 서유럽으로 다시 흘러들어왔다.《길가메시 서사시》는 2500년도 더 된

지층 깊숙한 곳에서 돌판에 새겨진 채로 발견되었다. 세계에서 가장 오래된, 그러나 가장 아름다운 책들에 속하는 이야기가 새겨진 돌로 된 책. 돌로 굳어진 진흙판 위에 새겨진 이름 없는 저자의 책. 고독, 침묵, 독서, 글쓰기, 나아가 사랑까지도, 시간과 무관하다. 그것은 나에게 속하지만 동시에 내게 속하지 않는 타자들을, 내가 결코 예측할 수 없는 운명의 고독 속에서 영원토록 기다리는 행위이며, 지금 내게 속하고 있거나 속하게 되리라 예상되는 모든 것들로부터 철저하게 거리를 두는, 차라리 영원한 거리두기라고 밖에 할 수 없는 어떤 '근원적인 단절'과도 같은 것들이기 때문이다. 그러한 근원적인 단절이 바로 사유와 글쓰기의 기원이다.

독서의 끝에서 독자가 당도하는 곳도 바로 그런 장소다. 독자는 책을 덮은 후 침묵에 빠진다. 침묵 속에서 그는 '나'가 아닌 타자로 변화되어 있다. 그는 자기 자신에게 낯선 자이며, 나아가 이전의 세계와 결별한 자, 마치 나비가 애벌레에서 변태를 통해 거듭 다시 태어나듯이 '책-애벌레'에서 변태하여 '책-나비'같은 존재로 변신한 자이다.

독자는 끊임없이 자기와 결별하는 자이다. 그리고 그런 결별의 반복들로 비로소 자기를 완성해가는 자이다. 마찬가지로 삶을 이루기 위해선 죽음이 필요하다. 사랑을 알기 위해서는 결별이 필요하다. 사랑의 성취를 위해 머리를 바쳐야만 하는 수컷 사마귀처럼, 감추어진 세계의 비밀을 드러내기 위해서는 마침내 당도한 비밀의 문 앞에서 우리는 고통스럽게 몸을 되돌릴 수 있어야 한다.

루크레티우스라는 이름이 그의 책과 실은 무관한 것처럼, 내 이름도 나의 글쓰기와는 무관하다. 저자란, 한 권의 책에 경의를 표하는 방식으로 어색하게 채택된 불필요한 장식일 뿐이다. 일리아스와 오디세이아, 욥기와 전도서, 마가복음, 마태복음, 요한복음, 노자라는 책들이 그런 것처럼. 사랑에서 두 주체가 자발적으로 스스로를 잃어버리기를 갈망하는 것처럼.

예술이란 것도 결국 인간이라는 그림자가 꾸는 망각의 꿈이다. 예술적 창조는, 그림자의 그림자가 꾸는 꿈에 불과하지만, 그 꿈으로 인해 그림자의 그림자는 자신이 그림자에 불과하다는 사실을 '망각'할 수 있기 때문이다. 시간과 공간, 그 모든 것을 망각하게 해주는 창조 활동, 그것이 바로 예술이라 불리는 것이다.

작품은 망각이 세계 속에 뿌리를 내리고, 가지를 뻗고, 잎과 꽃을 피워냄으로써 세계의 공허를 세계 스스로가 망각할 수 있게 하는 세계가 꾸는 꿈이다. 따라서 글쓰기의 열정, 한 권의 책을 향한 독자의 열정, 이 모두가 궁극적으로는 망각을 향한 열정이다. 예술 작품은, 망각이 이 세계에 뚫어 놓은 작은 구멍들이다.

고대 희랍인들은 시인을 장님으로 만들었다. 시인은 장님이어야 한다. 장님인 시인은 현실을 보지 못한다. 그는 시간과 공간으로부터 분리되어 있는 자다. 그는 이 세계로부터 망각된 자인 것이다. 망각 속에서 노래가 흘러나온다. 그리고 우리들 독자 또한 책을 읽는 몰입의 순간엔 자신뿐만 아니라 자신을 둘러싼 시간과 공간 전체를 망각하며, 시인의 망각 속에서 흘러나오는 노래에 귀를 기울인다. 세이렌의 노랫소리에 홀린 오디세우스처럼. 밀랍으로 귀를 막은 선원들과 달리, 배의 돛대에 몸을 묶고 홀로 세이렌의 노랫소리를 들은 오디세우스처럼, 독자 또한 홀로 책이 부르는 마법의 노래를 듣는다. 그것이 책을 읽는 독자의 비밀이다.

독자는 한 권의 책과 함께 그들만의 내밀한 비밀을 영혼 속에 간직한다. 그리고 그 비밀스러운 이야기는 책과 독자가 존재하는 한, 영원히 끝나지 않는다.

- 니콜라스 A. 바스베인스, 《젠틀 매드니스》, 표정훈, 김연수, 박중서 옮김, 뜨인돌, 2006
- 데이비드 리스, 《연필 깎기의 정석》, 정은주 옮김, 프로파간다, 2013
- 로버트 버턴, 《우울증의 해부》, 이창국 옮김, 태학사, 2004
- 루트비히 비트겐슈타인, 《문화와 가치》, 이영철 옮김, 책세상, 2006
- 맬컴 라우리, 《화산 아래서》, 권수미 옮김, 문학과지성사, 2011
- 모리스 블랑쇼, 《문학의 공간》, 박혜영 옮김, 책세상, 1990
- 미겔 데 세르반테스 사아베드라, 《돈키호테》, 박철 옮김, 시공사, 2015
- 미셸 드 몽테뉴, 《몽테뉴 수상록》, 손우성 옮김, 문예출판사, 1999
- 미하일 바흐친, 《프랑소아 라블레의 작품과 중세 및 르네상스의 민중문화》, 이덕형, 최건영 옮김, 아카넷, 2001
- 미하엘 엔데, 《끝없는 이야기》, 허수경 옮김, 비룡소, 2003
- 밀란 쿤데라, 《커튼》, 박성창 옮김, 민음사, 2008
- 밀란 쿤데라, 《불멸》, 김병욱 옮김, 민음사, 2010
- 바를람 샬라모프, 《콜리마 이야기》, 이종진 옮김, 을유문화사, 2015
- 보후밀 흐라발, 《너무 시끄러운 고독》, 이창실 옮김, 문학동네, 2016
- 아니 에르노, 《단순한 열정》, 최정수 옮김, 문학동네, 2012

- 아르투르 쇼펜하우어, 《쇼펜하우어 문장론》, 김욱 옮김, 지훈, 2006
- 아르투르 쇼펜하우어, 《쇼펜하우어 인생론》, 최헌 옮김, 범우사, 1994
- 알베르토 망구엘, 《밤의 도서관》, 강주헌 옮김, 세종서적, 2011
- 앤 패디먼, 《서재 결혼 시키기》, 정영목 옮김, 지호, 2002
- 오르한 파묵, 《소설과 소설가》, 이난아 옮김, 민음사, 2012
- 오에 겐자부로, 《회복하는 인간》, 서은혜 옮김, 고즈윈, 2008
- 오스카 와일드, 《도리언 그레이의 초상》, 임종기 옮김, 문예출판사, 2011
- 움베르토 에코, 《미네르바 성냥갑》, 김운찬 옮김, 열린책들, 2004
- 움베르토 에코, 《칸트와 오리너구리》, 박여성 옮김, 열린책들, 2009
- 윌리엄 라지, 울리히 하세, 《모리스 블랑쇼 침묵에 다가가기》, 최영석 옮김, 앨피, 2008
- 윌리엄 셰익스피어, 《템페스트》, 이경식 옮김, 문학동네, 2009
- 이민희, 《조선을 훔친 위험한 冊들》, 글항아리, 2008
- 이유진, 《나는 봄꽃과 다투지 않는 국화를 사랑한다》, 동아일보사, 2001
- 이탈로 칼비노, 《왜 고전을 읽는가》, 이소연 옮김, 민음사, 2008
- 장기근, 이석호, 《노자/장자》, 삼성출판사, 1994
- 장 주네, 《도둑 일기》, 박형섭 옮김, 민음사, 2008
- 정재서 역주, 《산해경》, 민음사, 1996
- 제롬 데이비드 샐린저, 《호밀밭의 파수꾼》, 이덕형 옮김, 문예출판사, 1998
- 조이스 메이나드, 《호밀밭 파수꾼을 떠나며》, 이희영 옮김, 동서문화동판, 2003
- 조지 기싱, 《헨리 라이크로프트 수상록》, 박명숙 옮김, 은행나무, 2016
- 조지 오웰, 《파리와 런던의 밑바닥 생활》, 신창용 옮김, 삼우반, 2003
- 존 어데어, 《창조적 사고의 기술》, 박종하 옮김, 청림출판, 2010
- 질베르 시몽동, 《기술적 대상들의 존재 양식에 대하여》, 김재희 옮김, 그린비, 2011
- 찰스 부코스키, 《우체국》, 박현주 옮김, 열린책들, 2012

- 카롤린 봉그랑, 《밑줄 긋는 남자》, 이세욱 옮김, 열린책들, 2017
- 토머스 드 퀸시, 《어느 영국인 아편쟁이의 고백》, 김석희 옮김, 시공사, 2010
- 톰 라비, 《어느 책중독자의 고백》, 김영선 옮김, 돌베개, 2011
- 폴 오스터, 《굶기의 예술》, 최승자 옮김, 문학동네, 1999
- 표도르 도스토예프스키, 《죽음의 집의 기록》, 김정아 옮김, 지만지, 2011
- 프랑수아 라블레, 《가르강튀아 팡타그뤼엘》, 유석호 옮김, 문학과지성사, 2004
- 프란츠 카프카, 《카프카의 편지: 약혼녀 펠리체 바우어에게》, 변난수, 권세훈 옮김, 솔출판사, 2017
- 피에르 바야르, 《읽지 않은 책에 대해 말하는 법》, 강병욱 옮김, 여름언덕, 2008
- 허먼 멜빌, 《모비 딕》, 김석희 옮김, 작가정신, 2011
- 호르헤 루이스 보르헤스, 《만리장성과 책들》, 정경원 옮김, 열린책들, 2008
- 호르헤 루이스 보르헤스, 《보르헤스의 상상 동물 이야기》, 남진희 옮김, 민음사, 2016
- 호르헤 루이스 보르헤스, 《픽션들》, 황병하 옮김, 민음사, 1994
- 휴버트 드레이퍼스, 숀 도런스 켈리, 《모든 것은 빛난다》, 김동규 옮김, 사월의책, 2013

네 번째 책상 서랍 속의
타자기와 회전목마에 관하여

초판 1쇄 발행 2018년 5월 31일
초판 2쇄 발행 2018년 12월 31일

지은이 김운하
펴낸이 이은성
펴낸곳 필로소픽
편 집 황서린
디자인 윤지은

주 소 서울시 동작구 상도동 206 가동 1층
전 화 (02) 883-9774
팩 스 (02) 883-3496
이메일 philosophik@hanmail.net
등록번호 제379-2006-000010호

ISBN 979-11-5783-106-7 03800

필로소픽은 푸른커뮤니케이션의 출판브랜드입니다.

이 도서의 국립중앙도서관 출판시도서목록(CIP)은 서지정보유통지원시스템(http://seoji.nl.go.kr)과
국가자료공동목록시스템(http://www.nl.go.kr/kolisnet)에서 이용하실 수 있습니다.
(CIP제어번호: CIP2018010835)